新 潮 文 庫

百 鬼 園 随 筆

内 田 百 閒 著

目次

短章二十二篇

百鬼園随筆

短章二十二篇

琥《こ》珀《はく》

琥珀は松樹の脂《やに》が地中に埋もれて、何万年かの後に石になったものである、と云《い》う事を学校で教わって、私は家に帰って来た。家はその当時、造り酒屋だったので、酒を樽《たる》に詰めて、遠方に積み出す時、樽の隙目《すきま》から酒が漏らない様に、呑口《のみくち》や鏡のまわりを流して固める松脂《まつやに》のかたまりが、いつでも倉の隅にころがっていた。琥珀の事を教わって帰った日に、丁度瀬戸内海の小豆島《しょうどしま》に幾樽かの荷が出ると云うので、倉の入口に木の香のする新らしい樽が、いくつも転がって居《お》り、倉男《くらおとこ》や店の者が、忙しそうに動き廻って居た。私は誰にも気づかれない様に、倉と倉の間の冷たい空地にしゃがんで、じめじめした黒い土を掘り始めた。四五寸位の深さまでは掘り下げたけれど、そこから下には、瓦《かわら》のかけらや石ころなどが、層の様につまっていて、どうしても穴が深くならないのである。私は深さをそれで諦《あきら》めて、それからみんなの働いている倉の前に出て見たところが、松脂が煙っぽい臭《にお》いをたてて煮えている。私は台所の茶椀《ちゃわん》を持ち出して、松脂を沸かしている倉男に、それを少し垂らして貰《もら》い、それから急いでもとの場所にかえって、どろどろした松脂を、穴の中に流し込んだ。そうして、その上から土をかけ、もとの様にならして置いて、私は自分の部屋に帰って来た。

非常な秘密な仕事を成し遂げた後の様な気疲れを感じて、私は何となく落ちつかない。立ったり坐《すわ》ったり、部屋を出たり這入《はい》ったりしている内に、夕方になった。もうこの上は、松脂が琥珀になるのを待てばいいのである。しかしこうして、何万年も便便と待っているわけには行かない。夜、暗くなってから、そっと倉の間に行って見たら、曇った空の下に、倉の屋根瓦が薄光りを放っているばかりで、足許《あしもと》は何も見えない。真暗がりの地面をさぐりさぐり歩いているうちに、片方の足が、柔らかい土塊をぐさりと踏んだ。その途端に、私は息が止まる程、はっとして、急いで明かるい台所に帰って来た。何となく足が、がくがくするらしかった。その穴の事は、だれにも一《ひと》言《こと》も話さず、まるで息を殺すような、しんとした気持で、その夜は眠ったのである。

翌日、学校から帰ってから、二三度、人に見られない様に、その穴のある空地を見廻った。気がかりで、不安で、待遠しくて、予習も勉強も何も出来ないのである。夕方になって、到底待ち切れないと云う覚悟がついたので、いよいよ発掘する事にきめて、穴の中に手を突込んで見たら、松脂の表面にすっかり砂がこびり着いた儘《まま》、かちかちになっている固りが出て来た。私はその鉱石のような感じのする固りを自分の部屋に持ち帰り、洋灯《ランプ》の下で、砂をこすり落とした。うまく行かないので、小刀で削ったら、その拍子に角が欠けて、かけらが机の上に散らばった。かけらが洋灯の光を浴びて、きらきらと輝くのを暫《しば》らく眺めたけれども、それ程美しいとも思えない。第一、松脂の臭いがぷんぷんして、くさくて、いけないから、かけらも固りもちり紙につつんで、屑籠《くずかご》の中に捨ててしまった。

見送り

宵の急行で、漱石《そうせき》先生のお子さんの純一君が、欧羅巴《ヨーロッパ》に発《た》ったので、見送りに出かけた。何年前のことだか、もう余っ程になるので、思い出せない。洋杖《ステツキ》をついて、薄《うす》闇《やみ》の護国寺の前の、だだっ広い道を歩いていると、向うの薬屋の店から射《さ》した明かりの中に立っている男が、急にあわてた身振りをして、駆け出した。明かるいところから消えて、暗がりの何処《どこ》へ行ったかわからないけれども、何だか、あるらしいなと思った途端に、ふと顔を上げたら、護国寺の空が一ヶ所だけ明かるくなって、その下に赤い煙が筒のように立っていた。火事か知らと思って、私は急いで歩いた。

私が山門の前に立った時、恰度《ちょうど》内側から、重い扉が開かれた。小さな巡査が一人、剣を押えて駆け込んだ。目の先がぱっと明かるくなったと思ったら、正面の石段の上の右寄りにある樹立《こだち》の中から、大きな焔《ほのお》が千切《ちぎ》れたようになって、暗い空に飛び上がった。すると、俄《にわか》に辺りが赤赤と映えて来て、柱の割れる音が、ぱちぱちと聞こえ出した。

　喞筒《ポンプ》が来て、大きな筒から、水が飛び出したら、筒先を持った二人の男のうちの一人が、尻餅《しりもち》を搗《つ》いた。水の繁吹《しぶき》をかぶった樅《もみ》や杉の幹が、焔に照らされて、油を塗ったように、ぎらぎらと光った。

　だんだんに人が増して来た。その連中が、お巡りさんや、消防夫に追いたてられて、石段を次第に上に昇って来た。その後から来た者は、もう山門を入れてくれないに違いない。中にいる見物人は、みんな団《かた》まって、火の手を見入ったまま、不思議にだれも口を利《き》かなかった。

　火の勢いが烈《はげ》しくなるにつれて、まわりの立ち樹《き》の間に風が起こるらしく、大きな樹が一本ずつ、ゆさりゆさりと勝手な方に動き出した。その間を目がけて、焔のかたまりが、根もとから千切れて飛んで行った。空を見たら、低く垂れた雲が真赤に焼けていた。辺りにいる人の顔を見たら、みんな金時のように赤かった。時時焔の底から、轟轟《ごうごう》と云う音がした。焼けているお堂の廻廊の上を、薄い焔が水を流すように、するすると辷《すべ》って行った。見る見る内に、その焔の寸が伸びて、軒から下に吹き出している赤い煙と縺《もつ》れ合った。そうして、全体が一つの大きな火の玉になって、ぐらりぐらりと揺れ出した。私は恐ろしくなって、急に汽車の時間が気になり出した。しかし、石段には一ぱいに人がつまっており、山門の所には喞筒《ポンプ》がいて、お巡りさんが立ち並んでいるから、出られそうもなかった。

焼け落ちてしまって、人が散ってから、急いで電車に乗って、東京駅に向かった。火の燃えている間、どのくらい時間が過ぎたか、よく解《わか》らなかった。しかし電車が九段の下まで行った時、丁度その汽車が東京駅を出たことは時計でわかった。

それから私はその儘《まま》電車で東京駅まで行って、神戸行の急行に乗り、翌朝神戸駅に下りた。三ノ宮に下りることは知らなかったのである。船の名前を覚えていたから、俥《くるま》に乗って桟橋まで行って、その船に乗り込んで見たら、純一さんがいたから、途中で火事を見ていて、遅くなったわけを話して、そこで見送りをして、帰って来た。

虎列刺《コレラ》

夜半《よなか》に起こされたので、びっくりして目を醒《さ》ましたら、二階の廊下をばたばたと人の歩く音が聞こえた。蚊帳《かや》を外して、一隅の釣《つる》り手を吊したまま、裾《すそ》がたぐり寄せてあった。

「そら、また水が落ちて来た。あれ、あれ天井裏に、あんなに雫《しずく》がたまっている」

何人《だれ》かが、あわてた声で云った。父と母と店の者が一人と私と、まだその外にも居たような気がする。田舎の海水浴旅館の二階に虎列刺が出来たらしいのである。どう云うわけだか知らないけれど、その騒ぎのために二階から水がこぼれて、私のうちで借りていた部屋の天井に、雫が伝って来た。

「早く、早く、手廻りのものだけ持って行けばいい」

「それから雪平鍋《ゆきひらなべ》とお米を少し持って行きませんと、途中でお腹《なか》がすいた時、困る」

「旦那《だんな》さん、あれ、二階に、一寸《ちょっと》あの音をお聞きなさい、そら巡査が来ましたぜ」

私共は、足音をぬすんで、真暗な外に逃げ出した。海は白く光り、沖の空がその所為《せ》《い》で明かるかった。昔の事なので、色色思い出しても、合点《がてん》の行かぬ事が多い。綺麗《きれい》な貝が磯《いそ》の砂の中で光り、どこかで牛の泣く声が聞こえた。しかし、私共のまわりは暗く、磯伝いの向うにある岩山は、闇の中に、闇のかたまりの様に暗かった。

岩山の陰で、柴《しば》を焚《た》いて、雪平の中のお粥《かゆ》を煮た。父と母がどう云う料簡《りょうけん》でそんな事をしたのだかわからない。それを食べてから、夜の明けきらぬ内に、海ばたをうねうねと三里も続いている土手を伝って、逃げて来た。

土手の道は暗かった。足許《あしもと》の石垣の下で、浪《なみ》が砕けるたびに、ぴかりぴかりと光るものがあった。細い道が、あやふやな薄明りで、魚の腹のような色をして伸びているけれども、直《す》ぐ先で闇との見境がなくなってしまう。後から何だかついてくるらしかった。虎列刺と云う恐ろしいものが、わざと姿を消して、私共を追っかけている様に思われた。

夜が明け放れてから、港の町に着き、そこで俥《くるま》を雇って駅に出た。巡査や駅員のいる所では、だれも口を利《き》かなかった。

汽車に乗って、郷里の町に帰ってから、二三日すると、私共の町内にも虎列刺が出来た。こわごわその家の前を通って見たら、だれもいない店の入口に、縄を一本引っ張って、巡査が外に立っていた。縄が新らしいため、変に綺麗な黄色をしていた。家の人は、もうみんな、連れて行かれたに違いない。辺りに烈しい薬の臭《にお》いが散らかっている。それが、何だか巡査が臭っている様に思われた。

それから、方方に虎列刺が出来て、毎日毎日沢山の人が死んだ。死ぬと直ぐに役人が来て、死んだ者を棺桶《かんおけ》に押込み、縄でからげて、それに棒を一本通して、後先を隠《おん》坊《ぼう》が舁《かつ》いで、持って行ってしまう。だから虎列刺のお葬《とむら》いを一本棒と云った。それから巡査が来て、家の者をみんな連れて行くのである。そうして激しい薬を飲まして、それで死んだら、又一本棒にして、焼場に持って行くのだと、みんなが話し合った。

すると間もなく、ある日のお午前《ひるまえ》に、小いさな煙突のある車が、私の家《うち》の店の前に止まって、白い洋服を着た人が大勢、つかつかと家の中にはいって来た。私の家は造り酒屋だったので、丁度その日は船に積み込む酒樽《さかだる》の荷が出るために、朝から忙しくしている中を、白い洋服の役人は、構わずに座敷にあがって来て、一人一人家の者をつかまえた。海水浴から逃げて来た者は、だれだれだと調べられた。私は裏の座敷でつかまって、裸にされた。そうして役人が、白いきれで、私の身体《からだ》をごしごしと拭《ふ》いた。そのきれは、濡《ぬ》れていて、変につめたくて、薬の臭いがして、拭いた後がひりひりした。

それから、海に持って行った布団《ふとん》を引っ張り出して、店先の往来に積み重ね、一枚一枚、煙突のある車の上で、蒸した。小さな煙突から黄色い臭い煙が出て、辺りに流れて、往来には黒山の様な人だかりがした。「志保屋に虎列剌が出た」と云う噂《うわさ》が方方に伝わったから、商売に差しつかえた事だろうと思う。

一等車

私は汽車の一等に乗った事がないから、乗って見ようと思い立って、上野から仙台までの白切符を買った。但《ただ》し、その当時、私は陸軍と海軍の学校の先生をしていたから、切符は官用の半額である。だから、実は二等の切符よりもやすかったのだけれど、急行券には割引がないから高い。そうして午後一時発の急行に乗り込んだ。

着物は祖母の着古した、蚊帳《かや》の様な色の帷子《かたびら》を素肌に着て、朴歯《ほおば》の下駄を穿《は》き、青いズックを張った小さな手鞄《てかばん》を一つ携えた。ズックの色が褪《あ》せて、少し黄色に変りかけている。形が古風で、素麵櫃《そうめんびつ》に手をつけた様だった。それを自分でさげて行ってもいいけれど、赤帽と云《い》う者がいるのだから、赤帽に持たせた。

一等車は、列車の真中にあって、半分は廊下のついた寝台車に仕切り、半分は昔風に座席が窓に沿って長く伸びていた。私はその長い座席の真中の辺りに坐《すわ》って、何となく、ほっとした。夏の事だから、窓には金網の紗《しゃ》が張ってある。その所為《せい》で、車室の中は少し薄暗くて、どことなく荘厳《そうごん》な感じがした。

発車する迄《まで》、到頭だれも這入《はい》って来なかった。私は広い車室に一人ぽつねんと居て、益《ますます》一等に乗ったような気持になり出した。汽車が走り出してから、暫《しば》らくすると、年増《としま》のボイが這入って来て、私の前を丁寧に腰をかがめて通り過ぎたと思ったら、直ぐに帰って来て、私の足許《あしもと》にスリッパを置いてくれた。私がそれに穿きかえると、ボイは待っていた様に私の下駄を傍にそろえた上で、又丁寧なお辞儀をして去った。下駄の表に、大きな足の親指の痕《あと》が左右相対の位置に黒くついているのが気になった。

一等車の紗張りの窓から見る外の景色は美しかった。白い田舎道を、真赤に見える帯をしめた女が一人、尤《もっと》もらしく歩いて行った。向うの山裾《やますそ》を裸馬が一匹、無闇《むやみ》に走っている。車掌が這入って来て、入口で脱帽して、私の前を通り過ぎた。車掌が食堂車を通る時に、帽子を手に持って行くのは知っているけれども、普通の車室で脱帽するのは始めて見たから、不思議な気持がした。

隣りの寝台車に、どんな人が乗っているだろうと思って、仕切りの扉を開けて、廊下をぶらぶら歩いて行った。寝室はみんな開けっ放してあって、だれもいなかった。一番向うの端に人の気配がするから、その前まで行って見ようと思ったら、不意にボイが廊下に出て来て、何か御用で御座いますかと云う風にお辞儀をしたので、困ってしまって、そのままもとの席に帰って来た。

どこかの駅で汽車が停まった時、駅長さんが丁度私の車室の前に立っていて、紗の窓を通して中を見る様な、見ない様な風をした。さっきのボイが駅長さんの傍に行って、何か話し出した。どうも私の事を云っているらしい。脚を蚊が食ったから、平手でふくらっぱみを叩《たた》いたら、大げさな音が車内に響き渡った。

また汽車が動き出してから、暫らくすると、ボイが枕《まくら》と、薄い毛布のような物を持って来て、「お退屈さまで御座いましょう。少しお休みなさいましては」と云って、枕を座席の上に置いた。

段段つまらなくなって、少し眠くなりかけていたのだけれど、そんな事をされると、また気が立って、目が醒《さ》めてしまった。しかし、ボイがそこに立って、待っているから、仕方なしに私は横になって、枕に頭をあてた。ボイが足の方に毛布をかけてくれて、何処《どこ》で下りるかと尋ねるから、仙台までと答えた。

ボイが行ってしまった後、私はいつまでも天井や、窓から斜に見あげる空を眺めていた。ちっとも眠くなんかならない。何となく寝ているのも窮屈になって来たから、足の毛布を蹴飛《けと》ばして、起きてしまった。

車掌が何度も私の前を通ったから、その内に検札に来るかと思ったけれど、到頭来なかった。一等のお客には、そんな失礼な事はしないのだろう。

仙台に着いたから、降りようと思っていると、ボイが這入って来て、いきなり私のズックの鞄を携《さ》げて出て行った。そうして、汽車が止まるか止まらないかに、プラットフォームに飛び下りて、鞄を携げたまま、改札口に駆けて行った。鞄をそこに置いて、改札の駅員と何か話している。「変な奴《やつ》が乗っているんだけれど、ここを出て行く時、切符をよく調べてくれ」と云ったのではないか知ら。ボイが帰って来て、まだうろうろしている私に、「お鞄は改札まで持って参っておきました」と云うものだから、仕方なしに五十銭やった。改札を出たら、大きな欠伸《あくび》が続け様に出て、涙がぽろぽろとこぼれた。

晩《ばん》餐《さん》会《かい》

招待を受けたから、上野の精養軒に行ったら、沢山椅子《いす》のある広い部屋に、主人が一人窓際《まどぎわ》に坐《すわ》って、惘然《もうぜん》としていた。

主人は私の足音を聞いて、少し笑ったらしい。私が近づいて、今日《こんにち》は、と云ったら、主人は立ち上がって、にゅっと手を差し伸べた。そうして、その手が、いつまでも宙《ちゅう》ぶらりんに空間に突出している。私は、うっかりしていたので、あわててその手を執ったら、柔らかくて、温かくて、何年ぶりかに、この手を引っ張って方方歩き廻った事を思い出した。

今晩の主人は、盲人の宮城《みやぎ》道雄《みちお》氏なのである。宮城さんは高名な音楽家だから、足音のタクトによって、近づいて来る相手を鑑別する位は、何でもないかも知れない。又、以前よく宮城さんのお宅に行くと、宮城さんは二階で勉強していられる事があるので、そんな時は、下の間《ま》で、邪魔にならぬ様にそっと待っている。実は盲人をからかう悪戯っ気も手伝って、わざと声をひそめ、息を殺して、私のかくれている事を覚《さと》られない様に苦心した。その内、二階に気配がして、いろいろの物音が聞こえ、間もなく宮城さんが梯子段《はしごだん》を危っかしい足どりで下りて来る。「よく入らっしゃいました、内田さん」といきなり云われて、びっくりし、「おやおや、しかしどうして解《わか》るのでしょう」―「煙草《たばこ》の煙が梯子段を伝わって、二階に上がって来ましたよ」宮城さんは、それ見たかと云うような顔をして、見えない目蓋《まぶた》の上を手の甲でこすっている。

しかし一体宮城さんという人は、盲人のくせに勘がわるくて、御自分のうちで、しょっちゅう梯子段を踏みそこねて、二三段一度に辷《すべ》ったり、間境《まざかい》にぶつかって、額に瘤《こぶ》をこさえたりするのである。この方の技術は、恐らく一生上達する見込みはなさそうである。作品や演奏技術の上では、あんなに鋭く又行き届いた人が、どうして身のまわりの事に、こんなにへまなんだろうと思う。子供の時から、いつも手引がついて、あんまり大事にせられ過ぎた所為《せい》かも知れない。

私は宮城さんの隣りの椅子に坐って、暫《しば》らく振《ぶ》りの話をした。話は昔に食った、うまかった物の吟味である。相手も食意地が張っているから、そう云う事を話し合っていると、お互に気持が高じて、実感を催す。何しろ御馳走《ごちそう》の始まるのを待つ間の時間くらい楽しみなものはない。しかしそれが、あんまり長く続くと、段段いらいらして来て、少し腹が立ち、しまいには眠たくなってしまう。「まだ始まりませんか」と私が云った。しかし招待された客のうち、来ているのは、私だけであった。

その内に、次第にお客が集まって来た。今晩の招待は、宮城さんが大正八九年頃、まだ余り楽壇や社会に認められていなかった時分から、その芸術を理解し、又激励してくれた人人を呼ぶというのである。だから集まった二十人ばかりのお客は、音楽界の有名な先輩達であり、又共通した意味では、みんな同氏の芸術の崇拝者であった。

御馳走が始まり、お酒を飲んだ。そろそろお仕舞《しま》いだなと思う時分になると、果して世話役が立ち上がって、卓上演説の指名を始めた。ところが、演説が一つすむと、世話役は直《す》ぐその次ぎを指名し、到頭来賓全部を一人残らず立たしたには驚いた。

あんまり大勢がいろんな事を云うものだから、そのうちには、主人に対するお叱言《こごと》みたいな挨拶《あいさつ》もあった。抑《そもそ》も芸術家に慢心はもっとも慎むべきである、大いに勉強せられたい、と云うのだけれど、その話を段段聞いていると、一体こうして我我を招くと云う事がよろしくないと云う風にも取れそうだった。後で別席に移ってから、宮城さんに「大分叱《しか》られましたね」と云ったら、「大いに肝に銘じました」と云った。肝に銘じた結果、御馳走する事を止《や》める様になっては、よくないと私は思うのである。

風の神

風がはやるから、お呪《まじな》いをすると祖母が云い出して、提灯《ちょうちん》をともして、裏の物置から、桟俵《さんだわら》を持って来た。

その上に、沢庵《たくあん》の尻尾《しっぽ》をのっけて、祖母と母と私とが一口ずつ噛《かじ》り、歯形の痕《あと》に、各三度ずつ、はあ、はあと息を吹きかけると、それで、風の神が乗り移るのである。そのさんだらぼっちを持って、私が裏の川に流しに行かなければならない。高等学校の生徒だった当時だから、もう怖くはないけれど、それでも田舎の夜は暗くて、風が吹いている。田圃《たんぼ》の中に細長く伸びた一筋街の灯は大方消えて、薄白い道が両側の暗い軒の下を水のように走っていた。

私は沢庵の尻尾をのっけたさんだらぼっちを持って、横町を曲がった。急に向きの変った冷たい風が頸筋《くびすじ》を走った。向うの真暗な田圃の上に、ところどころ薄明かるいところがあるような気がする。私は急いで横町を通り抜けた。家並の断《た》えたところから、道が下り坂になって、すぐその下が橋になり川が流れている。川幅は一間ぐらいしかないけれども、川下に大きな水車があって、水を引くために堰《せき》がしてあるので流れも緩く、川幅一ぱいに水を湛《たた》えていた。

私は、橋の袂《たもと》から暗い石段を踏んで、川岸に下りて行った。そうして、水際《みずぎわ》にしゃがんで、さんだらぼっちを流れに浮かした。水の面《おもて》が白く光って、川下の方は何となく浮き上がっている様に見えた。川上は、川が町裏を真直《まっす》ぐに流れているので、先が細く見えるくらいまで遠く、白い光が伸びていた。橋の下を吹き抜けてくる風が、私の裾《すそ》を吹き上げた。

さんだらぼっちは、流れがゆるいのと、水面を渡る風が、時時、岸の方に吹きつける為《ため》に、いつまで経《た》っても、私の前を離れなかった。私が、それを沖の方へ送り出そうとして、手で水を搔《か》いたら、水が鳴った。冷たい音が、しんとした辺りに伝わって、すぐに消えた。すると私は、急に、暗闇《くらやみ》の中にしゃがんでいるのが恐ろしくなった。急いで立ち上がって、帰ろうとする途端に、橋の下のあたりで、微《かす》かに水の鳴る音がした。一寸《ちょっと》耳をすますと、すぐにその音は消えたけれど、帰ろうと思うと、また続いた。小さな棒切れか何かで、水を搔き廻しているようでもあり、お米を磨《と》ぐ音のようでもあった。私は、ぞっとして、橋の下を覗《のぞ》いて見たけれど、白光りのする水が橋の影をうつした所だけ暗くなっていた。橋下の石で切られた水の波紋が、暗い陰をきらきらしながら流れている外には、なんにも見えなかった。さんだらぼっちが少しばかり沖に出て、黒い影をひたしながら、静かに流れて行くのを見届けて、私は家に帰った。

橋の下で水音が聞こえた話をしたら、祖母は顔色を変えて云った。風の神様を流したら、後を見ずに、直ぐ帰ればいいものを、あすこの橋の下には、小豆洗《あずきあら》いの狸《たぬき》がいるそうだから、それが出て来たのだろう。後をつけられたら、どうします。早く寝なさい。

寝入ってから、暫《しば》らくすると、祖母に起こされた。風が強くなって、表の往来に面した八畳の間の格子戸《こうしど》が、がたがたと音をたてていた。祖母は、寝ぼけた私に向かって、こう云うのである。もう帰ったかな。まだそこいらにいるか知ら。お前が寝てから、暫らくすると、足音もせぬのに、だれか表に来たようだと思ったら、いきなり、格子をどんどんと叩《たた》いて「栄《えい》さん、栄さん」と二声お前を呼んだ。聞いたこともない声だから、あれはきっと小豆洗いの狸にちがいない。お前をつれに来たのだろう。だまって、返事もせずに、胸のうちで観音様をおがんでいたら、それきり声がやんだ。夜遅くなって、川ぶちにしゃがんでいるから、そんなものに馬鹿《ばか》にされる。これからは、気をおつけなさい。

「だって、お祖母《ばあ》さんが、風の神を送りに行けと云ったじゃありませんか」と私が云った。

「それはそうだけれども。本当にこの子は学校に行って、小理窟《こりくつ》ばかり云う」と祖母が云った。

髭《ひげ》

私が文科大学の学生の当時、髭を生やすことが流行《はや》ったから、私も髭を生やした。私の髪の毛は濃くて、頭を分けるのに困るくらいなのに、髭は、生やして見ると、非常に薄かった。特に鼻の下の真中の凹《へこ》んだところには、一本も毛が生えなかった。だから鼻の下の、右と左とに別別に髭が一塊りずつ並んで、頼朝《よりとも》公の絵像のような風格を備えた。

私は、その心もとない髭の尖《さき》を、当時の流行に従って、丹念に鋏《はさみ》で剪《き》りそろえた。短く剪れば、いくらか濃く見えるらしいのである。しかし、そのために上唇の薄赤い縁が、少しく上反りになったまま、髭の下から露出するのは、甚《はなは》だ見苦しかった。

毎日学校に行って、友人に顔を合わしても、また下宿に帰って女中に鼻の下を見られても、髭の生える時の顔の変化は緩慢だから、あんまり人が気にしない。偶《たま》に暫《しば》らく振りの友達に会っても、やあやあと云って、人の顔を見直すぐらいのことで済んでしまう。尤《もつと》もそれは変化が緩慢である計《ばか》りでなく、そんなに人がびっくりするほどの髭が生えていなかった為《ため》かも知れない。

暫らくの間、私は新らしい髭に拘泥《こうでい》していた。その内に暑中休暇になったので、私は髭を生やしたまま汽車に乗って、帰省した。郷里の人人は、大学生だから、それで髭を生やしたのだと速断して、別に怪しまなかった。ただ一人、私の祖母だけが、私の蓄髭《ちくし》に反対して「ろくでもない。官員様の真似《まね》なんかして。剃《そ》ってしまい。云《い》うことをきかぬと、寝た間に、むしってしまう」と云うのである。

漸《よう》やく、むしるのを勘弁して貰《もら》って、秋に再び東京へ出て来た時は、髭は既に私の顔の一部分となっていたらしい。人も怪しまず、私も気にしなかった。薄いには薄いけれど、あんまり濃い髭も俗であると私は考えていた。

それからまた毎日学校へ通っているうちに、今度は急に髭が厭《いと》わしくなって来た。髭を生やしている連中を見渡して見るに、概して碌《ろく》なのはいない。自ら進んでその仲間に入るような真似をしなくてもよかろう。第一、脣《くちびる》の上にだけ、少しばかりの毛を乗っけて歩くと云う料簡《りようけん》がわからない。剃ってしまえ、と思いついたから、早速、安全剃刀《かみそり》を出して、ごりごり撫《な》でたら、難なく取れてしまった。鏡で顔を見直して見ると、何となく、一体に色が白くなったように思われる。しかし、さっぱりはしたけれど、口のまわりが変に物足りなくて、鼻の下が不思議に長く思われた。そうして、全体の感じが、俄《にわか》に残忍酷薄になったように思われた。矢っ張りあった方が、よかったのかなとも思ったけれど、もう仕方がなかった。

翌日、薄暗い大学の廊下の掲示場の前に立っていると、急に岡田君が私の前に立って、

「おや」と云った。「恐ろしく大きな顔をしていますね。どうしたんです」

「どうもしないんだけれど」と云って、私が思わず自分の顔を撫で下ろした途端に、脣の上がつるつるで、毛の生えていないことに気がついた。

「そうだ、髭を落とした所為《せい》かも知れない」

「あっ、そうか。しかし変な顔ですねえ。僕はぎょっとした。よしたまえ。そんな顔をするのは」

岡田君から、いきなりそう云う挨拶《あいさつ》を受けたので、私は髭を落とした顔を人に合わせるのが心配になり出した。生える時は変化が緩舒《かんじょ》であるけれども、剃った時は突然相好《そうごう》が変るのである。しかし、変ると云っても、生やさなかった以前の顔に戻るに過ぎないのだけれど、他人はそんな前の顔を覚えていてはくれない。ただ、目《ま》のあたりに見える顔を目印にして、交際するから、髭を落とした顔を見て、化物に出会ったよ

うにびっくりするのである。

それから後、私は十年ほどの間に、二度も三度も、髭を立てたり落としたりした。どう云う時に、生やして見る気になり、またどう云う料簡で剃り落としたか、ちっとも覚えていないけれど、ただ、落とした後は、いつでも人が、びっくりした事はたしかである。従って、私の方でも、何となく人に顔を見られるのを避けたいような気持になる。その癖、剃り立ての顔で電車なんかに乗っても、私の顔を見て驚く者はいないのである。知らない人が見れば、可笑《おか》しくも何ともないものを、ただ友人だけが不思議がるのである。

その頃、私は陸軍教授として、陸軍士官学校に勤務していた。ある朝、急に髭が厭《いや》になったので、簡単に剃り落とし、少し遅くなりそうだったから、急いで学校に駆けつけて見たら、今喇叭《らっぱ》が鳴ったばかりのところらしく、教官室には何人《だれ》もいなかった。私が急いで講堂に出かけると、廊下を歩く私の足音を聞いて、週番の生徒は私がその入口に達するか達しないかに、気をつけの号令をかけた。講堂内の数十人の生徒が、一斉に起立して、林の如《ごと》く静まり返っている前に、私は威容を整えて立った。次いで、週番生徒の号令によって敬礼を受け、又出席人員数の報告を聞いた後、私から、休めを宣して生徒を着席させる順序なのである。ところが、その日の生徒達は、屹立《きつりつ》したまま、何時《いつ》まで待っても、次の順序に移らない。ただ、石の如く固くなったきりで、しんと静まっているのである。私が気がついて、その気配をうかがって見ると、彼等は硬直した一団となって、その塊りが、何となく膨れ上がって来るらしい。変だなと思う途端に、前列の端にいた一人が、顔を真赤にして、目玉が飛び出しそうに力み返ったまま、固く結んだ口の一端から、激しい息を洩《も》らして、ぷうと云った。すると、講堂の中が一時にざわめいて、方方でぷうぷうと吹き出す声がして、今までの静寂が乱れてしまった。私の顔から、突然髭がなくなったのを可笑しがって、しかもその可笑しさを我慢するために、生徒達は息を殺して苦しがっていたのである。学校の教師のように、毎日大勢の前に顔をさらす商売では、無闇《むやみ》に自分の顔をいじくり廻すのは、よくないと、後で私は考えたのである。顔と云うものは、もともと自分の所有には相違ないけれども、背中と同じく、自分で見ることは出来ないものである。是非見ようとするには、鏡の如き装置を要する。本来は自分で見るものではなくて、他人に見せる目印なのである。そのために、顔はいつでも相手の方に向けているのである。誤って自分は幾度か自分の顔に髭を立てたり、落としたりして、他人に迷惑を及ぼした。今後、再びこの過《あやま》ちをおかす事なかるべしと考えて以来、十幾年間、私はもう決して髭を生やさない。

どうかした拍子に抽斗《ひきだし》の底などから、髭のある昔の写真が出て来ると、私はつくづく自分の顔を眺めている内に、何となく鼻の下が痒《かゆ》くなるような気がするのである。

進水式

　毎週一回、金曜日の朝七時に東京駅をたつ汽車に乗って、私は横須賀の海軍機関学校へ独逸《ドイツ》語を教えに行った。大地震前の事なので、電車はまだ走っていなかった。汽車の時間が一時間と四十分かかり、横須賀に着いてからは、いつも駅まで迎えに来ている俥《くるま》に乗って、学校にかけつけると、丁度九時からの講義に間に合うのである。

　俥が駅の前の広場をはなれるとすぐに、工廠《こうしよう》の長い板塀と、暗い山裾《やますそ》とに挟まれた道にかかる。右手に高くそそり立った山が、狭い道に覆《おお》いかぶさる様に迫っている崖《がけ》の腹に、道の左の塀の向うにある入江を隔てた船渠《ドック》から、鋼《はがね》を打つ烈《はげ》しい響きが、絶え間なく水の上を走って来て、荒荒しい反響を起している。俥がその中を走り抜けて、水交社の前の広い通に出ると、道の突当りの正面に、見上げる様な大きな鉄骨の足代《あしろ》が、空の白雲を截《き》って聳《そび》え立っている。鋼鉄の打ち合う激しい物音は、その中から立って来るのである。私は俥の上で、その強い響きに頭を圧《お》さえつけられる様に感じながら、いつの間にか、毎週一回ずつの行き帰りに、その響きに馴《な》れて来たらしい。偶《たま》に、前日の木曜日の晩から横須賀に来て、水交社に泊った翌朝などは、目がさめるとすぐ、間近かにその烈しい鋼の音をきいて、何となく横須賀に寝たと云う感じがはっきりする様に思われたりした。

始めの内は、ただその鉄骨の間に、何処《どこ》からともなく湧《わ》き出すように轟《とどろ》き渡る響きを聞いて、恐ろしく大きな軍艦が出来るのだろうと想像するばかりであったが、その内に、いつからともなく、足代の下から、段段に鋼鉄の壁のようなものが伸び上がって来だした。それとともに鋼を打つ音も、一層強く激しくなり、鉄骨の天辺《てっぺん》を横に渡した梁《はり》の下を、猿ぐらいの小さな人が、鋼索で吊《つる》した箱に乗って、忙しそうに行ったり来たりした。梁を伝って、宙乗りして走っている箱が止まると、その辺りから激しく金を敲《たた》く音が起こるようにも思われた。

鉄骨の足代の底から、伸び上がって来た鉄壁が、いつとはなしに、見上げる様な高さになり、煙筒も帆柱もない、のっぺらぼうな大きな船の形になる迄《まで》に、一年かかったのか、二年たったのかわからない。鉄骨の枠の中に、その大きな物体が固定して、もうちっとも伸びなくなってからでも、一年ぐらいは過ぎたろうと思う。毎週一回ずつ、横須賀に行く私には、向うの岬の展望を遮って、枠の中に赤黒い丘の如《ごと》く聳え立っている陸上の船が、横須賀の自然の一部となってしまったのである。

いよいよ出来上がったと見えて、進水式の日取りがきまった。海軍機関学校の教官と云う資格で、私も参列を許されたから、当日はフロックコートを着て、船渠《ドック》の式場に行って見ると、方方に幔幕《まんまく》を張り廻《めぐ》らし、彼方此方《あっちこっち》に打ち込んだ杭《くい》にも、紅白の布が巻いてあって、礼服の士官がざわめき、軍楽隊が鳴り出して、欄干《てすり》のついた高い懸橋の上を、高貴の方方が渡って行かれた。

懸橋は段段に高くなって行って、厳かにしつらえられた台に通じている。辺りの気配が次第に引きしまって来るらしかった。その台の上に立たれた高貴の方が、小さな黄金の槌《つち》を挙げられたのを、遥《はる》かに拝したような気がした。不意に辺りがしんとして、息がつまる様に感じた瞬間、忽《たちま》ち何処からともなく湧き上がる様なざわめきが伝わって、それが段段に大きくなって来た。軍艦の胴体を繋《つな》ぎ止めた最後の綱の端が、高貴の方の前に導いてあるのを、黄金の槌を以《も》って打ち断られたのである。大きな薬玉《くすだま》が割れて、鳩《はと》の群が出鱈目《でたらめ》の方角に乱れ飛んだ。どよめきが益《ますます》大きくなって、何の声だか、響きだかわからなくなった途端に、私は、はっとして全身に水をかぶった様な気がした。すぐ目の前にある赤黒い丘が、少しずつ動き出したのである。まわりのどよめきは怒号に達している。その中に、微《かす》かに音楽の音色も混じっているらしい。胴体が辷《すべ》り出した。見る見る内に速さを増した。辷って行く艦底を目がけて、砂嚢《さのう》を無闇《むやみ》に投げつける人があった。何処かで、火花が条《すじ》のように走ったと思ったけれど、はっきり意識する事が出来なかった。足の尖《さき》から、地響が伝わって、段段大きくなる様に思われた。

赤黒い胴体が、速さを増して海の方に遠ざかるにつれて、少しずつ、輪郭の収縮して行くのがわかる様な気がした。それが何とも云えぬ物凄《ものすご》い感じを与えた。遠くに見える海面に、白浪《しらなみ》をたてて、のっぺらぼうの軍艦が浮かんだのを見ても、何となく気持ちがぴったりしなかった。あんまり勝手のちがった光景を瞬間に眺めて、私は壮大な感激を十分に会得《えとく》する事が出来なかった。ただ、今まで目の前にそそり立っていた大きな物が急になくなって、その向うに大勢の人の顔が一ぱいにつまって居《お》り、向きの違った風が吹いて来て、辺りが何となく白け返っている事の方を、しみじみと感じた。

それから工廠の中の祝宴場で、御馳走《ごちそう》になった。杯を挙げて船渠《ドック》のあたりを見渡すと、鉄骨の枠の中に、なんにもなくて、その向うに松の樹《き》の繁《しげ》った小山が、中途半端《はんぱ》な変な距離に、片付かない恰好《かっこう》をしていた。

大正十二年の大地震の後、惨禍の最も甚しかった横須賀の様子が見たくて、九月下旬にやっと鉄道が動き出すのを待ち兼ねて、私は朝の汽車で出かけた。行きと帰りの汽車に半日ずつかかって、帰って来たら、暗い東京のところどころに灯が点《とも》っていた。

横須賀に着いた時、駅の前の広場を過ぎて、すぐに崖の下の狭い道にかかる所の様子が変っていた。暗い筈《はず》の道が妙に明かるかった。見上げる崖の上の山の姿が、すっかり変ってしまって、高さがもとの半分にも足りなかった。大地震が、横須賀の自然を変えてしまったのである。姿の変った山を見上げた時、私は不意に芽出度《めでた》い進水式当日の記憶から、急にいなくなった、のっぺらぼうの軍艦の姿をなつかしく思い出した。それが、何と云う名前の軍艦になっているのか、私は忘れたのだか、もとから知らないのだか、何しろ思い出せないのである。

羽化登仙

揺揺《ようよう》と云う玩具を弄《もてあそ》んで寝た。横になって、眠りに入るまでの間に、私は自分の体が軽く上下に揺れているような心地がして、その儘《まま》夢につながってしまった。

又、或時《あるとき》酒を汲《く》んで微酔した後、暫《しば》らく揺揺を弄んでいたら、手を止めている間に、自分の体の方が、ゆらゆらと浮き上がる様に思われ出した。座に帰ってから、目をつぶっていると、私は坐《すわ》ったままに畳を離れて、少しずつ昇ったり降りたりするらしい。その時の気持は、天気の好《よ》い日に、小さな飛行機に乗って、飛行場の空に浮いて遊んでいるのと何処《どこ》か知ら似ているのである。揺揺と云う玩具が、あんなに流行《はや》り出して、大人が弄んでも何となく捨て難いような気持がするのは、その所為《せい》でないかと、私は考え出した。

人間には昔から、空を翔《かけ》りたいと思う気持があって、それが人人の眠りに潜んでは、鳥の姿を追ったり、又は自分で宙を飛び、或《あるい》は往来の上を浮いて辷《すべ》るような夢になるのである。言葉に現われては、天にも昇る心地がするとか、飛び立つ思いだとか、羽化登仙などと言い古されているのである。揺揺の遊びは、他愛《たわい》もない事に違いないけれど、同じ様な趣きの玩具が、私共の子供の時からの記憶の中にも、既に二度か三度のはやりすたりがあったらしく、なお希臘《ギリシャ》の昔に、同じ様な遊びがあったと云う話も聞いたのである。

揺揺が指頭から垂れ下がった長い糸の尖《さき》に輾転《てんてん》して、エレキの如《ごと》く這《は》い上り、滝の水の如く落下する不思議な躍動は、閃光《せんこう》と響きを一糸の律動に托《たく》したような感じがするのである。その顫動《せんどう》は、直ちに糸を支える指頭に感じ、指は揺揺と人体との媒介に立って、揺揺が揺れれば、人体はそれに従って揺動を受ける。仮りに揺揺の方を固定して考えれば、揺揺を弄ぶ人の体と魂とは、糸を摘《つま》んだ指頭を媒質として、その律動の度毎《たびごと》に、ゆらゆらと上下に躍っている事にもなるのである。そのどちらが固定し、どちらが動くかの兼ね合いは、酒に酔い或《あるい》は眠りに入る前のあやふやな気持では、判然しないらしいのである。私は飛行機の遊びを好み、又偶然揺揺を弄んで、両者の間に一脈通ずるところの趣きを人に説くのだけれど、何人《だれ》も合点《がてん》しない。乃《すなわ》ち文に綴《つづ》って、話の無理を通そうとするのである。

遠洋漁業

子供の時、私の郷里の町に、郡司大尉《ぐんじたいい》が講演に来た。市役所の会議所のようなところに、薄暗い幻灯を映して、千島《ちしま》だの、占守《しむしゅ》だの、コンマンドルスキーにミッドウェー、猟虎《らっこ》に海豹《あざらし》に膃肭獣《おっとせい》などの話をして聞かせた。郡司大尉の声は嗄《しわが》れていた様である。私はその話を、半分は本当にあった事らしく、半分は私の夢であった様に思うのである。

その翌日から、私は金谷の寿さんと云《い》う私の乳兄弟《ちきょうだい》と相談して、二人で郡司大尉の真似《まね》をする事にきめた。先《ま》ず、町の裏の田圃《たんぼ》に出て、寒《かん》の冷たい風に吹かれながら、川の縁を伝って歩いた。二人は我我の漁場を発見しようとしているのである。石橋の下に薄日が横から射《さ》し込んで、水のよどんでいる所に、目高が五六匹かたまって浮いている。目高は寒いからちっとも動かない。或《あるい》はみんなで集まって、眠っているのかも知れない。寿さんが番をしている間に、私は急いで家に帰って、大急ぎで台所の女中に網を拵《こしら》えて貰《もら》った。普通の網の目では、目高が抜けてしまうから、木綿の切れを竹の輪に縫いつけて貰ったのである。それを持って、内緒で家を駆け出した。もし祖母に知られると、こんな寒い日に、田圃中《なか》に出ると、風を引くから行ってはならぬ、と叱《しか》られるに決まっている。

寿さんの待っている所に駆けつけて見たら、目高はまだ動かずに浮いていた。先ずそこに一網入れて、相当の漁をした。それから、川をあちらこちら漁《あさ》り廻って、三十匹位目高を捕ってから、家へ帰って来た。

次に私共は、昨夜の幻灯で見た通りに、獲物の貯蔵法をやらなければならない。倉の隅の空地から、屋根瓦《やねがわら》のわれたのを拾って来て、その上に目高を列《なら》べた。そうして、それを庇《ひさし》の上に上げて、風で乾かす事にした。

その日の作業はそれで終ったので、私と寿さんとは、炬燵《こたつ》に這入《はい》って、勘察加《カムチャツカ》やコンマンドルスキーの地図を描いて遊んだ。

翌日、庇から瓦の破《や》れを下ろして見ると、目高は乾いたのだか、凍ったのだか知らないけれど、固くなって、小さな目だけが黒く光っていた。少し数が足りない様だけれども、猫ならみんな食ってしまうに違いないから、事によると雀《すずめ》が二三匹持って行ったのかも知れない。

台所から黙って焙烙《ほうろく》を借りて来て、私の部屋の火鉢にかけ、乾いた目高をその中で煎《い》った。川魚の焼ける変な臭《にお》いがしだした。少し醤油《しょうゆ》を入れた方がいいかも知れないと寿さんが云うから、又台所へ行って、お皿に醤油を少し許《ばか》り盗んで来た。そうして焙烙の中に醤油を入れたら無闇《むやみ》に煙が出て、目高が真黒になった。砂糖も入れた方がうまいか知れないけれど、砂糖をつかったりしては、遠洋漁業の様でないから止《や》めた。焙烙は内側が真黒に焦《こ》げて、おまけに変な臭いがするから、台所に持って行けば、きっと女中が怒るに違いない。それで焙烙は隠してしまって、もう返さない事にした。

それから、私と寿さんとは、焼けた目高を何かの空き罐《かん》に入れて戸棚にしまった。そうしておいて遊びに出た。私共は一先ず目高の事を忘れなければいけない。そうして、腹がへって帰って来て、何か食うものはないかと考えた時に、目高があるから、あれを食って飢えを凌《しの》ごうと思わなければ面白くない。しかし、外に出て見ても、目高の事ばかり気になって、忘れる事はとても出来そうもないから、又じきに帰って来て、二人で目高を食い始めた。罐の中から出して、一匹ずつ食った。にがくて、煙臭くて、口の中がじゃりじゃりして、ちっともうまくない。それを我慢して、幾匹も幾匹も食っている内に、何となく悲痛な気持になり、何を云い出したのか忘れてしまったけれど、後で寿さんと喧嘩《けんか》をして別れた。

居《い》 睡《ねむり》

文科大学の学生の時、青木昌吉先生の時間は、春夏秋冬いつも必ず居睡りをして過ごした。講義がつまらないなどと云う、生意気な理由は毛頭ないので、重重私が悪いのである。しかし先生の方に幾分の責任がない事もない。つまり先生の顔と手の動かし工合が、私を眠らせるのである。幸いその当時はまだ鼾《いびき》をかかなかったつもりだから、ただ静かに、うな垂れて眠っていたものと思うけれど、それにしても、誠に先生に申しわけなく、且《か》つ私も後で試験の時に困る。どんなにしても、此《この》時間は起きていようと決心して坐《すわ》っていても、矢っ張り駄目なのである。先生が這入って来られて、教壇に落ちつき、本を開いて何か云い出されると、そろそろ眠くなり、先生の手の動くのを夢と現《うつつ》の間に追っている内に、もうなんにも解《わか》らなくなってしまう。その癖、放課の鐘が鳴り始めると、すぐに、ぱっちりと目がさめて、実に澄み切ったすがすがしい気持になる。今迄《いままで》の惰眠はまるで他人事《ひとごと》のように思われ出す。だから、いくら眠っていても、放課後まで目がさめず、気がついて見たら、だれも辺りにいなかったと云う様な目に会った事はないのである。

大学を出てから、学校の先生になった。私立と官立とを掛け持ちにして、語学を教えていると、どちらの学校の生徒もそろそろ私の時間に居睡りをし出した。特に官立の方がひどいらしい。官立と云っても、陸軍の学校なのである。私の出ていたのは、当時の士官学校で、その時分の中央幼年学校の方は、私は知らないのだけれど、その方に出ている友人の話を聞いたら、何しろ規律の八釜《やかま》しい学校だから、生徒が教室で居睡りをするなどと云う事は決して許されない。しかし、規律はそうとしても、眠い時には誰でも眠くなるのである。そこで、生徒達は精神鍛錬の結果、姿勢を崩さないのは勿論《もちろん》の事、ちゃんと眼を開いたまま、正面を向いて居睡りをするそうである。馴《な》れない先生は、そんな事とは知らないから、その生徒に呼びかけて見ると、反応しないので、面喰うと云うのである。しかし、私の出ていた士官学校には、そんな離れ業を見せてくれる生徒は一人もいなかった。或《あるい》は先方で私を甘く見て、それ程の気をつかう必要も感じなかったのかも知れない。ただ極く普通に、教官たる私の面前で居睡りをするのである。居睡りをする生徒の顔ぶれも気をつけて見ると、大概きまっている。そこで私は訓戒を垂れて曰《いわ》く、居睡りをしてはいかん。特に最も戒心すべき事は、私の顔を見、声を聞き、手ぶりを見て眠りを催す事である。一たびそう云う悪癖に染まると、恐らく卒業するまで私の時間に目を覚ます事は困難であろう。気をつけなくてはいかん。しかし、私の訓言は何の役にも立たなかったらしい。青木先生の前の如《ごと》くに、彼等は眠りつづけたのである。

それから、私は砲工学校に転任した。ここの学生はみんな少尉《しょうい》又は中尉で、中には大尉もいる。所謂《いわゆる》みんな高等官なのだから、校長の訓示にも、生徒諸子とか学生諸君とか云うところを、諸官は、と云うのである。その学校で、私はまた語学を教えた。学生諸官は大変おとなしく、又万事に要領がよくて、余り気をつかう事もない。輪読をさせるにしても、大学予科や士官学校の様に、一時間に幾人にもあてると云う面倒をしなくても、一人で沢山読んでくれるのである。そこで、教官たる私は、教壇の上の肱掛椅子《ひじかけいす》に靠《もた》れて、黙って聴いていればいい。だから段段ねむくなり、眠いだけならいいけれど、時時辺りがぼんやりして、何も解らなくなる。本を読んでいる学生の声も聞こえている様な、いない様な、妙な工合になる。それから、しんとしてしまう。はっと思って、気がついて、辺りを見廻し、どこまで読んだか、うろたえて続き目を探すのである。そのしんとした間が、どのくらい続いたのか、それは私には解らない。私の最も恐れるところは、その当時、既に、眠れば鼾をかく癖が始まっていた筈《はず》だから、或は教壇の上で変な声をして、それが咽喉《のど》にひっかかり、がばっ、と云う奇声を発した途端に、はっと思って目がさめるのではないかと云う懸念《けねん》である。しかし、学生諸官は、仮りに私が居睡りをし、又鼾をかいたとしても、それを荒だてて、兎《と》や角《かく》云うような不行儀な事はしそうもないのである。だから、私が教壇の上で、何事もなくすんだと云う事は、私の鼾をかかなかった証拠にならない。私は右の一件を思い出す度に、いつも不安に堪えないのである。

風《ふ》呂《ろ》敷《しき》包《づつみ》

本を読むのが段段面倒くさくなったから、なるべく読まないようにする。読書と云《い》う事を、大変立派な事のように考えていたけれど、一字ずつ字を拾って、行を追って、頁《ページ》をめくって行くのは、他人のおしゃべりを、自分の目で聞いている様なもので、うるさい。目はそんなものを見るための物ではなさそうな気がする。

貧乏の揚句、家族の食うものがなくなったので、蔵書を売り払って、最後に、いくらか未練があって残しておいた字引も、みんな売ってしまった。独逸《ドイツ》語の教師をしているので、辞書の類は大分持っていたのだけれども、それを売ったら、何だかその語学にも興味がなくなってしまった。その後、また都合をつけて、字引を買い揃《そろ》えると云う気にもなれない。解《わか》らない事があれば同僚にきき、又は調べて貰《もら》う。それも面倒臭くなると、教わる側の学生に調べさせる。いっその事、教師を止《や》めてしまえばいいと思うけれど、貧乏でそれも出来ないから、独逸語を職業用、教室用としての以外には使わない事にして、我慢する。何年か前までは、独逸人との話し合いも、どうせよちよちの、辛うじて用を弁ずる程度の会話にしろ、兎に角独逸語を用いたけれど、近来は一切日本語で話す。又大概それで用は弁じるのである。解らなければ、ほうっておいて相手にしてやらない。

一昨年の夏、私の出ている学校で、学生の羅馬《ローマ》飛行を実施した時、私は飛行機の会長なので、各国の大使館や公使館に交渉する用事があった。独逸の大使館に行った時、以前は時時、大使館の会合などに出た事もあるけれど、近年ちっとも寄りつかないから、誰も顔を覚えている者はない。うっかり独逸語の教師だと云う事が露見すると、事が面倒だと思ったので、同行した学生にも旨《むね》をふくめておいて案内を乞《こ》うた。一室に通されて間もなく、若い独逸人が出て来て、独逸語で、貴方《あなた》は独逸語を話すかと聞いた。私が、きょとんとしていると、今度は英語で同じ事を聞いた。「いいえ」と答えて、私は畏《かしこ》まっていた。今度は英語を話すかと聞かれた。「恐れ入りますが、通訳の方をお願いしたいのです」と日本語で云ったら、日本人の、何処《どこ》かで見た事のある様な気のする人を連れて来た。

用件は、その飛行機が、独逸の国境に這入《はい》ってから後に、万一不時着でもした場合、独逸人が受けるかも知れない損害に対して、予《あらかじ》め一定の賠償額を積み立てる為《ため》に、その金額を供託するか、又は指定せられた独逸の保険に這入れと云うような事で、それは御免蒙《こうむ》りたい、そんな事なしに済まして下さいと頼みに行ったのだから、どうせ話が六《む》ずかしくて、私の会話力では間に合いそうもなかったのだけれど、それにしても、まるっきり独逸語が一言も解らない様な顔をしてすませたのは、大いに失礼したと後悔している。

話の途中で、通訳の人が、私の話を聞き違えたか、勘違いするかして、間違った事を独逸語で伝え出したのを聞いて、私はあわてて、それを遮った。

「いえ、そうではありません。こちらをたつのが二週間後なのです」

云った後で、しまったと気がついた時には、通訳の人も、独逸人も、私の顔を見て、変な表情をしていた。

自分で外国語を話すのが億劫《おっくう》なばかりでなく、人の話しているのを聞くのも、うるさい。何の因果で、こんな面倒臭いもので、飯を食う様な巡り合わせになったのだろうと思う。

人の書いたものを読まない様にして、自分が人に読ませる原稿を書いているなども、因果な話である。人間の手は、字を書くのに使うものではなさそうな気がする。暮に文藝《ぶんげい》春秋社から手帖《てちょう》を貰ったから、お正月から日記をつけ始めた。昨日は誰が来たか知ら、今朝は曇っていたか知らと考え出すのが、段段面倒臭くなって、一月二十一日、土曜日に、「スンダ事ニ用ハナシ。モウ今日限リ止メル也《ナリ》」と書いて、今年の日記は、お仕舞にした。

その癖、用事は紙片《かみきれ》にかく。特に、何か知ら不安な、気がかりな、先《ま》ずその時までは思い出さずにいたい、しかし忘れてしまっても困ると云う様な用事は、手帖に書き入れるよりは、ばらばらの紙片に書き留めて置く方が気持がいい。それを鞄《かばん》の中に入れて、持って歩く。段段そんな書付がたまって、それに、また後で読めばいいと思って、封を切らない手紙や、払うあてのない請求書などが一緒になって、赤皮の大きな手《て》提《さげ》鞄が一ぱいになってしまったのは、去年の春頃である。その鞄は、長い間質に入っていたのを、何かを出す序《ついで》に一緒に受戻したのだけれど、暫《しば》らく振りに、物珍らしさで携《さ》げて歩いている内に、忽《たちま》ち一ぱいになってしまって、今でもおなかを膨らました儘《まま》、部屋の隅で埃《ほこり》をかぶっている。中に何が這入っているか私はもう殆《ほとん》ど記憶がない。

全体、持ち歩くのに鞄は邪魔になる。袱紗《ふくさ》包の方が手軽であると思いついて、私はいろんな書付を袱紗に包み始めた。そうして鞄の後にもう、漱石先生、芥川《あくたがわ》君、田山花《か》袋《たい》先生のなくなられた時に貰った袱紗を三枚とも一ぱいにしてしまった。その外にまだ、学校の教員室の戸棚の奥には、その以前の書付の束を、無茶苦茶に包んだ風呂敷包が二つある。無闇《むやみ》に包むばかりで、なんにも整理していないのだから、その儘すてるわけにも行かず、と云って、取って置いても、開けて調べる気にもなれず、第一、古い書付と云うものは、汚くていけない。私が悪い事をして、検事が家宅捜索をする様になると、嘸《さぞ》かし手数を煩《わずら》わす事だろうと、あらかじめ恐縮に堪えない。五六年前に、一度どうかした機《はず》みにその当時の風呂敷包が崩れて、中から見たくない様な書類が一ぱい出て来た時、何だか、かちっと云う音のする状袋があったから、開けて見たら、五十銭銀貨で二円五十銭出て来た事がある。多分、袋の中から、いい加減にお金を出してつかって、計算は後でするつもりで、その時のおつりを中に残した儘、風呂敷に包んで忘れたものらしい。今ではもう、どの包みを開けてみても、そんな袋はなさそうだから、開けて見る気もしない。否《いや》、仮りにそう云う袋があるとしても、三円や五円では、包みは開けられないのである。先ずそっとして置いて、天変地妖《てんぺんちよう》で消え失《う》せるのを待つか、若《も》し包みの方で頑張るなら、私の方で、もろもろの包みを残して昇天するばかりである。

清潭《せいたん》先生の飛行

清潭先生は、奥さんと小さいお嬢さんとを連れて、飛行場に来られた。先生は、いつもの通りに和服を着て、靴を穿《は》き、変な頭巾《ずきん》の様なものを被《かぶ》っている。そこいらを、ぶらぶら歩き廻る先生の動作は、甚だ敏捷《びんしょう》でない。お湯に這入られても、熱いのだか、ぬるいのだかよく解らないのだと、誰かが云っていたが、どうも歩いて居《お》られる脚の工合が変である。飛行機に押し上げなければ、乗れそうもない。世話をする学生が、一骨折れるだろうと思った。

間もなく学生の飛行練習が終って、清潭先生が体験飛行をする順になった。私は格納庫の方に用事があったので、飛行機のピストには行かずに、遠くから眺めていた。

飛行機のまわりに、学生が四五人集まって、清潭先生を押し上げている。見ていても、なかなか埒《らち》が明かない。しまいに、胴上げされているような恰好《かっこう》になって、片脚をぴんぴん跳ねている。

学生の一人がピストから走って来た。あの着物を着ている先生は、お嬢さんと一緒に乗ると云われるんですけれど、あんまりお子さんが小いさいから、謝《ことわ》りましたが、それでいいかと確かめに来たのである。

私も、それは止《よ》して貰った方がいいと答えた後で、さっきから、みんなで何をしているのかと尋ねて見た。

「あの着物を着てる先生は駄目なんです」と学生が云った。「脚をつっぱらかしてしまって、ぴんぴんはねてるから、乗れないんです」

「その脚を乱暴に押してはいけないよ。早く向うへ行って、そう云っとき給《たま》え」

その学生が走って行って、まだ飛行機の傍へ行かない内に、清潭先生の胴体が、やっと後部座席の縁を越したらしく見えたと思ったら、それっきり先生の姿は隠れてしまって、ただ、脚が一本、にゅっと機体の上に聳立《しょうりつ》している。先生に怪我《けが》をさせなければいいがと、私は心配し出した。

学生達は、後部座席の廻りにつかまって、先生を引き起こそうとしているらしい。しかし、そうするには、先生の脚が風除《かぜよ》けの硝子《ガラス》板に引っかかって、うまく行かないと思われる。

プロペラは止めずに廻しているから、低速ながら、ぶるっぶるっと響をたてているので、なお更、光景が物物しい。

その内に、脚が向うの方へ弧を描いて、そろそろ廻り始めた。誰かが手を添えて動かしているのだろう。清潭先生が痛くはないかと心配していると、脚が消えて、飛行帽を被った頭が見え出した。廻りにいた学生が一人二人地上に飛び下りた。私も、ほっとしたけれど、どうも何だか変である。すると、今飛び下りた学生が、また座席の縁に手をかけて、登った。折角、脚を押し込んで見たら、清潭先生は、後向きに乗っているのである。

周囲の学生が、また手をかけて、清潭先生を座席の中に引き起こしている。

今度は前後の向きを換える作業なのである。そうして学生がみんな、廻りから飛び降りた後を見たら、清潭先生の飛行帽に包まれた頭が、昂然《こうぜん》と前方を向いていたのである。

飛行機が滑走を始めて、すぐ離陸した後の芝生に、学生達は仰向《あおむ》けに寝ころがって、みんな片脚を空に向けて、ぴんぴん跳ねている。

清潭先生の飛行機は、ちるちると啼《な》いている雲雀《ひばり》を追い散らして、飛行場外れの上空で旋回している。清潭先生が片手を挙げて地上の人影に合図をしているらしい。雲雀は追われても、矢っ張り清潭先生の上下前後に、春日を吸うて啼いている。

老《ろう》狐《こ》会《かい》

老狐の寄り合いなどと云《い》う、物騒な会が出来て、私もその一匹に加えられたのは、光栄の至りである。某日、学校の多田教授が私を捕えて、さて申されるには、先生独逸《ドイツ》語会も、創立以来満十年になりました。最初に独逸語劇でファウストを上演してからは、もう十二三年になるでしょう。近いうちにその記念祝賀の会をするから、出て頂きたい。それについて、私共はこの機会に、独逸語会出身の卒業生と、関係の教授達とを含む会をこしらえて、お金を造って、現在及び今後の独逸語会を後援したいと思いますから、その相談を明日の晩六時に開くつもりです。先生も学校に残って下さい。

小生ひそかに思えらく、そうしてお金を造る会をこしらえて、うんと沢山お金をためておいて、若い後進の無心を聞いてやる、毎年暑中休暇には、二三人ずつ独逸へ旅行させる、あんまりお金をつかい過ぎたら、帰って来たところをつかまえて、みんなで叱《しか》ればいい。綺麗《きれい》な独逸人の少女と結婚したいと云いだしたら、その肝煎《きもい》りもしてやろう。聞き合わせに誰かが独逸まで行かなくてはならないと云う様な場合にも、こちらの会にはうんとお金があるのだから、一向差支えない。そうして、なるべくならば、向うのお金持ちの少女と結婚させる様に計らって、金馬克《マルク》で持参金を持って来てもらう。それはもちろんこちらの会の収入にする。時時一ぱい飲めるなと考えたから、早速多田さんの申し出《い》でに賛成して、あしたの晩の六時に、学校に残る事を決心した。

さて、翌日の晩の六時が近づくにつれて、私は少し不安になって来た。不安のよって来《きた》るところには、生理的変調が潜在する事を承知しているから、まず他人の所為《せい》にする前に、一応自分の中にその原因をもとめて見たら、少少腹がへっていたのである。晩の六時に人を集めておいて、一体御飯はどうするつもりなのだろう。それまでに済ませておけと云う料簡《りょうけん》なのか、御馳走《ごちそう》しようと云う計画なのか、その辺がまるで曖昧《あいまい》であり、かつ無責任のそしりを免れない。多田さんはどこへ行ったと騒ぎたてたら、教授室の給仕が、多田先生は、ザカへお茶を飲みに行かれましたと云った。わざわざあのけわしい坂を攀《よ》じ登って行って、一ぱいのお茶にありつき、また坂を下ってくる。御苦労様な話だけれど、どうせ十銭つかうなら、それだけの艱苦《かんく》をなめた方が、十銭の銭にも抵抗感を伴なうだろう。らくにつかうより何となくつかいでがするに違いない。考えたもんだな、と感心しながら廊下を歩いていると、今年卒業した飯田、森などと云う独逸語会の古狸《ふるだぬき》が、玄関脇《わき》の薄暗いところに立って、目を光らしている。空腹のためにふらふらしている私を捕えて、二人がかりで、独逸語会も既に十年になりました、それについては、この際我我出身者の会をつくりまして、金を集めてと多田さんから聞いた通りな事をまくしたてた。その相談に加わるために、僕はこうして居残っているのですと云う事を両君の前に披瀝《ひれき》して、その諒解《りょうかい》を得る迄《まで》には、相当の努力を払わなければならなかったのである。

その内に、多田さんも帰って来た。三島、山本、岡、田村の諸君も集まって、いよいよ相談に取りかかる事になったから、私はその前に、一体御飯はどんな事になるのだろうと、多田さんに当って見た。多田さんは、自分がお茶を飲んで、腹の中が水気で温かいものだから、澄ましたもので、今日は御飯は、みんな別別に一緒に食うのです、と解《わか》りにくい事をいった。別別と云うのは解り切った話で、家鴨《あひる》や豚の子の様に、一つお皿に口を突込もうとは云いやしない。そうではなくて、負担は別別という事を意味し、一緒にというのは、場所と時間を指定のところに制限すると云う云い廻しなのである。兎《と》に角《かく》、そういう事であるならば、そういう事であらしめるとして、さて、いよいよ相談が始まったのである。会の名前をきめようじゃないかと云う事になって、独逸語会の卒業生の会だから、兵隊さんでいえば、まあ在郷軍人会見たようなものである。在郷独逸語会、そんな名前もつけられない。

何か外の分別はないかな、と云っていたら、多田さんがフックスの事をいい出した。フックスは独逸語の狐《きつね》で、又大学新入生の事を意味するのである。みんな昔はおとなしい一年生だったのが、年を経るに従って、こんなに、おとなしくなくなったのだから、老狐の会はどうだ、と云う事になって直《す》ぐ話がきまってしまった。何人《たれ》も不思議な顔をする者はなく、みんな我が意を得たる如《ごと》き表情を以《もっ》て、この会の名前を決定したところを見ると、各《おのおの》内心思い当る点があるのだろう。名称がきまった上で、更《あらた》めて老狐会の諸秀才の顔を見渡して見るに、甚だ自然にして、ちっとも奇抜な感じはしないのである。それについて、先程、玄関で飯田、森両君に会った時、古狸だなどといったのは、悪気があってそう思ったのではないから、気にかけないで頂きたい。その時にも謝った通り、薄暗がりにたたずんでいられたので、狐と狸の見違いをしたのである。

それから今度は、お金の相談である。ところが、おなかがへって、金の事なんか考えられない。御飯を食いながら相談しようと云う話になって、老狐諸君が舌なめずりをしながら考えだした。独逸語会は以前に、学校裏のつるやの二階を借りて事務所にしていたから、あそこにしようと決まって、すぐに出かけた。狐に鶴《つる》なんてイソップ物語の様で甚だ趣がある。二階に通って早速麦酒《ビール》をのんだ。そうして、いつ迄も麦酒ばかりである。なんにも御馳走が出て来ない。別別に一緒にの点が考慮せられているらしい。しかし何分餓狐《なにぶんがこ》の鼻の穴に、下の料理場でいぶしたてる天婦羅《てんぷら》の煙が、遠慮もなく這入ってくるので、麦酒でも飲んで居なければ、我慢が出来ない。だから無闇に麦酒を飲む。別別に一緒にの件が、これでは甚だ別別になると面白がっていたら、やっと天婦羅が来た。狐色に揚がった揚げ物の前に、シュナウツェを列《なら》べた風景は、鬼気人に迫るが如き趣があった。そうして漸《ようや》く人心地がつき、さて金の相談になった。これもわけなく決まった。一年に六円ずつ出そう、しかし一度に六円取られては閉口だから、毎月五十銭ずつ集めるという話なのである。若い後進の独逸旅行も、まずまずいつの事だかわからない。今独逸に適当な若い美人がいても、五十銭ずつでは、だれか出かける迄に、お婆《ばあ》さんになってしまうだろう。

さて、別別に一緒にの一件については、何分みんな久し振りに会った事ではあり、後になって割り勘なんか水臭くていけない。これは申すまでもない事に違いないが、今回の件は、多田さんがみんなおごって下されたものと、多田さんを除くみんなは、そう信じて疑わずにいるのである。ここに新聞紙上において謹んでその好意を深謝する次第である。

短夜の狐を化かす狐あり
短夜の狐たばしるなはてかな

飛行場漫筆

古東多万《ことだま》に飛行機の事を書くのは有り難い。飛行機は道具としては殺風景なものですが、空に浮かんで飛ぶ姿は、四季晴曇、朝の白い千切《ちぎ》れ雲の間に仰いでも、夕焼の地平線上に大きくなって来る黒い影を眺めても、その折折の趣きをかえて、興はつきない。飛行場の草原に立って、空を仰いで、若い学生達の飛行機が、雲の陰から帰って来るのを待つ楽しみを覚えて以来、私は自分の部屋に落ちついていられなくなった。細かい文字を紙の上に読んだり、又書いたり、それからそれへと物事を考えたり、又考え直したりする事が面倒くさくなって来た。閑《ひま》があれば飛行場に行きたい。それから自分も飛行機に乗りたい。行く行くは自分の手で飛行機を操って、何時《いつ》までも空で遊んでいたい。人間が空を翔《かけ》るのは、善い事であるか、善くない事であるか解《わか》らないけれど、悪いことなら猶更《なおさら》おもしろそうである。重たい飛行機が風に乗って空に浮かぶのは、理窟《りくつ》は理窟として、穏やかな事ではなく、何かの力を駆って無理をしているらしく思われる。無理を通すから一層おもしろくなる。私が始めて飛行機に乗った時は、気流のわるい二月始めの寒い日で、立川飛行場の地上には十米《メートル》から十七米迄の突風が吹いていた。私共の乗る前に、試験飛行をして降りて来た人が、千米の上に出れば、割り合いに穏やかですと云《い》うのを聞いて、私はひやりとした。空の荒れている事も想像出来るし、そこを避けるために三千尺も高いところまで連れて行かれては堪《たま》らない。高所恐怖は何人《だれ》にもあるものとおもうけれど私などは三階の手すりに靠《もた》れて、中庭を見てもあんまりいい気持はしない。百貨店の屋上庭園から、下の往来をのぞくと、両足の内側が冷たくなる。明治三十六年、第五回内国勧業博覧会が大阪に開かれた時、私は父につれられて田舎から見物に出かけたところが、天王寺の塔よりまだ高い塔が出来ていて、その天辺《てっぺん》まで登りつめたら、急に父が両足をがくがくと慄《ふる》わして、立っていられなくなったのを覚えている。父はその外にも、いつかの夏、家で晩飯を終ってから、何があったのか忘れたけれど、裏の小屋根に上ったところが、忽《たちま》ち足ががくがくし出して、降りられなくなり、やっと倉男《くらおとこ》が抱き下ろした事もある。私はその筋で、高い所がこわいのだろうと思う。今始めて飛行機に乗るに際し、私は予《あらかじ》め両足のがくがくするのを覚える。暫《しば》らくして、用意が出来たから、乗ってくれと云う使が来た。飛行場に出て見ると、風が強くて、いつまでも一つ所に立っていられない。

私は飛行機の陰に風を避けて帽子を押えていた。何人とも口を利《き》く気がしなかった。係りの人が来て、搭乗席の扉を開けてくれた。飛行機は三発動機装備のフォッケルであった。ぷろぺらの恐ろしい響きと唸《うな》りのうちに、飛行機は今まで私の経験しなかった物凄《ものすご》い速力を以て地上滑走を始めた。枯草の株が一色の帯となり、向うの格納庫が、ぐらぐらと大きく揺れたと思ったら、急に今迄の騒騒しかった響きのうちから、何かが消えて無くなったような、無気味のようなほっとしたような気持のうちに、飛行機は離陸していた。見る見る内に地面が遠くなり、飛行場境の松並樹《まつなみき》が足の下を飛んで、場外の畠《はたけ》の上に出たと思ったら、不意に飛行機の力が何処《どこ》かに抜けた様な感じが私の身体《からだ》に伝わって、その儘《まま》すうと下に沈むらしかった。同時に今まで聞き馴《な》れていた響きと唸りが、薄っぺらになり、うわずって、私の耳の中の上壁にだけ感じている様な気がした。私は、はっとして顔色の変るのを自覚した。しかし直ぐにまた響きと唸りは、もとの通りに耳の中に充《み》ちて来るのを感じ、飛行機にも以前の力が何処からか返っているのが解る様に思われた。多摩川沿岸の上空から、目黒方面を通って、東京の上空にかかる迄、凡《およ》そ十分位の間は、私は身動きも出来なかった。自分の側の窓から下を見るのが怖くて、わざわざ向う側の窓を通して外を見たりした。その内に私の気持も段段馴れて来るし、又飛行機が高度を取るにつれて、動揺も少くなったらしく、私はやっと自分の窓から、下を見られる様になった。飛行機はそれから東京市の上空を二周して、羽田の海上に出た。市街の屋根や街を見ても、又海上の船や波を見ても、別に怖いとは思わなくなった。ただ最初の空中感覚が、臆病《おくびょう》な私を縮み上がらしたものらしい。私は身体をらくにして、窓にもたれて、丁度千米の高度を保ちながら、海の空から陸の空に移って行く飛行機の乗り心地を味わっていた。いよいよ海を乗り切った時に、また少し揺れた。しかし私はもう恐れなかった。それからの飛行は益《ます》々《ます》穏やかになって、三千尺の上空を、滑るように飛行場の方へ帰って行った。私は窓の下に小さく見える川原や丘や農家の屋根などを、珍らしい感じで眺めていた。ふと私は何だか黒い影の様なものが、畠の上を走っているのに気がついた。始めはよく解らなかったけれども、暫らく見つめている内に、それは私の乗っている飛行機の影が、畠の上に小さくうつって、空の飛行機と一緒に走っているのだと云う事が解った。私はびっくりする様な気持がした。同時に、身体が固くなり、小さく縮まって、急に恐ろしくなった。私がその影を見て、自分の乗っている飛行機の影だと知った瞬間に、私のいる三千尺の空と、影のある地面との間を、私の気持の上で或物《あるもの》がつないだのである。その為《ため》に高い屋根か塔の上から足もとの地面を見た時の様な不安に襲われたものと思う。そのつながりさえなければ、高い所に上ると云う事だけでは、何人にも別に怖いものではないらしい。私はその時の飛行が病みつきになって、機会さえあれば、飛行機に乗りたがっているけれど、高く上って怖いと云う事は感じない。恐ろしいのは、地面からつづいて高く伸びているものの上に立つ事である。一旦《いったん》離陸して空に上れば、自分と地上とは別別のものになってしまう。二千米以上の上空から、白雲の隙《すき》間《ま》を通して、地上の風景を瞰《みおろ》す興趣は、人間に許されたものとしては、勿体《もったい》な過ぎる。しかし、飛行機に乗って、本当に羽化登仙の感興を擅《ほしいまま》にするには、大きな飛行機の窓から覗《のぞ》いているのでは駄目です。小さな軽飛行機に乗って、雲の塊りの間を飛び翔り、時には地上に降らない雨のために顔をぬらす詩趣をまた何時《いつ》か機会があったら、古東多万に書きましょう。

この一篇は昭和六年十二月、佐藤春夫責任編集の「古東多万」誌に寄せられた。(編集部註)

飛行場漫録

飛行機が着陸した後、飛行場の草の上を、のろりのろりと這《は》って来る恰好《かっこう》は甚だ間が抜けている。機体が大きい程、見苦しい。雨に打たれた蛾《が》が、庭石の上をばたばた這っているのとよく似ている。格納庫の前まで来ると大勢の人が飛行機のまわりにたかって、格納庫の中に押し込む。広い飛行場の遠くから離れて見ていると、蟻《あり》が蛾を引張って行くのと変らない。

飛行機が離陸した後、暫らくの間は、滑走した車輪が宙に浮いて、くるくる回っているけれども、じき回転が止まって、そのままいつまでも、だらりとぶら下がっている。その恰好が見苦しいといって鄭《てい》さんが頻《しき》りに気にする。鄭先生思えらく、どんな鳥だって、空にあがったら、自分の足はちゃんとおなかか、どこかに蔵《しま》っている。空を飛ぶのに用もない足を、ぶらぶらぶら下げている奴《やつ》はない。鶴《つる》はどうですと反問したら、あれは脚が長過ぎるから、おなかの毛の中に蔵いきれないんだが、しかしちゃんとそろえて、趾《あし》なんか恰好よく曲げている。飛行機のように、だらしない恰好をした鳥はいませんよ。

鄭さんがある日飛行場に行ったら、陸軍の飛行機が着陸する時、誤って脚を折ったそうだ。

停車場で飛行連隊の将校に会った時、その話をしたら、将校の曰《いわ》くに、だから素人《しろうと》を飛行場に入れると困るんだ。あれは誤って折ったのではなく、どの位の衝撃に堪え得るかをためすために、わざわざ地面にぶっつけて、脚を折って見たのです。あんなところを、無闇《むやみ》に素人に見物されては困りますね。

そこで私と鄭さんとは感心した。そうしてひそかに、脚の強さをためすというのは、つまり飛行機の脚を強くしておいて、着陸の際に誤って衝撃を受けても、滅多に脚が折れない様にするためだとばかり思っていた。

ところが、それもまた違っていたらしい。不時着陸などの時に、激しい衝撃を機体に伝えないためには、先に脚が折れてしまった方がいい。そこで勢いをそらして機体を安全にするために、脚の折れ工合を試験していたのだという事になるらしい。聞いて見ればもっともだけれど、予《あらかじ》め感心したのは取り返しがつかない。

飛行機を格納庫からだして、飛ぶ前にまずプロペラーを回して見る。その音を聞くと、私は堪《た》まらない程壮快な気持になる。速力の早い汽車が、大きな停車場を通過する時の物音、それから転轍《てんてつ》を越す時の響き、消防自動車の鐘とラッパ、機関銃の銃音なども、癇癪《かんしゃく》の起きた時に聞くと、いくらか虫が収まる。しかし、地上で聞く飛行機のプロペラーの響きにはおよばない。鋭くて、緊張し切って、恐ろしいテンポで、しかもその音の刻みが気持よく整律せられている。その響きの届く限りの何もかにも、みんな真直《まっす》ぐに列《なら》びなおす様な気持がする。

プロペラーの風を受ける地面の枯草は、根本から千切られて、飛んでしまう、草のない所は、砂が吹きあげられて、煙幕の様に辺りを見えなくする。これから夏になって、青草の上を吹いてくるプロペラーの風を、少し離れた所で受ける様にしたら、恐ろしく大きな扇風器をすえつけた様で、さぞ涼しい事だろうと思って、今から楽しみにしている。

飛行場に黄色い犬がいる。朝日新聞社の格納庫の場長《じょうちょう》さんの犬だそうだ、いつか一緒に自動車に乗ったら、犬は毛の生えた手を窓縁にかけて、その上に長い頤《あご》をのっけて、頻《しき》りに外の景色を眺めていた。時時目《ま》たたきをしているのだけれど、何を考えているのか、私には見当がつかなかった。
この犬が、飛行機を利用して、自分のからだにたかった蚤《のみ》を、振い落す話を場長さんから聞いた。彼は飛行機が格納庫から引き出されて、プロペラーの試運転が始まる頃になると、ちゃんと心得ていて、その風下の方に廻り、プロペラーに尻尾《しっぽ》を向けて、地面に転がっているのだそうだ。その内に、恐ろしい勢いの風が地面をたたく様に吹いて来て、からだ中の毛が一本一本逆にしごかれるから、毛に止まっている蚤は、みんな飛行場に吹き飛ばされてしまう。私はその話を聞いてから、四十五万坪の立川の飛行場は蚤だらけの様な気がして、うっかり歩くと足の辺がむずむずする。

飛行場には雲雀《ひばり》が沢山いる。朗らかな鳴き声の裏に、捕えどころのない哀愁をふくめて、空に昇って行く。その前を陸軍の軽爆撃機、重爆撃機、輸送会社のフォッケル、朝日新聞のサルムソン、メルクールなど、いろんな強馬力の飛行機が飛び回る。うらうらに照れる春日に雲雀揚がり、心かなしもひとりし思えばなんかいっていられない。飛行場の芝草の上に腰をすえて、下から見あげる空の奥に、雲雀と飛行機とが一緒になって飛んでいる景色は不思議なものだ。速力の早い機の翼には、時時空で小鳥がぶつかって、つぶれて死んでいる事があるそうだから、雲雀もうかうか飛んではいられないだろう。そればかりでなく、雲雀は飛行場の草むらの中に、巣をつくって、雛《ひな》を育てているのだそうだから、どうかすると、その上を重たい飛行機が滑走して、何もかもつぶしてしまうかも知れない。飛行機が例の蛾のような恰好をして、飛行場の上をのろくさ走っている前から雲雀が急に飛び上るのを見ると、はっと思う事がある。

嚔《くしやみ》

品川行の電車が日本橋の近くを走っている時、私は向うの席に三人連れの妙な連中を見た。

一番に目についたのは、その三人の右の端に坐《すわ》っている若い女であった。その女は頭に車屋の被《かぶ》る饅頭笠《まんじゆうがさ》の様な恰好の変な帽子をかぶり、洋服を着て、小さい華奢《きやしや》なしかしながら泥のついた靴を穿《は》いていた。顔には白粉《おしろい》をつけているんだけれど、西洋風につけた所為《せい》か、ちっとも色気がない。そうして、いやに首を曲げたり、かしげたりして、窓洩《も》る風にも堪えない様な様子をする。時時隣の母親らしいのと話をした。その声が気味が悪い程低くて太い。何《ど》うかして笑う時には、両肩をすっと上げて、首をその間に埋まってしまいそうな風に、がっくりと落とす。

真ん中の母親らしいのは、束髪で顔の色が厭味《いやみ》も何もない程黒黒と黒くて、襟に大きな金色のブローチを端然と挿していた。

左の端が父親らしかった。山高帽をかぶって、髭《ひげ》を生やしている。揉《も》み上げが馬鹿《ばか》に長くて、日清《につしん》戦争の玄武門の勇士を髣髴《ほうふつ》している。黒の上衣《うわぎ》に、縞《しま》のずぼんを穿いて、キッドの深護謨《ゴム》には泥がいっぱいついていた。彼は娘のように気取る事なく、「三越、三越」と云《い》ったり、「白木屋《しろきや》は普請《ふしん》中」と云ったりした。母親がそれに応じて一一窓を覗《のぞ》いた。すると娘は脣《くちびる》を嚙《か》んで、車内の乗り合いに気兼をする様な妙な表情をした。そのおじさんの最もハイカラなのは、上衣の折返しの襟のボタンの穴から、金鎖を垂らして、外側のポケットに入れているところである。私はしみじみその様子を眺めていた。そうして、ふと彼の両手の指が目についた。それらは非常に黒くて太い節計《ばか》りを連ねた様な指であった。その両手を彼は行儀よく膝《ひざ》の上に並べて、窓の景色を私の側の乗客の頭越しに眺めている。彼の注意を引くもの、珍しいものか、気に入ったものを見る時には、段段に顔を上に向けて目の玉を下に下ろす。そうしてそれにつれて、彼の口が次第に開いて来た。白目と云うものは、普通黒玉が上に釣り上がって、その下に白いところが出るものだが、この人のはその反対に黒玉が下に下りてしまって、上に白目が出来るのだから気味がわるい。その白目が見る見る内に大きくなり、鼻の穴もそれにつれて広がって来たと思う途端に、彼は嚔をした。その嚔が、騒騒しい音をたてて走っている電車内に戛然《かつぜん》と響き渡る程の大きな嚔だったので、私の観察は、やっと締めくくりがついた。

手《て》套《ぶくろ》

某月某日私の乗った電車が水道橋を過ぎる時、私は金入れの中から回数切符を出そうとした。その時手袋をはめていたので、手先が利《き》かないため、十銭の小さい銀貨がついて出て、下の床に落ちた。私はその落ちた事も、落ちた所も知っていた。だから先《ま》ず切符を一枚切り取ってから、序《ついで》に煙草代《たばこだい》を十五銭出して置くうちの十銭は、今落としたのを後で拾う事にして、もう五銭だけ金入れの中から出して、それをずぼんのポケットに入れてしまってから、最後に床に落ちている十銭を拾うつもりでいた。そうして私が切符を切り取ってしまった頃、丁度私の前に腰をかけていた学生が、わざわざ席を立って来て、私の足許《あしもと》に落ちている銀貨を拾って、私が気がつかないでいると思ったのだろう、一寸会釈《ちよつとえしやく》しながら私に渡してくれた。私は気の毒な事をしたと思って、礼を云ってそれを受取った。けれども、その時初めて気がついたらしい、驚いた様な風も出来なかったし、したくもなかった、又する必要も認めなかった。その私の落ちついた冷やかな態度の中に、その学生は、私が銀貨を落とした事を知っていて、後で拾おうと思っていた事に気がついたらしかった。いくらか間《ま》のわるい様子をして、出口の方に行ってしまった。私は本当に気の毒な事をしたと思い、その親切な学生にすまなかったと思った。けれども相手の親切に報いるため、もっと驚いた様子をすべきだったとは考えない、又その学生が、彼の敢《あえ》てした親切のために、それ丈《だけ》の極《き》まりの悪さを負わさるべきものだとは猶更《なおさら》考えない。

百鬼園先生幻想録

百鬼園先生思えらく、飛行機に乗るのもいいが、落ちるとあぶない。大丈夫ですと傍の者がいくら請合ってくれても、安心は出来ない。抑《そもそ》も翼をもたない人間が、空を翔《か》ける事を思うのは不祥である。神の摂理を紊《みだ》り、四大の意志に忤《さから》う不逞《ふてい》である。尤《もっと》も、それは落ちた場合に考えればいい事で、乗れば必ず落ちるときまったわけでもなく、又無事に降りて来た人の話を聞いて見ると、随分面白いようでもあるから、矢っ張り乗って見たくもある。商人が船乗りに向かって、お前のおやじは何で死んだかと尋ねたら、船乗りが、父も祖父も曾祖父《そうそふ》もみんな海で死んだと答えた。商人が驚いて、それでもお前は海に出るのが怖くないかと聞くと、今度は船乗りの方で、お前のおやじや祖父《じい》さんや曾祖父《ひいじい》さんは、どこで亡《な》くなったのかと問い返した。そこで商人が、みんなベッドの上で死んださと答えたら、船乗りはびっくりして、それでもお前さんは、ベッドに寝るのが怖くないかと云った。飛行機がいくら危険でも、布団《ふとん》の上で人が死ぬのに比べれば、遥《はる》かに安全である。

石川島の飛行機製作会社にいるラハマンと云う独逸人《ドイツ》の技師が、飛行機につけるスロッテッド・ウィングスを発明したそうである。墜落防止の絶対安全装置だと云う話だから、その仕掛けのしてある飛行機に乗れば、先ず安心だろう。そこで、いきなり東京の空に飛んで来る。塵界《じんかい》を見下ろして、仙法を練り、下らない俗累《ぞくるい》に齷齪《あくせく》している友達を馬鹿《ばか》にしてやろう。しかし、スロット翼とは、どんな装置のものだか、見た事はないけれど、万一その仕掛けが利《き》き過ぎて、降りる事が出来なくなったら大変である。墜落する場合には、千に一つは助かる事もあるか知れないけれど、決して下に降りられないのでは、その儘《まま》空で一生を終る外はない。

「それは何でもありませんよ」と或《あ》る男が云った。「下に降りなくても、横飛びをして、筑波山《つくばさん》か富士山の中腹にぶっつかり、そこから山を下りて、汽車にでも乗って帰ったらいいでしょう」この男は、自分の思いつきに誑《たぶら》かされて、地球の丸い事を失念しているのである。

さて、墜落防止の装置のない普通の飛行機に乗るとすると、何時《いつ》翼が折れ、又はエンジンが止まって、おっこちるか解《わか》らない。その時は、落下傘《らっかさん》に身を托《たく》して下りる事にしても、この頃のように渡り鳥の沢山いる時候では、空の途中で不慮の禍《わざわい》に遭う事が無いとは限らない。彼方此方の山にいる鵙《もず》が無数に飛んで来て、空中にぶら下がったなり、自由の利かない身体《からだ》にたかったら、どうする事も出来ないだろう。曲がった嘴《くちばし》で腋《わき》の下や股倉《またぐら》に喰いつき、或《あるい》は背中を突っ突き、おなかを拗《むし》ったりし出したら、丁度庭に落ちた芋虫に蟻《あり》がたかって、芋虫が苦しまぎれに、身体をうねうね、うねらせる光景をその儘、縦に向けて、空中に吊《つ》るしたのと何の変る所もないのである。

寧《むし》ろ、飛行機に乗って安全なる事を求めるよりは、之《これ》を自殺の具に供する方が趣きがある。海の様に広広とした飛行場の芝生の上に伸び伸びと寝転んでいる。一人でなくても二三人の道連れがあっても差支えない。頸《くび》には、ゆるく綱を巻き、その綱を長く長く延ばして、向うの方に着陸している飛行機に結びつけて置く。その内に飛行機が爆音を轟《とどろ》かし、滑走を始めて、間もなく離陸すると、自然に綱が張って、芝生に寝ている二三人の厭世家《えんせいか》を空中に吊るし上げ、ぶらりぶらりと東京の上を飛んで海に出たら、適当な所で綱を切り、垂下物を海に捨てて帰る事にすれば何の面倒もない。

百鬼園先生又思えらく、ラジオで野球の放送を聴くのは面白いけれど、あれは盲人の領域を侵すところの娯楽である。盲人が相撲見物に行って、行司の懸け声や群衆のどよめきを聞けば、その時時の勝負も解り、又目明きの見物と同じように興奮もするそうである。野球でも相撲でも、その放送を聴いて面白がり、拡声器の前から動けなくなる目明きどもは、気の毒な盲人が漸《ようや》く味わう娯《たの》しみを横取りしている様なものである。盲人に就いては後で考えるとして、どうせ耳だけで、その騒ぎを聞いて面白がるなら、何もマイクロフォンを野球場や相撲場まで持ち出すに及ばない。アナウンサーが一通りの修業さえ積めば、後は晴雨に拘《かかわ》らず又季節に構わず、野球や相撲の放送をする事が出来る。「あ、打ちました」アナウンサーが尤もらしい声をしてそう云えばいい。周囲の騒音や、群衆の喧噪《けんそう》の効果を現わす位の仕掛けは、何でもなく出来る筈《はず》である。そんな空な放送では聴手が承知しない、とは云われない。彼等は活動写真を見て、その映写幕の奥には何事も起こっていない事を承知しながら、ただ動いたり消えたりするに過ぎない影に見とれて、泣《や》いたり笑ったりしているのである。天才的アナウンサーが出て、仕合いが急に取り止めにでもなった際に、聴き手の期待を利用して恰《あたか》も予定の通り行われているものの如《ごと》く吹聴《ふいちょう》し、擬声、擬音、擬響を用いて、数十万の加入者に一杯喰わせて見る勇気あらば、ラジオの放送は忽《たちま》ちにして、芸術の一部門たるの認識を獲《え》るであろう。

百鬼園先生盲人について思えらく、東京の電話が漸次に自動式の機械に変わるのは、盲人に気の毒である。従来の所謂《いわゆる》手動式の機械なら、ただ受話器を手さぐりするだけで、後は目明きと同様に利用し得たものを、自動式になってからは、一から九までの数字の外に零を入れて十個の穴を指尖《ゆびさき》でさぐらなければならない。尤も盲人の指尖には、目明きの目以上の働きがあるらしくもある。越天楽《えてんらく》変奏曲の作曲者宮城道雄氏は、盲人である。彼は点字の楽譜を指尖で読んで、バハの序楽を自作の八十絃《げん》の箏《そう》で弾じた。忘年忘日彼は百鬼園先生に誨《おし》えて曰《いわ》く、点字の書物は便利です。電車の中で読むにしても、おとなしく膝《ひざ》の上に置いて、指尖で撫《な》でていれば解る。目明きの人が新聞を読むように、隣りの人の鼻さきまで手をひろげるに及ばず、炬燵《こたつ》で読む時でも、掛け布団の下の、櫓《やぐら》の上に点字の紙を置いて、一枚ずつ撫でて行けば手も温まり、書いてある事の筋道もよく解ります。寝床に這入《はい》ってから本を読む際は、特に目明きの人は始末がわるい様ですね。私などは目で読むのでないから、第一電気をともして置く必要もなく、従って眠る前に消すと云う面倒もありません。冬の夜など、寒いのに肘《ひじ》を露出して書物を支えるわずらいもなく、俯伏《うつぶ》せになった為《ため》に肩が凝ると申すこともないのです。仰向《あおむ》けに寝て、点字の紙を布団の中に入れ、おなかの上あたりにのっけて置いて、ぬくぬくと温まった手で、その上を撫でて行けばそれで解るのです。その内に眠くなれば、自然指尖の感じも鈍って、そのまま寝入ってしまう丈《だけ》のことです。私はおなかの上をさすりながら、八犬伝を読みました。百鬼園先生これを聞いて羨《うらや》ましくなり、急に点字の勉強を始めるつもりになって、少少やって見たけれど、ぼつぼつ点が列《なら》んで条《すじ》となり、それが縦に延びたり、右に曲がったり、左に折れたりしているのを、目で見て見わける事は出来るけれども、指尖の感じ丈で、色色の形を区別する事は、どうしても出来なかった。それが出来なければ、いくら点字が読めても、目で読む事に変わりなく、夜は電気をともさなければ見えないし、おなかにのっけて、ぬくぬくと読みつつ眠る事も駄目なのだから、とうとう点字の稽古《けいこ》は断念した。

百鬼園先生思えらく、物は名の始めである。初に物ありて、次にその名を定めればいい。犬を飼ってその名を猫と名づけ、「猫や、猫や」と呼べば、犬が尾を振って飛んで来る事を試して見よう。神楽坂《かぐらざか》下の夜店に、広東《カントン》犬を七円で売っていると云う話をきいたから、十円を懐《ふところ》にして買いに行って見たら、おかしな顔をした犬が箱の上で居眠りをしていた。犬屋は七円などと申上げた覚えはありません。十五円ですと云った。しかし十三円にまけますと云った。しまいに十円でお譲り申しますと云ったけれど、それまでに大分時間が経《た》ったので、お金が惜しくなり、第一、その十円を渡してしまっては、翌日からのお小遣もなく、仮令《たとえ》七円にしてくれたにしても、そんなお金で広東猫の実験をすると云う法はない事に気がついた。その晩はその儘帰ったけれど、今後とも機を見て犬を猫にし、或は酒を水のつもりにて飲み、又は木の葉を紙幣として取扱う事を試して見るつもりである。

梟《きょう》林《りん》漫筆

一

八月八日秋に入る。夜明けに一度目がさめた時、障子と窓とを開け放して置いて、また眠った。伝通院の坂の下を、向うから黄色い大きな馬が歩いて来た。胴体が馬鹿《ばか》に長くて、四本の足のうち、後の左側のが一本短かった。だれも人がついていないから危いと思った。一しょに来た奇異公にあぶないから逃げようかと云《い》ったら、馬がこちらを向いた。その拍子に、馬の向う側に黒い着物を着た男が二人いるのが見えた。その馬が何処《どこ》かへ行ってしまったら、目がさめた。近所で烏《からす》のないている声が聞こえた。変に低い声で、長く啼《な》き続けていた。寝床で煙草《たばこ》を吸っている間じゅう止《や》めなかった。

朝は下の書斎で手紙を書いた。人に手紙を貰《もら》って返事を書くのが一ばん煩《わずら》わしい。

人に会う日を定めて来訪者を謝《ことわ》る様に、手紙や葉書も一週に一度、極《き》まった日にしか来ない様に出来ないかと思う。二三通書いたら午《ひる》になった。

午後二階へ上がって、昨夜書き残した「先行者」の続きを書いた。暑いけれども、二三日前程ではなかった。時時目をあげて向うを見ると、白い雲が空の外れに条《すじ》のようになって流れていた。風がふいて来て、一輪挿にさしてある去年の茅《かや》の枯穂を抜くのが気にかかるから、何度も立って行ってもとの通りに挿した。日暮前に書き終った。何処かでまた鳥が啼いていた。幾羽もあつまっているらしい。低い声で遠慮する様に、いつまでも啼き続けていた。

夜は二階の縁側に机を持ち出して煙草を吸った。ただ考えて許《ばか》りいて、何もしなかった。二所で蟋蟀《こおろぎ》がないていた。時時、暗い庭樹《にわき》の枝から、蟬《せみ》が短かい鳴き声をたてて、何処かへ飛んで行った。

二

何時《いつ》の事だったか、又何処へ行った帰りだったか忘れてしまったけれども、四谷見附から飯田橋の方へ行く外濠《そとぼり》の電車に乗っていた。電車が新見附に止まった時、片頰を片目へ掛けて繃帯《ほうたい》した婆《ばあ》さんが一人乗って来て、私の向う側へ腰を掛けた。私は濠の方へ向かって腰を掛けていた。私はその婆さんの顔と風体《ふうてい》とをただ何の気もなしに眺めていた。きたない丈《だ》けで繃帯が目立つ外別《ほか》に変ったところもないから、婆さんが前にいることなどは、まるで気にしていなかった。それから電車が走って牛込見附で止まると、又一人の婆さんが乗って来た。前の方の入口から這入《はい》って来るところをふと見たら、片頬から片目へかけて繃帯をしている。おやと思って前を見たら、もとの婆さんはもとの通りに腰をかけていた。そうして今はいって来た婆さんは、もとの婆さんと一人置きに並んで、私の前に腰を掛けてしまった。風体も似よって汚なかった。そうして又電車が動き出した。私は不思議そうに二人を見ていた。すると私の隣りにいた商人風の若い男が、可笑《おか》しくて堪《た》まらなそうな顔を私に向けた。その途端に、私も不意に堪まらない程の可笑しさが、腹の底からこみ上げて来た。しかし笑う事も出来ないから、顔を引き締めていると、その若い男にはまた私の妙な顔が可笑しくなったらしかった。その儘《まま》席を立って、入口の所から外を向いてしまった。

三

「動物園へ、いつ連れてってくれる」
「昨日つれてって上げよう」

「昨日って、いま」

「昨日は一昨日《おととい》のあした」

「それじゃ、もうすんじゃったじゃないか」

「ああ解った」と妹が口を出した。「今日連れてっていただいて寝て起きると、あしたの昨日になるんでしょう」

四

三越呉服店の配達馬車に人が二人のって止まった。一人が後の戸を開けて、大きな包を出す間、も一人は馭者台《ぎょしゃだい》で、馳《はし》っていた時の通りに向うを向いていた。何だか河童《かっぱ》にいたずらをせられている様で変だと思った。それからまた動き出した時、車が前よりも少し軽くなっているのは、馬に取ってさぞ妙な気持だろうと思った。

五

源吉ははにかみ屋で、人前で歌がうたえない、晩に主人の用達《ようたし》で自転車を走らした時、町外れの湯屋の前に差しかかった。道は暗いし、辺りに何人《だれ》もいなかったから、せい一杯の大声を張り上げて歌をうたったら、丁度湯屋の前にある土木小屋の暗闇《くらやみ》にいた土方が三人、丸太に腰をかけて女湯の開けたてを見ていた序《ついで》に、ようようと声をかけたので、吃驚《びっくり》してひっくり返って怪我《けが》をした。

六

「己《おれ》は嘘《うそ》はついてもそんな嘘はつかない」と彼が云った。方針をたてて嘘を吐《つ》くのを恥ずかしいと思っていない。

七

「金は万能でないと、僕は今沁《し》み沁《じ》み考えた」

「どうしたんだ」

「僕が今度引越しをするだろう。それについて考えたんだが、若《も》し僕に金があったら、隣りの家を買ってしまう」

「金がないから駄目さ」

「ないから駄目だが、あったら買ってそこへ移ろうと思ったんだけれど、考えて見るとそうは行かない」

「何故《なぜ》」

「隣りには隣りの人が住んでるじゃないか」

「家を買ったら、出て貰えばいいさ」

「そうは行かない、僕は今自分の借りてる家を人に買われて立ち退《の》かされるんだろう、どんなに迷惑なものかをこれ程承知した上で、人にそんな事が云われるものか」

「じゃ、どうするんだ」

「それに見ず知らずの人ではなし、今迄《いままで》隣り同志で心易《こころやす》くしていたものが、その家を買い取ったからって、隣りの人に店《たな》だてを食わすなんて、そんな不人情な事が出来るものか、馬鹿馬鹿しい」

「じゃ止《よ》すがいい」

「無論よすよ」

「それでいいじゃないか」

「だからさ、金は万能じゃないと云うんだよ。持っていたって、隣りの家は買えやしない」

「下らない事を考えたものだね、金のない奴《やつ》に限ってそんな事を考えたがるものだよ」

「有ったって使えないものなら、無くたって結局同じ事だ。君はただ漫然と金さえあれば何でも出来る様に思ってるからいけない」

「だれもそんな事を思ってやしないよ。君が勝手な考えで、一人で金に愛憎《あいそ》をつかして見た丈《だけ》じゃないか。つまらない事を考えていないで金儲《かねもう》けになる仕事でもしたがい い」

「つまらない事を考えなくたって、君がそうして僕の顔を眺めては、茶を飲んで煙草を吹かしている以上同じ事だよ」

「じゃ何か又もう一つ考えて見るさ」

八

大正七年八月、暑い日の午後天沼さんのうちへ行った、芝高輪《たかなわ》の車町四十七番地と云うのは十年前から覚えていた。私が高等学校の生徒だった頃、天沼さんは独逸《ドイツ》語の先生として岡山に赴任して来た。就任式の時には、フロックコートを着て演壇に立って、ただ御辞儀をした丈で行ってしまった。まだ独身だった。その時、天沼さんが二十六だった事を覚えている。若い先生だと思って、私共はなつかしがった。教場では教わらなかったけれども、時時その家へ遊びに行った。私共のやっていた俳句会にも引張り出した。志田先生のうちで、句会をした時、いけにへの牛の美相の花野かなと云う句を天沼さんが作った。ある時遊びに行ったら、どこかの教場の書取の答案が、机の端から崩れて、その下にある紙屑籠《かみくずかご》の中にずり込んでいた事があった。その時分に、東京の家は泉岳寺のすぐ傍で、四十七士に縁のある番地だと云う話をきいた。その頃まだ東京を知らなかったから、泉岳寺も何も見当はつかないけれど、その話だけは不思議に忘れずにいた。ただ車町というのが、どう云うわけだか車座町と云う名にぼんやり間違いかけていたけれども、それも今度の死亡通知ですぐもとの車町に直ってしまった。私はまだ泉岳寺を知らなかった。その日に始めて泉岳寺という停留場で降りて、それから広い道を無闇に歩いて行ったら、自然に泉岳寺の前に出てしまった。私は四十七士がきらいだから、その寺もきらいである。東京へ来てから十年の間、一《いち》瞥《べつ》をも与えなかったものを、偶然の機会で見たのは忌《い》ま忌ましかった。泉岳寺から右へ一軒一軒と番地を見て行ったけれども、中中四十七番は出て来なかった。だれにも聞かずに、今度は左へ向かって、奥の方へはいり込んで見たら、段段四十七番に近づいてきて、しまいに右へ折れ込んだ小路《こうじ》が四十六番になった。そうして、そこにいた車夫に聞いたら、すぐわかった。私は教えられた通りの道を行って、その家を見とどけた上、又後がえりをして電車道に出た。

その時分が一番あつくて苦しかった。花屋を尋ねたら、いさらご坂の途中にあると云うから、その方へ電車道を歩いて行った。坂の下でまた交番の巡査にきいて、坂を上って行ったら、直きにわかった。亭主は昼寝をしていたけれども、門口に立っていた前の魚屋の亭主らしいのが、声をかけてくれたので、すぐ起きて来て、いろいろの花をあしらった花束を拵《こしら》えてくれた。鶏頭があったから、どうだろうと云ったら、こんな花をつけては外の花が死んじまいますと云って取り合わなかった。秋草があったから、あれを少し入れてくれないかと頼んだけれど、私の思う通りにはしてくれなかった。百合《ゆり》の小さい様な黄色い花がめずらしかったから、これはどうだろうと云って見たけれども、矢っ張り、打ち毀《こわ》しでさあと云って相手にしなかった。全く亭主の思い通りに花束をこしらえてしまった。私はこの変な亭主に二十銭払って、その花を手に持って、今度はそこからすぐに坂を上って、又泉岳寺の前を通って、天沼さんの家へ行った。

私は天沼さんの死んだ知らせを貰って何日か経《た》った後一人で昔の事を思い探った夜があった。慶応義塾に来たと云う葉書を貰って、一度遊びに行き度《た》いと思っていた。東京に帰って来てから、半年もたたないうちに天沼さんは死んでしまったのだ。丁度その前月、私が大阪へたつ前の日に、朝日新聞で危篤《きとく》の報知を見た。その時は、それ程にも思わなかった。私の心を他の迫った事件が握っていたからだと思う。仙台から休暇で来ていた益田に、後へ行ったらどうだなどと云《い》う話さえした。大阪から帰って、黒枠の葉書を見て以来、段段私の心は苦しく、真面目《まじめ》になって来た。是非一度遺宅を訪ねて、仏になった人の前に御辞儀をして来たいと思いつめた。そうして、とうとうその日に行った。そうして行くまで私の胸には、ただ私の追懐の心だけがあった。仏壇の前に位牌《いはい》を拝んで来たいと計《ばか》り思って行った。そうして私は門を開けた。玄関に金網張の灯籠《とうろう》が釣るしてあった。何だか岡山の門田の家で見た事のある様な気がした。私の卒業した時、竹井と二人でミュンヘンビールと鮨《すし》か何かを買って、故人の許《もと》へ飲みに行った事をちらりと思い出しかけた。私の声を聞いて出て来たのは、髪を真中から分けた女の人であった。私は今、何と云って私の来意を通じていいかわからなかった。第一その女の人が何人《だれ》なのだか、まるで見当がつかなかった。表の標札には、天沼という字が三つ書き並べてあってその真中に貴彦という故人の名前がその儘に残っている位だから、その女の人は奥さんであるにしても、だれの奥さんだかわからなかった。「甚《はなは》だ突然ですが、私は内田と申す者です。此間《このあいだ》は御宅に御不幸が御座いましたそうで、私は岡山で御厄介になった者ですから、御悔みに上がりました」と云うような事を無器用に述べた。するとその女の人は、左手の方から奥へはいってしまった。それから大分長い間、玄関に立ったまま待っていた。その間、私は何を考えていたのか忘れてしまった。暫《しば》らくして、今度は向うの襖《ふすま》の陰から、違った女の人が、三つ位になる男の子を横だきにして出て来た。その女の人は、私が妻だとも云わなかった。私も奥様ですかと聞きもしなかった。ただ、御辞儀をして目をあげた。その可愛《かわい》らしい男の子の顔が、どこか故人の俤《おもかげ》に似ていると思った瞬間から、私は全く自分を取り失ってしまった。「始めて御目《おめ》にかかります。私は岡山でいろいろ御世話になりました。御不幸の時は旅行していまして」と云った時に、私の目には、心の奥底から絞り出された様な泪《なみだ》が、今にも瞼《まぶち》を溢《あふ》れそうになった。この若い寡婦《かふ》と可愛らしい子供とを私は見ていられなくなった。未亡人はそれに何か応《こた》えた。私は自分の醜態をかくすため、手に持っていた花束の新聞包をペリペリと引き裂いた。すると中から濡《ぬ》れた花が出て来た。私はそれを渡さなければならなかった。「どうぞ仏様におそなえ下さい」と云って出したら、未亡人は何とも云えない悲しい様なうれしい様な声をした。「何よりのものを有り難う御座います」と云って、花束の上に子供を抱えたまま俯伏《うつぶ》せになった。私は早く帰ろうと思った。けれども、私の狼狽《ろうばい》した言葉は、私を裏切ってへらへらと咽喉《のど》から辷《すべ》り出した。いやにかすれて顫《ふる》えていた醜い声が、今でも耳についている。「こちらへ御出《いで》になったのは去年でしたか知ら」と馬鹿《ばか》な事を云った。「いいえ今年の四月で御ざいまして」と未亡人が云いかけた。私はそれをよく承知していた筈《はず》である。「その時御葉書をいただいて、一度御邪魔に伺いたいと思っているうちに今度の御不幸で」と云ってまた行き詰まってしまった、そうして又あとから云った。

「岡山ではいろいろ御世話になりました。よく御邪魔に伺いました」私は同じ事を繰返しているのに気がついて居ながら、止められなかった。しまい頃には何を云ったか、どうして結末をつけたか、はっきりしない。門を出て、小路を歩いていたら、泪が両方の頬を伝って落ちた。私は、何をしに行ったのだろうと思った。そうして非常にすまない事をしたと云う自責が強く起こって来た。私は、ただ自分の心に隠しておいてすむ事を、何の必要もないのに、勝手に自分に一種の情を満足させようとして、気の毒な未亡人に新しい悲しみをそそったではないか。私は始めから道徳を行う為《ため》に行ったのではなかった。礼儀を尽くしに行ったのでは猶更《なおさら》なかった。ただ私の故人を思う真心の為に行ったと自分で思っている。私はその心持を自分に向かって弁解する必要も、証明しなければならない不安もない。けれども、その心を外に表わすのは、ただ私の我儘《わがまま》と勝手である事に気がつかなかった。私は自分の道徳を利己主義で行なった徳義上の野蛮人であった。私の漫然と持って行った花束の上に、子供を横抱きにしたまま、俯伏せになってしまった未亡人に対して私は何と云って謝したらいいだろう。

この間の二十一日が三十五日だったと云った未亡人の心には、夫を失って、三人の幼い子供の悲しい母となった時のいたましい傷は、少しは癒《い》えかけていたかも知れない。そこへ突然、何の必要もなく飛び込んで行って、その傷口を掻《か》きむしった者は私である。そうして私は又決して悪事をしたのではない以上、彼女は私をうらむ事も出来ないだろうと思うと、私は二重に自分のした事の罪を感じる。ほんとうに私は、門を這《は》入《い》る時、玄関で待っていた間、襖の陰からその人が出て来る迄、全く私はこの事に気がつかなかった。その子供が何番目の子で、何と云う名前かなどは、勿論《もちろん》一ことも聞く余裕を持たなかった。

岡山にいた時分の思い出を、もう少し書き添えて置きたいと思っていたけれども、もうこの上書くのがいやになった。

私は若い未亡人と、かわいらしい子供達に、生涯の不幸はもうこれに尽きて、後には平和と幸福との日ばかりが続く事を、私の死んだ時に思い比べて、本当に心の底から祈っている。

阿呆《あほう》の鳥飼

私は小さい時分から小鳥が好きで、色色な鳥を飼ったり、殺したりしました。色色飼っている内には、段段あたり前の鳴禽《めいきん》ではつまらなくなって来て、仕舞には五位鷺《ごいさぎ》や木兎《みみずく》など迄《まで》も飼って見た事があります。けれども本来厭《あ》き性ですから、次第次第に世話をするのが面倒臭くなって来て、籠《かご》の中を飛んでいる小鳥を見ても、面白くも可愛くも何ともなくなり、第一鳴いているんだか、居ないんだか忘れてしまう様になると、ある朝起きて見たら、宿木《とまりぎ》の下に両足を上に向けて、死んでいたり、又は餌《えさ》をやる時一寸《ちょっと》した隙《すき》をねらって、手の下から逃げて行ってしまう様な事になります。そうして段段鳥がいなくなってしまうと暫らくの間小鳥の事なんかまるで忘れてしまいます。自分で飼っている時には、道を歩いていても、何処《どこ》かで小鳥の鳴き声がすると、思い掛けない所で知り人に出くわしたような、又丁度いい所で敵にめぐり会った様な心持がして、一応立ち止まった上、其《その》声を聞きすました後でないと、其場が動けないのですが、自分が飼っていない時分には、小鳥の声など聞いたって何ともないのみならず、世間には今でもまだ小鳥の好きな人がいるのかなと不思議に思うような気さえします。

しかし、そうして小鳥に夢中になっている間の面白さは、小鳥を飼った事のない者には迚《とて》も解《わか》りません。小鳥の方では迷惑至極な話で、悪くすると一生涯とうとう狭苦しい、いやに格子《こうし》のちらちらする、棲《とま》るところの二本しかない、そうして直きに自分の垂れた糞《ふん》の溜《た》まって臭くなる籠の中で大事な一生を暮らしてしまわなければならないのは、因果だと諦《あきら》める事も出来ないかも知れません。けれども、自分で飼っているとそんな事はまるで問題にもならない。朝、新らしい餌を拵《こしら》えて籠に入れてやる時は、籠の中の鳥は此方の親切を十分に享《う》けてくれる様に思い、水をかえて、きれいな冷たい水を入れてやると、鳥はよく気の利《き》く情深い主人を感謝している様な気持がします。そうして鳥が其餌や水の傍に来て、ちちと云う地鳴きをしながら甘《うま》そうに食ったり飲んだりしている顔を見ていると、此方まで何とも云えない、いい気持になります。目白などは暫らく見ている内に腹に足る程食って、嘴《くちばし》を宿木で綺麗《きれい》に拭《ふ》いてしまい、それから餌のない方の奥の宿木に飛んで行って、そうして身体《からだ》をぷうっと膨らかす。見ていても、如何《いか》にもだるそうです。飯くへば瞼《まぶた》重たき椿《つばき》かなと云う漱石先生の句を思い出します。それからその眶《まぶち》を重そうに持ち扱って、目を開けたり、塞《ふさ》いだりしている内に、しまいには全く目をつむって、白い瞼を引いてしまいます。瞼が重そうだと云いましたが、鳥は人間と違って、目を閉じる時、上の瞼を下ろさないで、下の瞼を上げて目を閉じる様です。だから瞼が重くなったから寝たというのは鳥が聞いたら、辻褄《つじつま》の合わぬ云い分かも知れません。数年前に、私はふとした事からまた小鳥を飼い度《た》くなって、初めの内は撒き餌《まえ》の小鳥を二三羽飼っていました。それがいつの間にかだんだん殖えて来て、摺《す》り餌の鳥が多くなり、一年程の中に、とうとう四十五六羽も飼う様になりました。丁度其頃は白山御殿町から駒込《こまごめ》の曙《あけぼの》町に移って、新建てのまだ壁の乾ききらない様な家に住んでいたのですが、私はその四十幾羽の鳥をみんな二階の南向きの縁《えん》に上げて、硝子戸《ガラスど》をはめて、朝から晩まで、勉強もせず、何処へも出ないで、餌を摺ってやったり、粟《あわ》や黍《きび》の殻を吹いたり、水を換えたり、籠の盆に溜まっている糞をごりごり掻き落としたり、鳥を色色な籠に入れ換えて見たり、そうして置いて眺めていると、この鳥にこの籠は少し大き過ぎてうつりが悪いと思って入れ換えたり、こんな細い鳥はこの幅広い籠は似合わないと気がついて又入れ換えたり、青い羽子《はね》の鳥に赤い盆の鳥籠は配合が即《つ》き過ぎているからいやだと思って又入れ換えたり、凡《およ》そそんな事計《ばか》りして毎日毎日暮らしていました。そうしてそんな事にいい加減草臥《くたび》れてねて、朝になると、もう目が覚めるか覚めない内に二階の縁にいる小鳥が太い声や細い声や高いのや低いのや色色の声を合わせて合唱をやっているのが耳に入って来ます。そうして私の頭はもう小鳥の事で一杯になっています。そんなことをどのくらい続けたか知りませんが、其内にだんだん自分の仕事が忙しくなって、そんな馬鹿な日を暮らすわけに行かなくなったのと、それから一方では例の通りそろそろ厭《あ》き性が来て、小鳥などつまりどうでもいい様な気になり出したのとで、段段に数が減ってきて、いつの間にか一羽もいなくなってしまいました。

私は小鳥飼いの専門家でもなく、動物学の上からの小鳥に関する智識《ちしき》も研究もありません。ただ趣味として小鳥が好きで、無闇《むやみ》に鳥を飼ったと云う丈《だけ》の事ですから、玄人《くろうと》らしい飼い方又は小鳥に関する筋道のたった智識などをここに書きたてる事は出来ません。ただ、無闇に小鳥の好きな一人の男がいて、彼が矢鱈《やたら》にいろんな鳥を飼ったり殺したりした話に過ぎない。経験と云っても、ただそれ丈の範囲の話に過ぎないという前置きをしておきます。

小鳥にも色色な種別がある様ですが、まず我我が鳥屋の店頭に立って、第一に見別けのつくのは、舶来の鳥と内地の鳥との区別です。内地の鳥は鶯《うぐいす》、目白、蒿雀《あおじ》、鶸《ひわ》など凡《すべ》て羽色が地味で、二色以上の色と色との間の遠くない落ちついた調和をして居《お》り、舶来の鳥は、みんな其反対とは限らないけれども、大体色の配合に突拍子もないのが多い様です。一番目だつのは色色な種類の鸚哥《いんこ》です。外国の趣味を愛する為《ため》に、知らない自然の破片を慰《たの》しむ為に小鳥を飼うとすれば別ですが、ただ小鳥そのものとしては私の好悪《こうお》から云えば、内地産の小鳥の方が羽色丈から云っても外国の鳥よりは遥《はる》かにいい様です。凡《すべ》てが人の目を労《つか》らせない、華麗ではないけれど静かに美しい調和をしている様に思います。

しかし内地産の鳥と舶来の鳥とを羽色で選択するのは寧《むし》ろ第二の事で、私は何よりもその鳴き声の我我の耳に快い点から、舶来の鳥よりも内地産の鳥の方が好きなのです。外国のにだっていい声で鳴く鳥が沢山居るには相違ないと思いますが、日本へ舶来する鳥では、そんなに鳴き声のいいのはない様です。カナリヤなどの鳴き声は舶来鳥の内ではいい方ですけれども、それでもカナリヤに一寸《ちょっと》似た鳴き声をする雲雀《ひばり》に比べたら丸で御話になりません。カナリヤの鳴き声は、ただ一寸聞いた丈では決して悪い声ではないけれども、長く聞いていると少少八釜《やかま》しくなり、しまいには聞いてる方で、いらいらして来ます。いやに景気がいい計りで、ちっとも声にうるおいがありません。雲雀の声の高音の底に何とも云えない哀愁を含んだぬれた様な鳴き声とは迚《とて》も比較になりません。うらうらに照れる春日に雲雀あがりこころ悲しもひとりし思へばの趣きは電車の走っている街の軒端《のきば》につるされた雲雀籠にも味わうことが出来るのです。けれどこれは、雲雀の方には昔の伝説や詩などから来る連想が其鳴き声を聞く我我の心に色色な準備をするのに反して、カナリヤには何もそんな連想のない為かも知れません。大西洋のカナリヤ群島へ行って、何処かの樹陰の青葉の隙《すき》から雨の様に降って来るカナリヤの囀《さえず》りを聞いたら、又別な感興があるのかも知れません。

しかしカナリヤはいい方です。日暮れ方に鳥屋の店の前で、色色名の知れない鳥共が悲鳴に似た声をあげているのを聞き過ぎるのは余り気持のいいものではありません。鸚哥の中には、地鳴きに猿の泣く様な声をするのがありますが、何と云うのか知りませんけれど、私は金をつけてやると云っても、あんな変な気味のわるい鳴き声はいやです。

近頃九官鳥が馬鹿にはやる様ですが、私はあの鳥も化鳥《ばけどり》の様な気がして気味がわるい。小鳥を飼うのは大体、町の中に住んでいて、又は自分の部屋にいて、自然の歌の断片を聞き度いからなので、そう思う反面には、暫《しば》らくの間でも、小鳥の鳴き声に心を傾けている間丈でも、うるさい人事を忘れ得ると云うのが小鳥を飼う者の幸福なのです。ところが九官鳥と云う鳥はいやに落ちついた声をして人間の言葉を真似《まね》ます。鳥屋の云うところでは、又私共がきいても、昔から人真似をする鳥と相場が極《き》まっている鸚鵡《おうむ》、鸚哥よりも人真似が巧みな様です。そうして其声はどの九官鳥でも極まって、丁度天気の晴れた日に、どこかの塀の陰で五十歳位な男が話をしているのを、ずっと離れた遠方から聞いている様で、暫らく聞いていると厭《いや》な心持になります。全体小鳥が人間の声をするというのは目出度《めでた》い事ではありません。又それは鳥の勝手だとしても人間の声は人間丈で十分です。固いこつこつした箱の中から、いきなり人間の声がわめき出す蓄音器さえ少少無気味で、あまりいい気持のしない私は、九官鳥などと云う化物は大きらいです。

小鳥屋の店頭でまず内地産の鳥と舶来の鳥とを区別すると云いましたが、其区別は又、今も一寸申した通り大体の上で鳴き鳥と観鳥《みどり》との区別にもなるのです。鳴き鳥とは云う迄もなくその声を聞いて楽しむ鳥で、観鳥とは其羽色を愛する鳥です。内地の鳥にはあまり羽色の美しいのはありませんが、大瑠璃《おおるり》、小瑠璃は寧ろ其声で愛好せられる鳥ですけれども、羽色も美しい瑠璃色を背から腹にぼかしているので、観鳥として丈でも、十分飼って置く値打ちはあります。しかし、一寸新らしい家庭を持つ人などが、軒端の飾りに飼って見て、十日も経《た》たない内に餌をやるのを忘れて殺してしまい、今度は又その死んだ鳥を気の毒がると云う事に別な楽しみを見出《みいだ》すと云う様な飼い方をするなら格別、ほんとに小鳥を飼って見ようと云うには、観鳥はどうしても早く厭《あ》いてしまうから、矢っ張り鳴き鳥を摺り餌で飼って見なければ本当の小鳥の趣味は解りません。

明石《あかし》の漱石先生

明治四十四年の夏、私は暑中休暇で郷里の岡山に帰って居《お》りました。ある日の新聞で、夏目漱石先生が、播州《ばんしゅう》明石へ講演に来られると云《い》う事を知ったので、早速東京早稲《わ》田《せだ》にいられた先生に問い合わせの手紙を出しました。

私はその年の、たしか二月だったと思うのですが、胃病で麴町《こうじまち》区内幸町の長与《ながよ》胃腸病院に入院して居られた先生に、その病院で始めてお目にかかったのです。

それから間もなく、先生は御退院になった様に思います。私は春になってからも、幾度か先生のお宅に伺って、小宮さんなどが先生と色色話して居られるのを、横から怖《こ》わ怖《ご》わ聴いて居りました。

田舎の中学生時代から、同じく田舎の高等学校を終るまでの何年間、私は先生の文章によって、先生を崇拝し又先生を慕って居たのですが、いよいよ東京の大学に来る様になって、やっと先生に会って見ると、どうも何となく怖くって、いくらか無気味で、昔から窃《ひそ》かに心に描いていた様な「先生」には、中中近づけそうもないのです。

その先生が、私の郷里から割りに近い明石まで来られると云う事は、何だか知らないけれども、急に天降《あまくだ》って来て、手の届きそうな所にぶら下がる様な気がしたのです。私は無闇《むやみ》にうれしくなって、この機逸す可《べ》からずと思いました。

先生の講演の聞きたいのは勿論《もちろん》ですが、その外にも、私は明石へ行きたい理由がありました。私は前にも申した如《ごと》く、内心怖わ怖わ先生の前に坐《すわ》っていて、実は碌碌《ろくろく》頭も上げられない様な気持だったのですけれど、その先生が東京を離れて、明石の方までやって来られると思ったら、急に自分が先生の内輪のような気になって、さて明石の者等《ら》は、我が先生の前に出たら、どう云う顔をするかを見届け、それによって私の内心に秘しているところの、夏目漱石を先生として所有する誇りに媚《こ》びたくもあったらしいのです。

東京の先生からは、じきに返事の葉書がきました。それには何日頃講演に行く事は行くけれども、聴いて貰《もら》いたくもないから、わざわざ出かけて来るに及ばないと云う御挨拶《ごあいさつ》です。

しかし勿論私は行きました。

先生の宿は、衝濤館《しょうとうかん》と云う海辺の大きな旅館でした。衝濤館にはその数年前、私がまだ中学生の時に、たしか五年生の夏だったと思うのですが、今大阪にいる同窓の岡崎真一郎君と二人で旅行して、衝濤館に泊まるつもりで座敷に通ったのです。ところが、あんまり宿賃が高かったので、泊まるのは断念して、風呂《ふろ》に這入《はい》って、御飯を食べただけで外に出て、それから砂浜を歩いて須磨《すま》に出て、停車場の待合室で夜明を待った事がありますので、衝濤館の所在はすぐに解《わか》りました。

しかし、先生が衝濤館にいられる事をどうして知ったか、その筋道は今思い出せません。

或《あるい》は、先生が明石駅に着かれるところを迎えに行ったような、非常に漠然たる記憶もあるのです。それによると、先生は他の講演者や大阪朝日新聞の社員達と共に、俥《くるま》を列《つら》ねて町を走ったのです。その俥の後には、田舎廻りの役者が顔見世の時にする様に、細長い紙の旗がたっていて、先生の背でひらひらしていた事になるのですが、しかしこれは、きっと私の夢が、古い記憶にまぎれ込んでいるのです。

さて、私は衝濤館に行きました。二階の、鉤《かぎ》の手になった、縁《えん》続きの海に臨んだ部屋に、先生はいるらしい気配です。暫らくこちらへ、とでも云われたのだか、どうでしたか、そんな事も記憶にありませんけれど、私は、その、先生のいるらしい部屋でないところに坐りました。部屋一杯に人がいて、みんな中年の男です。どれもこれも私の知らない、生まれて始めて会った人ばかりです。そうして、暑いのにみんな申し合わせた如く、又全く申し合わせたものに違いありませんが、皆さんお揃《そろ》いに紋付の羽織を着て、袴《はかま》を穿《は》いて、何の用だか知らないけれども、立ったり坐ったり、まごまごしているのです。無遠慮に申せば、納棺式の隣室の様な騒ぎです。そうして何だか無闇に忙しそうな顔をし合って、額の汗を拭《ふ》きながら、みんな目を光らしていました。漱石先生の余威がこの部屋に及んで、この騒ぎなのだろうと私は思いながら、内心また大いに得意でした。そうかと思うと、妙に部屋の隅の方に坐り込んで、扇をぱちりぱちり鳴らしながら、黙り込んでしまって、いやに白い眼をしている男もあります。こう云うのは、きっとこの地方に於《お》ける漱石先生の愛読者に違いないと、又私は思いました。

その内に、どう云うきっかけでしたか、私は、その鉤の手の飛び出した部屋に通りました。

そこには、また紋付羽織に袴を穿いた人達がうようよする程いましたけれど、さっきの様に立ったり坐ったりしてはいませんでした。みんな、ぺちゃんと坐って同じ方に向いているのです。彼等の向かっている一点に、輪郭の定まらない恰好《かっこう》をして坐っていられるのが、漱石先生でした。先生は、一人だけ筒袖《つつそで》の浴衣《ゆかた》を着て、明石町の紳士達に挨拶していられるのです。先生の傍に控えた人が、そこに新らしく這入って来た人を紹介して、町会議員の何何さんです、とか、何とか学校長の何の某《なにがし》さんとか云っては、先生の方に向って、お辞儀をします。その度に先生は、浴衣の両手を畳に下ろして、腰を浮かして、落ちつかない恰好で挨拶せられます。私自身は、どう云って先生に御挨拶したのか、忘れてしまいましたけれど、その時先生が私に向かって、どうも、こう云う恰好でいるところへ、こんなにしてみんなに挨拶に来られるので、実に恐縮すると云う様な意味の事を云われました。

それから、私は衝濤館を辞して講演会場の公会堂に出かけました。

公会堂は、全集別冊の講演筆記にある如く、西日がかんかん照りつけて、実に暑かったのです。しかし、演壇に向かって、右手の直《す》ぐ下は明石海峡で、開け拡《ひろ》げた広間の天井には、浪《なみ》の色が映っていました。海の向うには、淡路島の翠巒《すいらん》が鏡にうつした景色の様に美しく空を限って居りました。

漱石先生が演壇に立たれた時の感激は、二十年後の今日思い出しても、まだ胸が微《かす》かに轟《とどろ》くようです。題は「道楽と職業」と云うのでした。段段話が進んで行って、先生の子供の時分に、変な男が旗をかついで往来を歩きながら、「いたずら者はいないかな」と云って来るので、自分達を買いに来たのではないかと心配したと云う様な話をせられました。その話も無論講演筆記に載って居ります。その時に先生が尤《もっと》もらしい口調で云われた「いたずら者はいないかな」と云う一句の調子が、今でも耳の底に残っている様です。それから、職業とは人の為《ため》にする事であると云う様な事から、その、人の為と云う意味の説明をせられて、世の中には徳義上、随分怪《け》しからんと思われる様な職業を渡世にしている者が、我我よりも余っ程えらい生活をしている。それは一面から云えば不埒《ふらち》にもせよ、事実の上から最も人の為になる事をしているからで、即ち今云っているのは道徳上の問題ではない、事実問題である。だから芸妓《げいぎ》なんか云うものは、一寸《ちょっと》指環《ゆびわ》を買うのにでも、千円とか五百円とか云う高価なものの中から、選《よ》り取りをする余裕がある。私は今茲《ここ》に、と云って、先生はチョッキの衣嚢《ポケット》の中から、鎖のついていない懐中時計を摘《つま》み出された。それは、先生の書斎で、見覚えのある時計でした。私は先生の指の間にぶら下がっているその時計を見て、ひやりとする様な気持がしました。先生は、その時計をかざしながら、私の時計はニッケルですと云われました。何だか、先生が明石に来て、田舎なもんだから、調子を下げて話をして居られる様に思われたのです。それから例の博士問題の話が出た時にも、私は又若い崇拝者らしい感情で、ひやりとしました。しかし、その時は、寧《むし》ろ聴衆の拍手が余り烈《はげ》しかったので、その為に俗な気持がしたのかも知れません。

講演が終った時は、本当に夢からさめた様な気持でした。そうして、直ぐに、こんな講演が又いつ聞かれる事か解らないと云う様な淋《さび》しい気持がしました。

先生は講演会場から、一先《ひとま》ず衝濤館へ帰られた様でした。しかし私は、先生が大阪に立たれる汽車の時間を、誰かにきいて知っていたので、すぐに明石の駅に行って、先生を待っていました。

先生の着かれる前から、構内には紋付がざわついて居りました。間もなく、先生は外の人人と共に俥に乗って来られました。先生の傍には中中近づけない様な混雑でした。

そのうちに汽車が来ました。或は、そう思うのは勘違いで、明石仕立ての区間列車だったかも知れません。兎《と》に角《かく》、車室は古風な横開きの扉のついた四輪式で、丁度私の立っていた前の二等車に、例の紋付の人が既に幾人か乗っていました。そうして、まだ歩廊に立っていられる先生に、中から頻《しき》りに、「どうぞ、どうぞ」と招じていた様子でした。しかし先生は、中中乗られませんでした。その内に、先生は一人でつかつかと歩き出して、二三台先の一等車の中に這入ってしまいました。そうして、直ぐに汽車は動き出しました。その前に頭を下げて、先生を見送った時の気持を思い出すと、先生の思い出は申すまでもなく、それと共に自分の昔が懐《なつか》しくて堪《たま》りません。

貧乏五色揚

大人《たいじん》片伝　続のんびりした話

一　鮭《さけ》の一撃

森田草平先生、齢《よわい》知命を越え給《たも》うてより、忽然《こつねん》として大人の風格を自識し来《きた》り、人の顔さえ見れば、無闇《むやみ》に小言を云《い》いたがる。小生多年の知遇を辱《かたじけの》うするの故《ゆえ》を以《もっ》て、特に屢《しばしば》その害を蒙《こうむ》る。曰《いわ》く君は金もない癖に贅沢《ぜいたく》です。そこへ奥さんが上がって来られて、お午《ひる》はどうなさいますか。大人昂然《こうぜん》として曰く、なんにも要らない。でも、お惣菜《そうざい》の鮭しかありませんよ。結構、結構、さあ一しょに食べませんか。

すなわち小生の困る事は、第一に、右の行きさつは、草平大人自ら躬行《きゅうこう》して、小生に小言を示しているのである。大人ひそかに思えらく、百鬼園の奴《やつ》、金もない癖に贅沢だから、きっと御馳走《ごちそう》を食いたがるだろう。その出鼻をくらわすに、鮭の一撃を以《し》てし、彼の反省を促すに如かずと。だから、うっかりその御招待を辞退すれば、おそくも大人の思う壺《つぼ》に嵌《は》まり、そら、そら、その通り、御馳走がなければ食わないでしょう。そう云う心掛けで、いつ迄《まで》貧乏したって僕は知らない。僕なんざ毎日鮭でお茶漬ばかり食っている、位の事を云いたくて、大人がその機を狙《ねら》うに虎視眈眈《こしたんたん》たる事は小生にちゃんと解《わか》っているのである。

次に困る事は、大人いみじくも鮭を以て質実剛健の鑑《かがみ》を垂れ給うと雖《いえど》も、これは上《うわ》部《べ》の戒めに過ぎずして、行嚢走尿、脂肉を常啖《じょうたん》とし給うのである。草平先生、今日に於《おい》て大人の風格に欠くるところはなけれども、何かと言えば蒲焼《かばやき》、天婦羅《てんぷら》の類を召し上がるのは、如何《いかが》なるものかと思うのである。痩軀鶴《そうしんつる》の如《ごと》き大人にこの俗尚《なお》あり。嘆ず可《べ》きかな。その他、こんな姿の悪いお刺身は食えやしない、婆鶏《ばばあどり》のとりわさは閉口だ、すき焼のわりしたは三河屋で買って来い、三河屋が閉店したなら、開店するまで、食わずに待っていると云う程、食べ物に八《や》釜《かま》しい大人なのである。右の行きさつに於ても、若《も》しその場に小生微《なかりせ》ば、大人婉然《えんぜん》として奥さんに向い、鮭ばかりかい、仕様がないな、カツレツでもそう云ってくれないか、とか又はそうでない別趣のおねだりを致されるか、致されぬか、そこのところは、よく解らないのである。此《こ》の如き微妙なる関係に於て、小生大人の戒飭的《かいちょくてき》招待に遭う。うっかり謝《ことわ》る事は、四囲の情勢これを許さないのである。

最後に小生の困るのは、ちっとも腹がへっていないのである。なんにも食いたくないから、従って鮭も食いたくないのである。しかしこの場合、鮭に失礼があってはならぬ。

「僕はまだ御飯は食べたくないんですけれど」と云って、大人の気色《けしき》を窺《うかが》った。大人は惘然《もうぜん》として、何か他の事を考えている。

「お蕎麦《そば》の盛《も》りを食べさして下さいませんか」

と今度は奥さんに云った。

「お蕎麦だけでよろしいんですか」

「丁度そのくらいのお腹《なか》加減なのです」

この時、草平大人豁然《かつぜん》として己に返り、

「何、何、蕎麦だって、よかろう。では一寸《ちよつと》失礼」と云って、いきなり立ち上がり、とんとんとんと梯子段《はしごだん》を下りて、茶の間の方に足音が消えた。あら、あらと思う間もなく、この難局を免れ、事によると、上来述べ来りしところの思索は、或《あるい》は小生の心の迷いであったかも知れぬと悟りつつ、蕎麦の来るのを待ったのである。

二　百鬼園先生瘦《や》せる事

草平大人、相対《あいたい》にて、人を悪《あ》し様《ざま》に罵《のの》しりて詈り足らず、小生、大人と共に勤務するところの鳳生《ほうせい》大学教員室に於ては、人前を憚《はばか》らず、と申さんよりは、人前なるが故に益《ますます》大声《たいせい》天に朝《ちょう》する如き勢を以て、小生の懶惰《らんだ》と貧乏とを責め給う。仕舞には、お小言に事を欠いて、

「いやだねえ」と大人はみんなの前で始めるのである。「いやだよ、僕は。僕は君、学校の月給だけでは足りないから、学校を休んで原稿を書く。この人はその金を僕から借りて、いつ来て見ても、ちゃんと学校に出てるんだよ。そうして原稿は決して書かない。僕が雑誌に約束してやっても、書かないんだ。あきれた人だよ。もう僕は知らない」

こう云うお小言が始まったら最後、次から次へと絶えざる事縷《いと》の如く、お立ち合いの諸先生達、多くは小生に気の毒がって、その場を外してしまう。小生とても、初のうちは、減らず口を叩《たた》いて立ち向うけれど、もともと先方に理のある云い分なのだから面白くない。終《つい》には、空《むな》しくその蹂躙《じゅうりん》するところに委《まか》せてしまうのである。それが度重なるにつれては、心労の余り、小生夜もおちおち眠られず、肉落ち、骨露《あらわ》れ、大人の風姿を鶴に喩《たと》うれば、小生はその喉頸《のどくび》よりもなお細からんとする如くに、痩せ衰えて来るのである。

草平先生、これを以てなお慊《あきた》らず、遂《つい》に天下の公器に藉《か》り、先月の中央公論誌上に、『のんびりした話』と題して、普《あまね》く天下に小生の貧困と不始末とを、さらけ散らかされた件は、読者諸賢の御存知の通りである。

三 「続のんびりした話」の謂《いわ》れ

鳳生大学で会議をしているところへ、中央公論社の松氏来訪せらる。階下の応接室に請《しょう》じて、草平大人と小生とにて会う。

「自分の悪口を書くと云ってる原稿を、わざわざ仲介してやるなぞ、少し余計な事だね」と草平先生は思慮深く云った。しかし忽《たちま》ち大きな声で笑い出して、笑いっ放したまま、後を続けない。仕方がないから、小生が接穂《つぎほ》をする。

「野球の試合にだって裏があるんだから、今度は僕に云い分がある」

「案外、裏がリードしたりなんかすると妙ですね」と松氏が云った。

「そんな事は困るよ、しかし一体何を書くんです」と草平大人が小生に尋ねた。

「何を書くって、自分の書かれた事を後から弁解しても始まらないし、第一、一度雑誌や新聞で公表せられた事は、実相と違っているも、いないもありませんや」

「そうだよ。あれでいいんだよ」

「よくはないけれど、まあ貧乏話なんかは構わないとしても、僕が漱石先生のパナマ帽を貰《もら》ったと云うのは本当ですか」

「本当だろう」

「そうか知ら。しかし漱石先生の帽子が僕の頭に這入《はい》るわけがないと思うんだけれど」

「そりゃ君、洗濯屋で鉢をひろげさして被《かぶ》ったと、ちゃんと中央公論に書いてあるじゃないか」

「書いてあるのは、大人《あなた》が好《い》い加減な事を書いて、それが雑誌に出たのを読んだら、今度は御自分の方でそうか知らと思ってるだけですよ。洗濯屋で大きくなるものなら、昔から僕は帽子の苦労しやしない」

「そりゃそうだ。帽子は中中、大きくならんからねえ」

「そこで僕は、草平大人の鼾《いびき》のひびきに就いて書こうと思う」

「草平先生の鼾ですか。面白いですね」と松氏が云った。

「そりゃいかんよ、鼾の事なんか書いちゃいけないよ」

と草平大人が案《つくえ》を敲《たた》いて、呼号した。そうして更に、

「鼾はやめて貰おう。鼾の話はやめましょう」と付け加えた。

「何故《なぜ》いけませんか」

「そんな事を書かれたら君、困るよ」

「僕は貧乏話を書かれて困っているんだから」

「貧乏話を書かれて、困るわけはないじゃないか。鼾はいけないよ。だれも女が惚《ほ》れなくなる」

「貧乏貧乏と云われては、だれもお金を貸してくれる者がなくなります」

「お金を貸してくれる者が、なくなった方が、いいんだよ」

「女が惚れなくなった方がいいのですと申したいけれど、もうそんなお年でもありませんやね」

「そんな事はないよ。そうでもないよ」

草平大人、暫《しば》らく片付かない顔をして考えていたが、突然、

「そう云う風になると、僕の書いた小説が売れないんだよ。鼾の所為《せい》で読者が減るのは困るじゃないか」

四　鼾は伝染す

鼾癖《かんぺき》は伝染するものであると云う事を、小生は茲《ここ》に説こうと思うのであって、草平

大人の鼾の性質、強度、音幅等に関する叙述を試るのが目的ではない。談偶《たまたま》、大人に及ぶと雖《いえど》も、それは事の序《ついで》に過ぎないのである。

先年の大地震よりまだ前の事である。小生十円の金に困り、当時千葉県木下《きおろし》に卜居《ぼっきょ》して居られた大人の許《もと》まで拝借に出掛けた。いつも云われるので思い出すのだけれど、汽車は二等に乗って行った事は確かである。人に金を借りるのに、二等に乗って来るなぞ、怪《け》しからんと云うのが、大人の感想なのである。大人、今では事毎《ことごと》に、その様な戒飭《かいちょく》的小言を云われるけれども、昔は矢っ張り、お金があったか無かったか知らないけれど、有っても無くても汽車は二等に乗られたらしい。小生の覚えている話の一つは、大人が何年ぶりかに帰郷して、さて東京に帰って来る汽車の中で、昔の二等車の座席は、窓に沿って横に長く伸びていた、二等に乗るのはいいけれど、横っ飛びに馳《はし》るのがいやな気持だなどと云う人もあったもので、その二等車の大人の席の隣りにいたのが、大人の極めて広汎《こうはん》なる意味に於ける恋人なのである。その美人は、当時既に大人の郷里の町家に嫁して、水水しき若夫人である。須臾《しゅゆ》にして大人便意を催し、上厠《じょうし》す。進行中の列車に厠《かわや》の設備が出来てから間もない当時の事であろう。流疏《りゅうそ》装置がうまく行かないので、大人甚だ気がかりながら、どうにもならないから出て来たところが、大人の帰るのを待ちかねて、その美しい若夫人が、上厠す。大人汽車から飛び降りようかと思った事であろうと、小生今でも可笑《おか》しくて堪《たま》らない。

さて、小生二等の汽車に乗りて、千葉県木下の里に出掛けた。所要の十円を借りて、主人と共に酒を汲《く》み、興尽きずして、舟を役《えき》し、利根川を渡って、対岸の料亭に置酒《ちしゅ》す。今この文を草しながら、不意に気になり出した事は、小生その時の十円を大人に返したような記憶が全然ない。返す事を忘れたかも知れないとすれば、また既に返した事を忘れた事も有り得る。小生の場合はそのどちらでも構わないけれど、当の大人この文を読んで、何かと想《おも》い起す事は迷惑である。雅俗ともに利根川の川波、流れて早き月日なり鳧《けり》。

それから、また河を渡って、大人の僑居《きょうきょ》に帰り、二階の一室に大人と枕《まくら》を並べて寝についたのは、既に夜明け近くである。小生は旅の労《つか》れと、お金の苦労と、酒の酔とで、横になるが早いか、忽《たちま》ち前後不覚、となる筈《はず》のところへ、おどろおどろ、君の鼾のとどろきて、筑波《つくば》の松は枯れはてにけり、妙に引っかかる所のある物理的鼾声《かんせい》が小生を眠らせないのである。しかし小生は眠い。そうして大人の鼾声は、時とともに激烈に、且《か》つ急速に、のみならず一定の間をおいて、ほら穴に泥水が吸い込まれるような、がばッと云う音を発して破裂するのである。小生は、八釜しい丈《だけ》でなく、変に気がかりな、一つすむと、すぐ次の破裂を待たなければならない様な気持がして、眠いのと反比例する如く心《しん》が澄んで来る。草平大人後になっても、この話をきらい、成《な》る可《べ》く聞きたがらない様子である。しかし大人自身、その鼾声を聴いた事はないに違いないから、それがどんな種類の鼾であるかと云う事は御存知ないのである。小生近年に及んで、屢《しばしば》他から、鼾が八釜しくて困ると云う苦情を聞かされる。小生の鼾は、この時、千葉県木下の里に於て、草平大人から感染したものに相違ない。何となれば、小生それまで、自分で自覚しないと云う事は証拠にならぬとしても、未《いま》だ嘗《かつ》て他から鼾について の苦情を受けた事もなく、また当夜の如《ごと》き情勢に於て、小生終《つい》に昏睡《こんすい》した事は当然であるとして、その夢寐《むび》の間に、大人の鼾は、次等意識の支配下に在る小生の鼓膜並びに咽喉《のど》の内壁面に向かって、その荒荒しき音波を投げつけ、投げつけ、ついにこの悪癖を移したものに違いないのである。小生全然これを識らないけれども、一度眠って意識を失えば、忽ち鼾をかくらしいのは、その時受けた振《ヴァイブレエション》動《し》が、次等意識の下に再生するのである。鶯《うぐいす》の雛《ひな》を親鳥につけて、鳴音を摸《なら》わせるのと同じ目に遭ったわけである。鼾をかく人と同室して眠る事の危険上述の如し、読者戒心せられよ。

五　自動車と鴨《かも》

草平大人、街頭に佇立《ちょりつ》して、頻《しき》りに自動車を選んでいる。綺麗《きれい》な車がその前に停まっても、手を振って、「いらない」合図をしてしまう。どう云《い》う車を待っているのか、見当がつかない。試みにその標準を問うて見たところが、大人は、自動車を大体三つの種類に分かっているそうである。第一は、汽鑵車《きかんしゃ》の様な部分の突端《とっぱし》に、尖《さき》のとがった針金のきらきらするのが立っているもの、第二はその部分に、鍍金《めっき》の人形或《あるい》は犬がいるもの、第三は、なんにもなくて、河童《かっぱ》のお皿のようなものが乗っかっているもの。即《すなわ》ち草平大人の自動車の世界には、シュボレーもフォードもないのである。ただ右の三つの標準に従って、自動車を見分け、その時時の好みによって、あれに乗ったり、これを斥《しりぞ》けたりする。

車の選択を終って、いよいよ乗り込む段になると、今度は料金の談判が始まる。五十銭でよさそうな所を四十銭に値切り、或は相手によっては三十銭に負けさせる。大人は得得たるものである。

「流しの自動車に云い値で乗ると云う法はない。この人なんかお金もない癖に大きな面《つら》をして」云云《うんぬん》と、すぐお引合に小生が訓辞を頂くのである。ところが、いよいよ目的地に着いて、三十銭払おうとすると、大人の蟇口《がまぐち》には、十銭白銅がなかったり、或はあっても、二つきりで、十銭足りなかったりする。三十銭に値切ったものを、更にもう十銭負けさして、二十銭ですませる事は困難である。お剰銭《つり》をくれと云っても、運転手の方では、こまかいのがありませんと云う。つまり大人の方で二十銭負けて、お剰銭はいらないと云う事になる。始めから五十銭で乗ったのと、少しも変らない。四十銭に値切って乗って、五十銭渡して降りるなんぞは、極く普通の事らしい。

ある時、草平大人、堺枯川《さかいこせん》氏の御見舞に行くつもりで、一羽の鴨《かも》をさげて、神楽坂《かぐらざか》から自動車に乗った。そこの相馬屋で買物をして、麴町《こうじまち》三番町迄《まで》五十銭と云う契約である。車が馳《はし》り出すとすぐに、大人はあわてて停車を命じた。そこは相馬屋紙店の前なのである。草平先生車を降りて、買物をし、また車に乗って馳り出したところが、運転手がむっとしている。

「こんなお約束ではなかったでしょう」

「何、買物をしたのが、いけないと云うのかい。それは初めからの約束じゃないか」

「それは承知ですが、十分以上もただで待たされちゃ、我我商売は合いませんや」

「十分も待たすものか。せいぜい五分ぐらいのものだ」

「どう致しまして、十二分待ちましたよ。ちゃんとここに時計がついてるんだから、胡魔化《ごまか》そうとしたって、駄目です」

「胡魔化す、失敬な事を云うな。よしんば十分以上待ったにしろ、それが何だ。客商売がお客の用達《ようたし》する間待つのは当り前じゃないか」

「御冗談でしょう。十分以上待てば、それだけの割増をして頂かなければ困ります」

「いやだ。断じてやらない。誰がやるものか」

草平大人、座席から乗り出して、運転手席の後の靠《もた》れに掴《つか》まり、口角泡を飛ばして、激論を戦わす。車が濠端《ほりばた》に出て、麹町に入ってもまだ止《や》めない。危く堺枯川氏のお宅を通り過ぎようとして、あわてて車を止めて降りた時には、何を、こん畜生、何が何だ。覚えてろ。馬鹿野郎《ばかやろう》と云う始末だったのである。明察の読者が心配して居《お》られる通り、わが草平大人は、この昂奮《こうふん》と惑乱の為《ため》に鴨を、車中に置き忘れてしまったのである。

「降りてから、一歩あるくと、すぐに思い出したんだよ。あっと思って、後を見たら、その自動車の奴《やつ》、鴨を乗せたまま向うの方へ、ずうっと行ってしまったよ。どうも僕は、大変な事をしましたねえ」と大人は述懐した。

六　講演の謝礼

鳳生《ほうせい》大学の教員室では、お午《ひる》の十一時になると、給仕が先生達にお弁当の注文をきいて廻る。お弁当の種類は、構内にある富士見軒の洋食、ランチ、一品料理から、蕎《そ》麦《ば》、丼物《どんぶりもの》、鮨《すし》、天婦羅《てんぷら》、支那《シナ》料理、鰻《うなぎ》は八十銭から二十五銭まである。給仕に御馳走《ごちそう》を書き列《なら》べた表を突きつけられて、さあ、どれにしようかと考える毎《ごと》に、毎日毎日目に見えて、人間の根性が卑《いや》しくなり行くのを覚えるのである。今日は、あっさりした物にしようと思って、蕎麦をあつらえておくと、隣りの席にいる先生が鰻丼《うなどん》を食い始める。どうも好《い》い匂《におい》がして、欲しくて堪《たま》らない。又今日は少し腹が減ってるからと思って、西洋料理を二品に御飯を食べかけると、向うの席にいる先生はトーストとミルクで涼しい顔をしている。どうもその方がよかった様な気がして、自分の食ってるものが、汚《けが》らわしくなる。一皿食い終った頃から、そろそろ眠くなり、二皿目は意地で平《たい》らげる。フォークを措《お》いたら、瞼《まぶた》が上がらない様な重苦しい憂鬱《ゆううつ》に陥る。脂肪《あぶら》もよくないか知れないけれど、先ず何よりも食い過ぎの所為《せい》である。一体出先の午食《ひるめし》に御馳走を食おうとするのは、何と云う浅間しい心根だろう。明日からは握り飯を持って来る事にきめたいと思うのである。そうして手弁当を一日二日続けると、また他人《ひと》の食っているものが欲しくなる。忽《たちま》ち握り飯を廃止して、暫《しば》らく振りに天丼《てんどん》を食う。初めの二口三口は前後左右の物音も聞こえなくなる程うまい。しかし凡《およ》そ半分位も食い終ると、又いろいろ外《ほか》の事を考え出す。御飯が丼の底まで汁でぬれている。天丼と云うものは、犬か猫の食うものを間違えて、人間の前に持ち出したのだろう。ああ情ないものを食った。明日からは、もう何も食うまい。腹がへったら、水でも飲んでいようと考える。

そう云う教員室の午食時《ひるめしどき》に、草平大人は、脇目《わきめ》もふらず、お皿を鳴らしてライスカレーを食っている。何をあんなに、いらいらしているのだろうと思っていると、まだ大分残っているのに匙《さじ》を投げ出して立ち上がり、片手で口を拭《ふ》き拭き、片手に大きな鞄《かばん》を引提《ひっさ》げて、大急ぎで教員室を出ようとするのである。

「どうしたんですか、そんなに急いで」と小生が尋ねた。

「あ、いや、今日はその、本郷で講演するんだ。あんまり出鱈目《でたらめ》も云われないから、一寸《ちょっと》これから準備して置こうと思うんだ。もう時間がない。しかし僕はこれで、よく稼いでいますよ。日夜も分たず、原稿は書く、講演はする。尤《もっと》も講演はあんまり頼みに来ないけれど、又来られても困るけれど、しかし今日の講演で十五円や二十円はくれますよ。この方《ほう》は学生の会だから、安くっても仕方がないが一昨日の晩などは、そうだこの話をしておこうと思ったんだ。一体毎日何をしているんです。早く原稿をお書きなさい。そんな事じゃ本当に駄目だ。僕を御覧なさい。一昨日の晩なんか、その直《す》ぐ前になって、急に頼みに来たんだ。しかも徳田君にやって貰《もら》う事になっていたのを、急に徳田が謝《ことわ》ったからと云うので、僕のところに持ち込んだなんざ人を馬鹿《ばか》にしている。第一、僕はその協会なんか、丸っきり知らないし、どんな話をしていいんだか解《わか》りゃしない。それよりも徳田の代理に引っ張り出されるのはいやだ、とは思ったけれど、いいですか、僕は節を屈してその講演を引き受けた。そうしてちゃんと一席弁じて来た。この方は少くとも三十円か、事によると五十円位のお礼はするかも知れない。僕はこんなにして稼いでいるんですよ。どうです。ところが」

丁度その時、傍を通りかかった同僚の一人をつかまえて、小生を指しながら、

「この人と来た日にゃ。僕は既にあきれている。こんな怠《なま》け者はいませんなあ」

「何のお話ですか、大分景気がいいらしいですね」と同僚が云った。

「景気は予想の景気なんだけれど、講演、あっと、ああもう時間がないんだ」

草平大人は倉皇《そうこう》として、鞄を提げて、教員室を出て行った。

後で小生、御訓戒も左《さ》る事ながら、何しろ羨《うらや》ましい事だと考えて、気持が陰鬱《いんうつ》になった。

それから数日後のある朝、教員室で顔を合わせると、いきなり、大人は小生を衝立《ついたて》の陰に手招きした。大人何だか面白い顔をしている。第一、人を物陰に呼ぶと云う性《た》質《ち》でないから、不思議である。

大人はその衝立の陰で、物物しげに、話し出した。

「昨日の午後、例の協会からお礼に来ましたよ」

「そうですか、それはよかったですね」

「ところが、提げて来たんだよ」

「何を提げて来たんです」

「四角いものを提げて来たんだ。どうも変だと思って、後で開けて見たら、巻莨《まきたばこ》のセットが出て来た」

「それっきりですか」

「それっきり。しかし非常に感謝して帰って行った。何だか変な世の中になりましたねえ」

草平大人、憮然《ぶぜん》として人の顔を眺めている。

すると、それから二三日経《た》った後、ある朝また草平大人が小生をつかまえた。

「何です」

「いや別に要事《ようじ》じゃないんだが、昨日また講演のお礼が来ましたよ」

「そうですか、今度は学生の会の方ですね」

「そうなんだ。だからこの方には余り多く期待しないけれど、それでも待ってたんだ。二階に通して見ると、いやその上がって来るところを見ると、また提げているじゃないか。どうも驚きましたねえ」

「今度は何を提げて来たのです」

「それがまた四角いんだ。僕は、その、何だか提げているのを見て、ぎょっとしたね」

「中は何です」

「中は巻莨のセットさ」

「またですか」

「一つは錫《すず》で、一つは真鍮《しんちゅう》なんだけれど、巻莨のセットは、もとから家にあるんだから、一つだって要りやしない」

どうも少し可笑《おか》しくって、慰める言葉もない。草平大人、急に大きな声で笑い出して、「全くぎょっとしたよ」と云いながら、向うへ行ってしまった。

七　借金問答

「百鬼園《ひゃっけん》君、おい百鬼園さん」

草平先生、突然向うの卓子《テーブル》から、大きな声で怒鳴りながら、そろそろ腰を上げて、こちらの机に近づいて来る。「百鬼園さん、早く無名会の金を返して下さい」

さあ始まったと小生首をすくめる。

「へいへい返しますけれど、どうして急に催促が始まったんですか」

「今まで考えていたんだけれど、どうも貴君《あんた》はすぐ返してくれないから、複雑になっていかん」

「複雑にしなくっても、僕が覚えているから大丈夫ですよ」

「僕だって覚えていますよ」と草平大人が用心深く云《い》った。「一体いつ返してくれますか」

「貯金組合に頼んであるから、そっちから貸してくれる迄お待ちなさい」

「そら、そらそれが不可《いけな》いんだ。借りた金を返すのに、他から借りて来て返す。そんな事をしてたら際限がない。僕がいつも云う通りだ。そりゃ止《や》めなきゃいかん」

「今そっちを止めれば、僕はお金がなんにもないから、返せません」

「返さなきゃ困る。すぐ返してくれないから、無くなるんだ」

「すぐ返しては、費《つか》う暇がないじゃありませんか」

「借りた金を費おうとするから、いけないんだよ。もう人に金を借りるのは、およしなさい」

「はいはい」話が、大人の主意から外れかけているらしいので、安心していると、また逆戻りした。

「兎《と》に角《かく》お金を返してくれなければ困る」

「返しますけれど、どうしてこんな話になったんですか」

「いくらだったけな」

「二十三円八十銭」

「そうそう、覚えてる覚えてる。ところでと、そりゃ君、講演会が二つとも巻莨のセットだからさ」

「おやおや、そのお尻《しり》が僕の方に来たのは恐縮する」

「それはそうだよ。何しろ提げて来られては、ぎょっとするからねえ」

「そのセットを売りましょうか」

「売らなくてもいいんだ。細君が三越だか、松屋だかへ持って行って、必要なものと引替えて貰おうか知らと云ってた」

「それじゃ奥さんに売却して、その代金を以《もっ》て僕の債務を差引きにするのはどうです」

「駄目だよ。そう云う事をすると癖になる。いや、そんな馬鹿な話があるものか、絶対にいかん。さあ早く返して下さい」

「またもとへ戻ってしまった。弱ったなあ。もうこんな話はよしましょう」

「いや止めない。暑中休暇に書きかけてると云った原稿はどうしたんです。ちっとも仕事をしないじゃありませんか。いいの悪いのと云わないで、机の前に坐《すわ》ってれば、書けるものですよ。それをやらないで、金を借りる工面ばかりしているとは、あきれた人もあったもんだと、僕はつくづく、あきれてしまう。僕を御覧なさい。僕を。僕なんざ、寸暇も惜しんで原稿は書くし、その間には講演もするし」

「森田先生お電話です」と給仕が云った。

八　空中滑走

小生馬齢を加えて既に不惑を越え、草平先生亦夙《またつと》に知命に達し給《たも》う。どうせ燃料の切れた飛行機が、着陸姿勢を執っている様なもので、後に残された処置は、ただ空中滑走の一途しかない。着陸地が気に入らないからと云って、もう一度上りなおす事は出来ないのである。ただ養生するとか、摂生するとか、頼りにもならぬ事を頼りにして、空中滑走の距離を延ばそうとするに過ぎない。あんまり、そっちが利《き》き過ぎて、空の滑走が長きに失し、飛行場外に接地して鼻血を出すなどは、大いに考えものである。まあ、いい加減な時に、適当な角度で、芽出度《めでた》く着陸するに限る。故人松助の云い分ではないが、年の順に死んで堪《たま》るけえ。だから、それだから小生必ずしも着陸に際して、大人《たいじん》の後塵《こうじん》を拝するとは限らず。実はもう大概方方も眺め飽きて、そうそう何時迄《いつまで》も、宙ぶらりんの空中に、便便としていたくはないのだけれど、うっかりそんな事を云うと、人が金を貸してくれない。又心配する人が相当にある。小生は常にそれ等の人人から、自重加餐《じちようかさん》を祈られているのである。わが大人が、その熱烈なる祈願者の一人なる事は、賢明なる読者の既に諒推《りようすい》し給うところならん。さて、何《いず》れが先に着陸するにせよ、小生は飛行場からの最短距離を通って極楽に行く事は確定しているのである。大人は乃《すなわ》ち如何《いかん》。そう、すらすらと極楽の門が通れそうもないけれど、地獄に落ちるとも考えられない。相当な期間の受験時代と、幾度かの審査やり直しとによって、結局は極楽でお目にかかれる事と信ずるのである。ただしかし、その場合に、例の通りのつけつけした調子で、小生の悪口、あの世で有った事無かった事を、大勢の他の精霊の前でやられては迷惑する。この癖《や》だけは、極楽に行っても、止《や》みそうもない。それが今から心配である。已《や》んぬる哉《かな》、何処《どこ》かで大人を、おがんで貰う所はないか。

無《む》恒《こう》債《さい》者《しや》無《む》恒《こう》心《しん》

一

月の半ばを過ぎると、段段不愉快になる。下旬に這入《はい》れば、憂鬱《ゆううつ》それ自身である。「今日は幾日」と云《い》う考えは、最も忌《い》むべき穿鑿《せんさく》である。

無遠慮にして粗野なる同僚が、教員室で机の向うに立ち上がり、

「百鬼園《ひやつけん》さん、今日は何日ですか」ときいても、小生は答えない。返事をする前に、自分の頭の中で、その有害無益なる穿鑿の始まることを恐れて、急いで何かほかのことを考えるのである。

「ああ解《わか》りました、解りました」とその礼儀をわきまえない男が、自分の手帳を繰りながら始める。「今日は二十三日ですよ。百鬼園さん、二十三日です」

此《こ》の如《ごと》くにして、その心なき友人は、小生のはかなき平和を破壊してしまうのであ

る。

小生の勤務する鳳生《ほうせい》大学の俸給日は、二十五日である。二三年前までは、その二十五日当日が、いい工合に日曜や祭日にあたる時には、俸給日を繰下げて二十六日に、休みが二日続けば二十七日に延ばし、或時《あるとき》などは、日曜や祭日が四日も五日も続いたわけでもないのに、俸給日を月末まで延ばしてくれて、特にその内の一回は、丁度運よく十二月だったので、大晦日《おおみそか》の午後に月給を貰《もら》うような廻《めぐ》り合わせになって、どんなに助かったか知れない。月給が一日のびれば、一日だけその月を長閑《のどか》にし、二日のびれば、二日の春を恵んでくれる。十二月の月給が、大晦日に延びた時は、洋洋たる歳《とし》の瀬を眺め暮らして、その一年の回顧をのどかにした。あの厭《いと》うべき二十五日から大晦日までの六日間、お金を身につけずして、従って何人《だれ》にも払うことなしに過ごすことが出来たのは、何と云う千載一遇の幸運であったろう。已《や》んぬる哉《かな》、目今《もっこん》学校当局のなすところ、甚だ厳酷にして、二十五日には必ず月給を支給し、嘗《かつ》て一日の猶予《ゆうよ》を与うることもなく、加之《しかのみならず》、二十五日が運よく日曜日にあたった月に、やれやれ、やっと一日だけ寿命がのびたと思っていると、卒然として一日を繰上げ、二十四日に支給してしまうのである。月給を貰う者の迷惑なぞ、当事者には解らぬのだから、止《や》むを得ない。

「百鬼園さん、二十三日です」と云われて、小生は目の前が真っ暗になる様に思われた。

二十三日の次は二十四日である。今月の平和も、後一日にして尽きるのである。二十五日の当日となれば、実にいろいろの人が現われて来る。教員室の入口や、廊下の隅に待ち伏せして、一月《ひとつき》振りの久闊《きゅうかつ》を小生に叙するのである。弁当屋、自動車屋、本屋、月賦《げっぷ》の時計屋、洋服屋等その他筆述を憚《はばか》るのがある。人物は、亭主、番頭、おかみさん、小僧さん等種種雑多であるけれども、みんな小生の顔なじみである。今年のお正月の初夢に、雨が土砂降りに降っている往来を走っていたら、横町からびしょ濡《ぬ》れになって駈《か》け出して来た洋服屋の月賦小僧を踏みつぶしてしまった。去年の暮に払ってやらなかったので、夢の中まで小生を追跡して来て、この災厄に遭ったものと思う。

諸氏を待たしておいて、月給の袋の中を探っても、それぞれに行き渡るほどあったためしがない。ひどい時には、五十銭銀貨がいくつかしか這入《はい》っていないこともある。それは無名会だの、貯金組合だのと云う学内の金融機関から、無闇《むやみ》に金を借りているのを引去られるからである。尤《もっと》も無名会の方は、自分の名義で借りられるだけ借りつくし、まだ足りないから同僚の名で借りて貰ったのだが段段かさんで来て、毎月の引去りに堪えなくなったから、頃日《けいじつ》その会の係りの同僚及び関係深き、というのは、つまり沢山借りている友人数氏に集まって貰って、ローザンヌ会議を開催し、月月の引去り額を或る限度に止めて貰う、その代り、その弁済の終るまでは、新らしい借款《しゃっかん》を起こさないということにしたから、無名会からは借りられない。先《ま》ず態《てい》のいい破産管財である。その後、人が無名会から手軽に借りているのを見ると、羨《うらや》ましくて堪《た》まらない。

さて、諸氏を待たしておいて、袋の中が足りないとすれば、無名会はいけないから、貯金組合に頼むのである。按分《あんぶん》比例のようなことをして、諸氏を退去せしめても、まだ後に、友人同僚に一寸一寸《ちょっと》で借りたのを返さなければならない。迚《とて》もやり切れない。一体、一たび借りた金を、後に至って返すという事は、可能なりや。小生は、本来不可能なる事を企てて、益もなき事に苦しんでいるのではないか。何年も前の事で、はっきりした記憶がないけれど、友人の出隆《いでたかし》君が、借金に関する古代ギリシャの哲学者の話をしてくれて、その学説のドイツ訳を写して貰った事がある。今そのノートをどこに蔵《しま》ったか思い出せないし、第一、その哲学者の名前も忘れてしまったけれど、うろ覚えに覚えている要旨は、人が金を借りる時の人格と、返す時の人格とは、人格が全然別である。同一人格にて金を借り、又金を返すという事は不可能というより、むしろあり得べからざる事なのである。人は元来あり得べからざる事のために労するとも益なし。

小生は閑を得て、この思索を続けようと思う。

二

小生の収入は、月給と借金とによりて成立する。二者の内、月給は上述のごとく小生を苦しめ、借金は月給のために苦しめられている小生を救ってくれるのである。学校が月給と云うものを出さなかったら、どんなに愉快に育英のことに従事することが出来るだろう。そうして、お金のいる時は、一切これを借金によって弁ずるとしたら、こんな愉快な生活はないのである。

しかるに小生は、近来借金も意に任せず、月給は月月、逃れる途《みち》なく受取らされる。その上に、なお今一つ小生を苦しめるものがある。それは原稿料である。

小生、今こうして週刊朝日の需《もと》めに応じ文を草す。脱稿すれば稿料を貰う。その金を手にした後のいろいろの気苦労、方方への差しさわり、内証にもして置けず、原稿料が這入ったらと云うので借りたのは返さねばならず、月給の足りなかった穴うめ、質屋の利子、その他筆録を憚《はばか》るものあり、到底足りないのは、今からわかりきっているのである。原稿料を受取ると同時に、それ等の不足、不義理、或《あるい》はあて外れが、みんな一時に現実になって小生を苦しめる。小生は、此の如くにして文を行《や》り、行を追い、稿を重ねて、自らその不愉快に近づきつつあるのである。

森田草平大人《たいじん》、小生の貧困を憐《あわれ》み、懶惰《らんだ》を戒め、頻《しき》りに原稿を書け、書けと鞭撻《べんたつ》せられるので、去年の秋、数年積っていた硯《すずり》の塵《ちり》を吹いてから、今までに二三篇草したところが、その度に、お金を貰った後が大騒ぎなのである。原稿料と云う制度が存続するならば、小生はそろそろ文をひさぐことを止《や》めようかと思う。

三

みんなが小生を貧乏扱いする。人中《ひとなか》で貧乏の話が出れば、そろって小生の顔を見る。向う向きになっている男は、振り返って小生に目礼する。

その癖に怠け者だと云って、悪口を云う。贅沢《ぜいたく》だと云って非難する。大体云われる通りの様に思うから、小生自身としても、悪くは取らないけれど、ただ、云う事の順序、後先をかえて貰うと、「その癖」などと皮肉に聞こえる云い廻しもなくてすむのである。

抑《そもそ》も、貧乏とは何ぞやと小生は思索する。貧乏とは、お金の足りない状態である。

単にそれ丈《だけ》に過ぎない。何を人人は珍しがるのだろう。世間の人を大別して、二種とする。第一種はお金の足りない人人である。第二種はお金の有り余っている人人である。その外には決して何物も存在しない。第三種、過不足なき人人なんか云うものは、想像上にも存在し得ないのである。自分でそんな事を云いたがる連中は、すべて第一種に編入しておけばいいので、又実際に彼らは第一種の末流に過ぎないのである。

さて、人間を二種に分《わか》つ。第一種と第二種と世間にどちらが多いかは、考えて見るまでもない。第一種が人間の大部分であって、第二種は、その、ほんの一少部分に過ぎない。仮に第一種と第二種とを一しょに擦りつぶして平均して見たって、所謂《いわゆる》第三種が出来るわけのものではなくて、矢っ張りみんな第一種に平均せられるにきまっている。どうせ、そうなのである。又それで沢山なのである。お金が余れば、お金の値打がなくなり、足りなければ、有難くなり、もっと足りなければ借金するし、借金も出来なければ、性分によっては泥棒になる。泥棒が成功すれば、第二種に編入せられ、お金が余り過ぎて、値打がなくなると、沢山つかわなければ納得が出来ないから、費《つか》い過ぎて足りなくなって、第一種に返る。あっても無くっても、おんなじ事であり、無ければ無くてすみ、又無い方が普通の状態であるから、従って穏やかである。多数をたのむ貧乏が、格別横暴にもならないのは、貧乏と云う状態の本質が平和なものだ

ら、従って、お金の力が一倍強く、故《ゆえ》に一層修養の妨げとなる。しかし、そう云《い》うお金の力と云うものは、実は、真実の力ではないのである。人はよく、お金の有り難味と云う事を申すけれど、お金の有り難味の、その本来の妙諦《みょうてい》は借金したお金の中にのみ存するのである。汗水たらして儲《もう》けたお金と云うのも、ただそれだけでは、お金は粗《あら》である。自分が汗水たらして、儲からず、乃《すなわ》ち他人の汗水たらして儲けた金を借金する。その時、始めてお金の有難味に味到する。だから願わくは、同じ借金するにしても、お金持からでなく、仲間の貧乏人から拝借したいものである。なお慾《よく》を申せば、その貧乏仲間から借りて来た仲間から、更にその中を貸して貰うと云う所に即ち借金の極致は存するのである。

五

「いらっしゃい」と大人《たいじん》は妙な顔をしている。惘然《もうぜん》たる裡《うち》に、警戒の色を蔵す。

「今日《こんち》は。どうも怒られそうだけれど」

「何です」

「お金を貸して下さいませんか」

「金はありませんよ」

「度度の事ですみませんが、大家が八釜《やかま》しいもんですから」

「大家がどうしたんです」

「大家さんのとこで、明日みんな熱海へ行くから、今日中に家賃を貰いたいと云って来たのです」

「そんな勝手な事があるものか、ほっておきなさい」

「それがどうも勝手だとも云われないのです。先月末までに、もう八つか九つになっているのですから、本当なら少なくとも二月分《ふたつき》は持って行かなければならないのですけれど、今なら、向うからそう云って来てる際ですからすぐに持って行って謝りを云えば、一つでもこらえてくれると思うのです」

「それを僕に出せというんですか、驚いたなあ、一体いくらです」

「二十五円」

「二十五円、あっそうだ、貴方《あなた》はまだ先月末の無名会から引去られた二十五円を返していないではありませんか」

「そうなんです」

「だから僕は始めから、いやだと云ったんだ。あんな借金が最もいけない。無名会から僕の名義で百円借り出して、月月の月賦割戻しはちゃんと自分で払うからと云ったじゃありませんか。それっきり貴方はちっとも払いやしない。僕はもう何回月給から引かれたか知ら」

「僕が一度払って、二回怠ったのです。僕の方で、ちゃんと覚えているから、大丈夫です」

「僕だって覚えていますよ。しかし一体、人に金を借りるのに、その相手の将来の収入を借金するというのはいけませんよ。借りられた方は、後何ヶ月かの間自分の労力によって、自分の貸した金の始末をしなければならない。つまり相手から、その将来の労力の結果をあらかじめ借りて行くというのは、不徳義ですよ。もうあんな借り方はお止《よ》しなさい」

「はい止《や》めます。しかしそんなつもりではなかったのです」

「借りるのだったら、ちゃんと相手の持ってるものを借りて行ったらいいじゃありませんか」

「ええそうしたいんですけれど、家賃を持って行かなければ、後になると、どうしても二月分でなければ、おさまらないだろうと思うのです」

「後で二月分やったらいいでしょう」

「そんなことをしたら、今月末に、また無名会のが払えなくなります。どうか今の一《ひと》月分《つき》を貸して下さいませんか」

「弱ったなあ、しかし今そのお金を貸したら後で無名会のを払って貰っても、おんなじ事になるんじゃないかな。第一、後のを払うかどうだか、わかりゃしない」

「払いますよ。おんなじ事だなんて、意地のわるい思索をしないで、貸して下さい。おんなじ事だといえば、その逆の場合だって、おんなじ事なんだから」

「何故《なぜ》」といって、大人は思慮深く、考えている。

暫《しば》らくして、大人は奥さんを呼んで、どこかの払いに、別にしてあったお金を二十五円そろえてくれた。

そのお金を懐《ふところ》に入れ、恐縮して帰りかけるのを、大人は呼び止めていった。

「返して下さいよ。過去の労力の結果を持って行かれても、矢っ張り困りますよ」

六

つくづく考えてみると、借金するのも面倒臭くなる。

借金したって、面白い事もないのである。借りた金は、大概その前に借りになっているところへ返して、それですんでしまう。またそういう目的につかうのでなければ、人も貸してはくれないのである。これから何か欲しい物を買いに行きたいけれど、お金がない、一ぱい飲みに出かけたいけれど、お金がないから、お金を貸して下さいでは、借金の理由になりかねる。小生はそんなお金を他から借りた覚えはない。先《ま》ず始めに一ぱい飲み、その尻拭《しりぬぐ》いは、例えば無名会の金を借りてすませる。その無名会の月賦《げっぷ》払込の金が足りないから、どうかお金を拝借という事になって、始めて借金の体をなすのである。だから、借りたって、どうせ又別の相手に返してしまうに過ぎない。借金する時は恐ろしく切迫《せっぱ》つまった気持で借りるけれども、後になって考えるとどうでもいい事だった様に思われる場合も少くない。借金運動も一種の遊戯である。毬投《まりな》げのようなもので、向うから来た毬を捕えてそのまま自分の所有物にしてしまうのでなく、すぐまた捕えた手で向うに投げ返してしまう位ならば、始めから受取らなければいいのである。その余計な手間を弄《ろう》するところが遊戯ならば、鹿爪《しかつめ》らしい借金も、大して違ったところはなさそうである。

小生越年の計に窮し、どうしていいのだか見当もつかない。台所から提示せられた請求金額は一目《ひとめ》見ただけで、望洋の歎《たん》を催さしめる。借金するには時機がわるい。此方《こっち》の頼み込む理由が、即ち先方の謝絶の理由になるから、年の暮れの借金は、先ず見込がないのである。しかし、ほうっても置かれないので、苦慮千番の後、ついに窮余の窮策を案出した。原稿を書いて、その稿料を越年の資《し》にあてようというのである。

人並に考えれば、極極普通の計画に過ぎないけれど、小生に取ってはその結果は甚だ覚束《おぼつか》なく、且《か》つこの思いつきによって、歳末奔走の煩《はん》を免れんとするところに、聊《いささ》か奇想天外の趣もある。小生は雑誌社の編輯所《へんしゅうじょ》に旧知の某君を訪れた。

「承知しました」と某君が云った。「しかし大体お出来になっているのですか」

「いや、これから書くのです」

「それで間に合いますか」

「間に合わなければ僕が困ります」と小生は他人事《ひとごと》のようなことを云った。「是非お金がいるのです」

「それは承知しましたが、しかしこちらの仕事は二十八日までで、それからお正月にかけて、ずっと休みになりますから、それまでにお出来にならないと、どうにもなりません」

「大丈夫です」と請合って、小生は家に帰った。胸算用して思えらく、先ず二百円、これで足りると云うこともないけれど、これだけの金を人に借りようとしても、この押しつまった今日となっては、中中出来にくい。恐らく何人《だれ》も貸してくれないだろう。そういう風に考えて、今年の暮はまずこの二百円で我慢する事にしよう。小生はそういう事にきめて、早速仕事に取りかかった。文士気取りで一室に閉じ籠《こも》り、瓦斯《ガス》煖炉《だんろ》を焚《た》き、続けざまに煙草《たばこ》を吸い、鬚《ひげ》も剃《そ》らずに考え込んだ。

一日たったら頭が痛くなったから、瓦斯煖炉をやめて、電気煖炉にしようと考え出した。そこで街に出て、電機屋の店を一軒一軒のぞいて歩いて、最後に半蔵門の東京電灯の売店に行って、どの型がいいかを検した。しかし、お金がないので、買うわけには行かないから、見ただけで帰って来て、家《うち》を知っている近所の崖《がけ》の下の電機屋に交渉を始めた。尤《もっと》も、店に這入《はい》って見たら、電気ストーヴはたった一つしかなくて、二三年前の物らしく、後の反射面に田虫の様な汚染《しみ》が出来ていた。使って見てよかったら買う、お金は後で、と云うことに話がきまり、電機屋の亭主がすぐにストーヴを持って来て、取りつけてくれた。

小生は電気煖炉を焚き、瓦斯煖炉を消して考え込んだ。暫らく考えていると、鼻の穴がいくらか硬くなった様な気持がして、おまけに、ところどころ引釣るらしい。指を突っ込んで掻《か》き廻して見ると、内面がぱさぱさに乾いている。そうしている中《うち》に、眼も乾いて来たらしい。目玉と瞼《まぶた》の裏側との擦れ合い工合が平生《へいぜい》よりは変である。これは電気煖炉ばかり焚くからいけないのだと気がついたから、今度は電気煖炉を消して、瓦斯煖炉を焚き、その上に薬鑵《やかん》をかけて、湯をたぎらした。しかしあまり長く瓦斯煖炉を焚くと、頭が痛くなるから、適当の時に消して、今度は電気にする。電気を余り長く続けると、鼻の穴や目玉が乾くから、また適当な時に消して、瓦斯にする。その方の調節に気を取られて、到頭その日もその晩も、結局仕事はなんにも出来なかった。

その内に、鬚ものびて来るし、小遣いはなくなるし、じっとしているので、おなかの加減もわるく、また次第に余日がなくなるから、なんとなく、いらいらして来だした。一体、原稿を書くということを、小生は好まないのである。自分の文章をひさいで、お金を儲けるとは、なんという浅間しい料簡《りようけん》だろう。おまけに、こうして幾日も幾日も一室に閉じ籠り、まるで留置場にでも入れられたような日を送りながら、なんだか当てもないことを考え出そうとして膨《ふく》れている。こんな目に合うよりは、方方借金に歩いて、いやな顔をされてもお金を借りて来る方が、余っ程風流である。電気も瓦斯も両方とも消して、こんな性に合わないことは止《よ》してしまえと考える。

しかし、借金するのに都合のわるい時期であることは、原稿稼ぎを思いつく前に、既にあきらめたことである。また自分の都合で頼み込んだ話にしろ、一たん雑誌社の某君と約束したことなのだから、このまま有耶無耶《うやむや》にしてしまうわけにも行かない。第一そうなったら越年の資を何処《どこ》にもとめる。矢っ張り書かなければ駄目だと思い返していやいやながら机の前に坐《すわ》ったけれど、ちっとも、らちはあかない。

到頭二十八日の朝になって、稿未《いま》だ半ばならず、急にあわて出して、先ず第一に、雑誌社へことわりに行った。

「どうも申しわけありませんが、駄目です」

「お出来になりませんか」

「まだ半分に達しない始末ですから、諦《あきら》めます」

「一月は六日から出ますから、それまでにお出来になったら、拝見しましょう」

「左様なら」

帰り途《みち》に、落ちついて考えて見たら、二十八日までという期日は、小生がお金がほしくてきめて貰《もら》った日限であって、雑誌の編輯の都合からいえば、何も二十八日に原稿を受取らなくてもよかったのである。小生は自分の困惑について、他人におわびしに来たようなものである。

その日は一日、連日連夜の心労を慰するために昼寝をした。何となく重荷を取り落したようで、甚だ愉快である。但《ただ》し小生の午睡中に、これから二三日の間の借金活動に要する運動資金を調達するため、細君に、彼女の一枚しかないコートを持って、質屋に行くことを命じておいた。そうして熟睡した。

翌日寒雨をついて、小生は街に出た。先ず流しの自動車をつかまえて、談判した。

折衝の結果、最初の一時間は一円五十銭、以後は一時間を増すごとに一円三十銭と云う約束が成立した。小生は、割合に新らしい自動車のクッションにおさまり、煙草を吹かしながら、窓外の寒雨を眺めた。運転手に、二十哩《マイル》以下のなるべく平均した速力で馳《はし》る様に命じた。何も急ぐ事はない。また時間契約だから、ゆっくり馳らしても、運転手の損にはならないのである。先ず荻窪《おぎくぼ》に行き、神保町《じんぼうちょう》に帰り、阿佐《あさ》ヶ谷《や》に行き、日暮里《にっぽり》に廻り、また西荻窪まで行った。例の無名会が、借りられないことになってい るので、それを借りてもいいように諒解《りょうかい》を得たり、許可をもとめたりするための奔走なのである。そうしてついにその目的を達し、百五十円借り出していいことになって、最後にその係りの同僚の私宅を訪ねたのである。やっぱり原稿を書いたりなんかするよりは、こういう活動の方が、晴れ晴れとしていて、私の性に合うと思った。そうしてその係りの同僚のうちへ行って見たら、年末だから、皆さんがお入り用だろうと思って、用意しておいた金を、次から次から持って行かれて、もう後には一円二三十銭しかないと云う話だった。

「もう今日は二十九日じゃありませんか、あんまり遅すぎますよ」とその友人が云った。

三十日も三十一日も、朝から夜まで歩き廻って徒労であった。運動資金の自動車代は、始めの一日でなくなってしまったので、後の二日は電車や、乗合自動車で駆け廻った。大概の相手は留守であった。折角来ていないとわかると、がっかりすると同時に、何となくほっとするような気持が腹の底にあった。そうしてまた勇ましく次の相手の家に向かった。

大晦日《おおみそか》の夜になって、小生はぐったりして家に帰った。あんなに馳り廻らなかったら、その自動車代だけあっても、新聞代やお豆腐屋さんは済んだのに、という細君のうらみも肯定した。

表をぞろぞろ人が通る。みんな急がしそうな足音である。自動車の警笛がひっきりなしに聞こえる。小生は段段気持が落ちついて来だした。一体何のために、この二三日、あんなに方方駆け廻ったか。今急に買いたい物があるわけでもなく、歳末旅行をしようと思ってもいない。別にお金のいることはないのである。いるのは、借金取りに払うお金ばかりである。借金取りに払う金をこしらえるために、借金して廻るのは、二重の手間である。むしろ借金を払わない方が、借金をするよりも目的にかなっている。じっとしていて出来る金融手段である。大晦日の夜になっても、まだ表を通る人は、そこに気がつかないらしい。みんな、どこかでお金を取って来て、どこかからお金を取りに来たものに渡してやるために、あんなに本気になって駆け廻っている。気の毒なことである。しかし気がつかないのだから、止《や》むを得ない、と小生は考えた。間もなく除夜の鐘が聞こえ出した。もう一度来るといって帰った借金取りも、もう誰も来そうもない。また何も、忙しい中に、小生の家ばかり顧みて貰わなくてもいいのである。小生は借金の絶対境にひたりつつ、除夜の鐘を数えた。

七

百鬼園先生思えらく、人生五十年、まだ後五六年あると思うと、くさくさする。一年の中に十二ヶ月ある。一月《ひとつき》に一度は月給日がある。別に死にたくはないけれど、それまで生きているのも厄介な話である。人生五十年ときめたのは、それでは生き足りない未練の命題である。余程暮らしのらくな人が考えた事に違いない。生きているのは退儀である。しかし死ぬのは少少怖い。死んだ後の事はかまわないけれど、死ぬ時の様子が、どうも面白くない。妙な顔をしたり、変な声を出したりするのは感心しない。ただ、そこの所だけ通り越してしまえば、その後は、矢っ張り死んだ方がとくだと思う。とに角、小生はもういやになったのである。

こんな事を書くと、きっと目に角をたてる人がある。或《あるい》は、まあそんな気を起こさないで、自重加餐《じちょうかさん》してくれたまえとすすめる人もあるだろう。いよいよ御百歳の上は、棺をおおうて後に、遺友達の所説が二派にわかれるに違いないのである。一説に曰《いわ》く、百鬼園先生は怪《け》しからん。借金を返さずに立ち退《の》いた。第二説に曰く、百鬼園君、迷迷わずに行け。帰って来てはいけないよ。どうせ、いつ迄《まで》生きていたって、借金が返せるようになりっこないのだから、今までのは棒引きにする。後を借りられない丈《だけ》がこっちの儲《もう》けものさ。南無阿弥陀仏《なむあみだぶつ》。

百鬼園新装

百鬼園先生慨然として阿《あ》氏を顧て曰《いわ》く。

「三十年の一狐裘《いっこきゅう》、豚肩《とんけん》は豆を掩《おお》わず。閉口だね」

「何ですの、それは」と阿氏が云《い》った。「そんな解《わか》らない事を云っても解らないわ」

「この二三日、顔が痒《かゆ》くて、仕様がないんだよ」

百鬼園先生、鼻の辺りをぼりぼりと掻《か》いた。「きっと毎日お豆腐に大根下ろしばかり食う所為《せい》だ」

「あらいやだ、お豆腐で痒くなるもんですか」と云って、阿氏は急に声を落とした。

「大根下ろしは、少しは上《のぼ》せるかも知れないけれど」

「それじゃ大根下ろしの所為だ。僕はもう止《よ》すよ。顔が痒くなると、むしゃくしゃしていけない」

「そうね。それじゃ止した方がいいわ。明日から、何か外のものにしましょう」

「明日からじゃないよ。今日からもう止す」

「だって、今日はもうその積りにしてしまったんですもの。お豆腐屋さんも、さっき行ってしまったし。揚げでも貰《もら》って置けばよかったんだけれど、それにお大根がまだ三寸ばかり残ってるんですもの。あれも食べてしまわなければ勿体《もったい》ないわ」

百鬼園先生は憮然《ぶぜん》として思えらく。三寸の不律枉《ま》ぐべからず。三寸の蘿蔔《すずしろ》廃すべからず。吁嗟《ああ》。

「そんなに、無闇《むやみ》に顔ばかり掻くのは止した方がいいわ。今に、きっと痕《あと》になるから」

「痒いんだよ」

「それよりか、さっきは何て云ったんですの、三十年の何とかって、胡弓《こきゅう》がどうしたって云うのか知ら」

「外套《がいとう》の事を考えていたんだよ。去年のは家にあるかい」

「外套でしょう。ありますとも。あんな物どこへ持って行ったって、五十銭にも預かりゃしないわ」

「もう着られないか知ら」

「着られるもんですか」と吐き出すように云って、阿氏は百鬼園先生の顎《あご》の辺りをしけじけと見た。「頸《くび》の皮が剝《む》けるのか知ら」

「何だい」

「こないだ、あの外套を出して見たら、襟のところが真白になって、何だか一ぱい着《つ》いてるんですの。あれは、きっと頸の皮だろうと思うんですけれど」

「はたいて落とせばいいじゃないか」

「それが決して落ちないのよ。揮発で拭《ふ》いても落ちないんですもの。あんな物とても着られやしないわ。袖《そで》の裏なんかぼろぼろで、はたきを押し込んだようよ」

友達のお古を貰って、裏も表も真黒に染め直したのを着出してから、もう十年になる。その前に友達が、何年着古した外套だかわからない。

「矢っ張り一つ造らなければ駄目かなあ」と云って、百鬼園先生は暗然とした。

「困るわねえ」と阿氏もその憂《うれ》いを共にした。「それに帽子だって、今の薄色のでは、もう可笑《おか》しいわ。今時あんなのを、かぶってる人はないでしょう」

「じゃあれを染めようか」

「だって、その間、代りにかぶるのがないから駄目よ。尤《もっと》も、新らしいのを買っても、安いのなら二円か少少であるにはあるけれど」

「駄目、駄目」

百鬼園先生は、今の帽子を買った時の事を思い出した。帽子屋の番頭が、人の顔をじろじろ見ながら、「それは御無理です」と云った。「ずっと上等物になりますれば、それはいくらも大きな型も御座いますけれど、四円や五円の品物で、8以上のサイズと仰《おっ》しゃっては、どこの店をお尋ねになっても、そう滅多にあるものでは御座いません。おつむりの大きい方は、御自分に合うのがあったら、それでいいと云う事にして頂きません事には、その上に、やれ色合がどうの、型がどうのと仰しゃいましても、そうは参りませんで御座います」

百鬼園先生は一言もなく、いやに派手な感じのする水色の帽子をかぶって、その店を出た。

「帽子は、まああれでいい事にしておこう」と百鬼園先生が阿氏に云った。「それとも、また山高帽子を出してかぶろうか」

「山高帽子は駄目よ」と阿氏がびっくりして云った。「近頃は又少しへんなのではないかなんて、人に云われるから、止した方がいいわ。それにあれをかぶると、御自分だって、いくらか気持がちがうらしいのね、あたしいやだわ」

順天堂医院の特等病室に寝ている田《でん》氏のところへ、百鬼園先生は水色の帽子をかぶったなり、つかつかと這入《はい》って行った。枕許《まくらもと》の椅子《いす》に腰をかけ、帽子を脱いで膝《ひざ》の上に置いて、聞いた。

「如何《いかが》です」

「経過はいい方です。手術した痕が、癒着するのを待つばかりなんだ」

「どの位かかりますか」

「早くて三週間はこうしていなければならないでしょう」

「それでも、よかったですねえ、そうして盲腸を取り去ってしまえば、四百四病のうちの一病だけは、もう罹《かか》りっこないわけですね」

「あとは四百三病か」と云って、田氏は笑いかけた顔を、急に止してしまった。笑うと腸《はらわた》が、切り口から覗《のぞ》くのかも知れない。

「今日はお見舞旁《かたがた》、帽子を貰いに来ました」

「帽子をどうするのです」

「貴方の帽子なら、僕の頭に合うのです。滅多に僕の頭に合うような帽子をかぶっている人はありませんよ」

「だって僕の帽子は、君そんな事を云ったって、僕のかぶるのが無くなってしまう」

「しかし、こんな水色の帽子なんかかぶっていると、人が顔を見るんです。外はもう随分寒いのですよ。病院の帽子掛けに、帽子をかけて寝ていなくてもいいではありませんか」

「それはそうだけれど、出る時に帽子がなくては困る」

「出る時には、お祝いついでに、新らしいのをお買いなさい。あれはたしか、ボルサリノでしたね」と云って百鬼園先生は、隣りの控室から、田氏の帽子を外して来た。

「丁度いい」

百鬼園先生は、その帽子をかぶって、田氏の顔を見た。

「よく似合う」と病人が云った。

後で退院する時、田氏は新らしい帽子を補充するのに、二十幾円とか、かかったと云って、「一年着古した帽子だと思ったから、惜し気もなくやったのだけれど、結局は二十何円持って行かれたのと、おんなじだ」とこぼしたそうである。百鬼園先生もその話を聞くと、何だか貰った時の気持とは勝手のちがう、少少物足りない様な感じがした。

「ここのところが痛いんだけれど、あたし肺病じゃないか知ら」と云って、阿氏は自分の胸を二本指で押えた。

「大丈夫だよ」

百鬼園先生は、何かのパンフレットに読み耽《ふけ》って、相手にならなかった。

「いいわ、あたし肺病になったら、肺病で死ぬより先に死んでしまうから。でもいやねえ、肺病なんて、西洋人でも肺病に罹りますの」

「罹るよ」

「そうしたら、どんな咳《せ》きをするんでしょう。西洋人だったら、いくらか違うでしょうね」

「知らないよ」

「肺病で痩《や》せた時困らないか知ら。洋服だから、からだに合わなくなると思うんだけれど」

百鬼園先生が、黙っているので、阿氏は傍に散らばっている新聞を読み出した。暫《しば》らくして、又声を出した。

「何とか、ここ読めないわ、仮名が消えてるんですもの、それでと、秘書官を従え、約一ヶ月の予定で満鮮視察の為《ため》出発する、えらいわねえ」

「えらいよ」

「だって、うまく読めるでしょう」

「うまい」

「でも、ちょいと、満鮮て何ですの」

「満鮮は満洲と朝鮮だよ」

「あ、そう満洲と朝鮮だから、それで満鮮なの、うまく考えてるわねえ」

「もう少し黙って新聞を読んでいなさい」

「ええ新聞を読むわ。でも面白い事ってないものねえ、家賃の値下げなんて書いてあるけれど、うちの大家さんて、ひどい人よ。こないだ来た時、雨が漏る事を話したのよ。こんな狭い家で十三ヶ所も漏りますと云ったら、こないだの雨では、何処《どこ》の家だって漏りますだって。それから、もうあんな雨は降りませんな、大丈夫ですと云って、帰ってしまったわ」

「ひどいね」

「口髭《くちひげ》なんか生やして、いやな爺《じじい》よ。それでもお神さんは、自分の御亭主が偉いと思ってるらしいから変なものね。いつかお隣りの函屋《はこや》さんで会ったら、うちのお父さんなんか字もうまいのだから、あれで大学に上がっていたら、何でも出来るんだけれどって自慢してるんですもの。きっと尋常もみんなは上がっていないんでしょう。中途でね」

百鬼園先生が急に立ち上がった。

「一寸《ちょっと》出て来よう」

「そう、どこへ入《い》らっしゃるの」

「外套を買って来る」

「あら、だってお金なんかないわ」

「構わない」

「まあ、変ね、お金がなくって買えやしないわ」

「いいよ」

百鬼園先生は、妙にむくれた顔をして、往来に出た。

教授室の隣りの喫煙室で、脚の低い安楽椅子に腰を掛けた百鬼園先生は、片手に火のついた巻莨《まきたばこ》を持ったまま、目をつぶったり、開いたりしている。恐ろしく大きな顔の、額から頬にかけて、一面に脂《あぶら》が浮いているので、さわれば、ずるずるしそうな、あやふやした色が、光沢を帯びて無遠慮に光っている。

百鬼園先生は、時時、思い出した様に、手に持った煙草《たばこ》を吸いながら、自分の横で取り止めもない事を話し合っている同僚の方を眺める。それから自分の真正面の壁に懸かっている鏡の面に目が移ると、そのまま、また瞼《まぶた》を閉じてしまう。鏡がある角度をもって壁に懸かっている為、その前にいる百鬼園先生の顔が、丁度その中に嵌《は》まって、上から自分を見下ろしているらしいのが、いくらか無気味でもあり、又下から見上げた自分の顔も、余り快い印象を与えてくれないので、外《ほか》に見る物もないから、自然に目を瞑《つむ》ってしまうのである。

「痛くて痒くて、この野郎、自烈《じれっ》たいな」と云いながら、甲君は、編上げの上から、自分の足頸《くび》を敲《たた》いたり、捻《ひね》ったりしている。「湯婆《ゆたんぽ》で火傷《やけど》したところが癒《なお》りかけてるんだよ」

すると、百鬼園先生も、昨日瀬戸物の火鉢の縁で手頸に火傷したのを思い出した。皮膚の色が、その個所だけ、一銭銅貨の大きさぐらいに、赤く変っている。

百鬼園先生は、物理の教授にきいた。

「乙君、水から火を出す事は出来ますか」

「そんな事は出来ない」

「水が火の原因になる事はありませんか」

「何だかよく解らない。どう云う意味なんです」

「つまり、炬燵《こたつ》の火が強過ぎると蒲団《ふとん》が焦《こ》げる様に、湯婆が熱すぎて火事になると云う事はありませんかね」

「そんな馬鹿《ばか》な事があるものか君」と湯婆で火傷した甲君が、横から口を出した。

「しかし湯婆をその位まで熱くすることは出来るだろう。少くとも考え得られる事じゃないか」

「考えられないね」

「だって、中に火が這入《はい》っていても、湯が這入っていても、触れば熱いに変りはないだろう」

「熱いには熱いさ」

「だからさ、ただその程度を高めて行けば、丁度熱い石炭煖炉《だんろ》の側《そば》で、燐寸《マッチ》の火がつくように、湯婆に巻莨の端を押しつけても、火がつく筈《はず》だ。つく可《べ》きなんだよ。すると、その中身は湯で、即ち水だから、水から火が出たと云う事になる。つまり、水が火の原因になったのだ」

「君、それは焼ける物体の発火点の問題ですよ」と乙君が云った。

百鬼園先生には、発火点の意味がよく解《わか》らなかったので、聞き返そうと思っていると、今度は、向うの方にいた化学の丙君が、

「諸君、火と云うものを知らないから、そんな解らない議論をするのだ」

と云《い》い出した。

「知ってるよ君、火とは、さわれば熱いものさ」と甲君が言下に答えた。

「いや違う」と百鬼園先生が、きっぱり反対した。「火とは熱くて、さわれないものだよ」

それから、間もなく、みんな教授室の方へ帰って行った。

後で、学校の帰りに、百鬼園先生が数学の丁君と道連れになったら、丁君はこう云って百鬼園先生に教えた。

「さっきのお話は大変面白かったですね。しかし、水は物質で、火は現象ですよ」

百鬼園先生思えらく、金は物質ではなくて、現象である。物の本体ではなく、ただ吾人《ごじん》の主観に映る相《すがた》に過ぎない。或《あるい》は、更に考えて行くと、金は単なる観念である。決して実在するものでなく、従って吾人がこれを所有するという事は、一種の空想であり、観念上の錯誤である。

実際に就いて考えるに、吾人は決して金を持っていない。少くとも自分は、金を持たない。金とは、常に、受取る前か、又はつかった後かの観念である。受取る前には、まだ受取っていないから持っていない。しかし、金に対する憧憬がある。費《つか》った後には、つかってしまったから、もう持っていない。後に残っているものは悔恨である。そうして、この悔恨は、直接に憧憬から続いているのが普通である。それは丁度、時の認識と相似する。過去は直接に未来につながり、現在と云うものは存在しない。一瞬の間に、その前は過去となりその次ぎは未来である。その一瞬にも、時の長さはなくて、過去と未来はすぐに続いている。幾何学の線のような、幅のない一筋を想像して、それが現在だと思っている。Time is money. 金は時の現在の如《ごと》きものである。そんなものは世の中に存在しない。吾人は所有しない。所有する事は不可能である。

　百鬼園先生は、お金の工面をして新らしい外套を買う事を断念した。

　某日、百鬼園先生は、外出先から帰って、玄関を這入るなり、いきなり阿氏を呼びたてた。

　阿氏が握髪《あくはつ》して出て見ると、百鬼園先生は、赤い筋の大きな弁慶格子《ごうし》の模様のついた、競馬に行く紳士の着るような外套を着て、反り身になっていた。丈が長過ぎて、靴との間が三四寸ぐらいしか切れていない。

「どうだ」と百鬼園先生が云った。

「あら、誰の外套」と阿氏がきいた。

「どうだ、よく似合うだろう」

「そうね、いいわね、でも少しへんね」

「へんな事があるものか、よく似合う」

「似合うには似合うけれども、変よ。どこから着ていらしたの」

「貰《もら》ったんだよ。藤君のところにあったから、貰って来た」

「そう。でもよかったわねえ」と云って、阿氏はもう一度百鬼園先生の様子を見直した。

百鬼園先生は、釦《ボタン》をかけたり、外したり計《ばか》りして、いつ迄《まで》も上がろうとしない。これで外套も出来たし、帽子はボルサリノで、そうだ、洋杖《ステツキ》をかえなければいかん。もう今時《いまじ》分《ぶん》竹のをついていては、可笑《おか》しいだろうと考えている。

「もう寒くないわねえ」と阿氏が云って、それから急に百鬼園先生を促した。「早くお上がんなさいよ。今日は、炒《い》り豆腐に木耳《きくらげ》を混ぜたのと、それから、卯《う》の花に麻《お》の実を入れたのが、とてもおいしそうよ」

地獄の門　喪を秘して証書を守る金貸の妻

一

暗い横町の角を曲がって、いい加減な見当で歩いて行った。今まで、大通で向かい風を受けていたのに、急に風の当たらない向きになったので、頸《くび》から顔がほてって来るように思われた。しかし、その所為《せい》ばかりでもないらしい。軒灯に照らされている表札を見ながら行くと、その家の番地が、だんだん近くなっている。道端に寝ていた犬が寝返りした拍子に、私はびっくりして、飛び上がった。

暗い小路《こうじ》を二三度曲がって、もうここいらに違いないと思うあたりを探して歩いたけれど、路地ばかり無闇《むやみ》に沢山あって、なかなかその家は見当たらなかった。初めての、知らない家を訪ねるのだから、夜ではわかりにくいと思ったけれど、昼日中《ひるひなか》、そう云《い》うところを訪問する元気はなかった。今も、こうして薄暗い横町をうろうろするよりも、だれかに聞けば、直き解《わか》るとは思っても、そんなことを人に尋ねたら、私の行く先から、従ってその目的までも知れてしまう様な心配があったので、矢っ張り独りで探し廻っていたのだけれど、いつまでたっても埒《らち》があかないから、到頭小さな酒屋の店頭に立って、道を尋ねた。

「三十八番地はどちらでしょうか」

「その先の角が三十三番だから、そこんとこを右に這入《はい》った辺りだと思うんだが」と帳場の後の障子の中から、亭主らしい男が答えた。切嵌《きりは》めの硝子《ガラス》から覗《のぞ》いて、私の顔をじろじろ見ているらしい。

「その角を右に曲がるのですか」

「何という家なんだね」と云いながら、亭主は、さらりと障子をあけた。

「その角を曲がるんですね。どうも有り難う」

と云いすてて、急いで私はその店頭を離れた。田島という先方の名字など、とても私の咽喉《のど》から出て来なかった。高利貸にだって、親類も友達もあるだろうから、何も私のように気にしなくてもよかろう。友達が訪問するんだと思えば、酒屋の亭主に知れたって構やしないじゃないかと考えた。しかし友達が近所で家を尋ねるのは可笑《おか》しい。矢っ張り新聞広告を見て、金を借りに行く奴《やつ》だと感づかれそうだと思ったら、暗仮令《たとえ》わかったにしたところで、見も知らない酒屋の亭主に受け判をして貰《もら》うわけではなし、高利貸から金を借りようと、借りまいと一向差し支えないではないかと云う様な、居直った度胸は私にはなかった。酒屋で教わった角を曲がって行くと、暗い道が、少し坂になりかかったところに、変に明かるい街灯が一つ立っていた。手前の家の石垣の陰になっていて、余程傍《そば》まで行かなければ見えなかったのである。近づいて見ると街灯の丸傘に「田島」と云う字が、はっきりと読めた。私は、はっとして、その字を横目にちらりと見たきり、急いで前を通り越して狭い坂道をどんどん下りてしまった。

坂を下り切ったら、だだっ広い道に出た。向う側が暗い丘になっている。丁度その時、演習の帰りらしい兵隊が、前を通っていた。片側の灯りのよく届かない辺りを、むくむくと歩いて行くので、何となくその薄暗い道が、けば立って、人の形に塊《かた》まって、動き出したように見えた。勇ましい足音も聞えず、号令をかける者もなかった。そうして列はいつまでも絶えなかった。

私は何だか引き返して、高利貸の家へ行くのがいやになった。今までに友人から金を借りたこともあるし、質屋の暖簾《のれん》もくぐり、利子のつく借金をした覚えだって、ないことはないけれど、高利貸と名のつく者の厄介になった経験はまだなかったのである。尤《もっと》も、今私の訪ねる相手にしても、高利貸と云う看板を出しているわけではなく、新聞の広告にも無論、高利で金を貸しますとわざわざ謝《ことわ》ってもいないけれど、それでも田島が高利貸であることは疑う余地がなかった。

新聞の案内欄に、

「官公吏軍人教員限保証人不要秘密低利」

と出ているのを見て、出かけて来たのだけれど、まだその外にも、似寄ったのが色色あった。

「官公吏軍人学士医師保証調査料不要即日用立」

「婦人官公吏軍人教員医師行員社員限保証公正不要極秘迅速低利親切」

と云うのもあった。婦人が何故《なぜ》官公吏や軍人教員などと、同等の待遇を高利貸から受けられるのか、私には合点《がてん》が行かなかった。調査料不要というのも、調査料の意味をよく知らなかったので、それがどれだけの恩典になるのだか解らなかった。兎《と》に角《かく》、私は官立学校の教授で、官吏だから、最初の分で十分に資格があり、またその広告が、資格の範囲を制限している点で、他のものよりも確実な印象を私に与えたのである。

私は長い間、道端に立ったまま、暗い道を通って行く陰のような兵隊の行列を眺めながら、考え込んでいた。外套《がいとう》の衣嚢《かくし》に突込んだ手の尖《さき》に、時時、実印がさわっている。二日も三日も考えて考えた揚句なのだから、もう外に方法のないこともわかっていた。兎に角折角ここまで来たのだからと思い返して、私はまたその狭い坂を上って行った。

そうして、さっきの街灯の近くまで帰って来た。すると、不意に一人の男の影が、街灯の立っている路地の奥から現われて、私の方に近づいて来た。洋服を着て、外套の襟を立てていた。私は、またはっとした。もし、さっき坂を下りないで、いきなり行ってたら、高利貸の家で、この男に会ったかも知れない。一緒にならないで、まあよかったと思った。その男は私の傍を擦れ違って、急ぎ足に坂を下りて行った。

街灯の下から、路地の中をすかして見て、人影のないのを確かめてから、私は這入って行った。路地の中には、田島の外に、まだ二三軒、家があった。だから、さっきの男も、どの家から出て来たのだか解らない。しかし私には、どうしても、私と同じように、田島へ借金へ行った男としか思われなかった。

田島はその路地の突き当たりだった。門の戸が人の通れる位、開いたなりになっていた。私はその隙間《すきま》から中にすべり込んで、すぐに後をぴったり閉めた。そうして玄関に立って「御免下さい」といった。身体《からだ》の半分下が、冷たくなった様な気がした。

三十位の、束髪に結った、恐ろしく顔の長い女が、奥から出て来た。

「はい、入《い》らっしゃいませ」と、いやにはきはきした声で云った。私は気後れがして、いきなり頭を下げた。そうして解りきった事を尋ねて見た。

「田島さんは此方《こちら》で御座いますか」

「左様で御座います。どういう御用件でいらっしゃいますか」

「あの少し御相談してお願いしたい事が」

「お金の御用件でいらっしゃいますか」

「そうなんですけれど」

「お始めてでいらっしゃいますか」

「始めてなんですが」

「どなたかの御紹介で御座いますか」

「いや、そうではないんですけれど」

「新聞の広告で入らしたので御座いますか」

「ええ、そうなのです」

「少少お待ち下さいませ」

そう云いすてて、女は奥に這入ってしまった。私は滝に打たれた様な気がして、ほっと溜息《ためいき》をついた。

暫《しば》らくすると、さっきの女が、白い覆《おお》いのかかった座布団《ざぶとん》を片手に持って、出て来た。玄関の上り口の板敷の上に、その座布団を置いて、

「お敷き下さいませ」と云った。

私はその上に腰をかけながら、会ってくれないのか知ら、それとも、この女が主人なのか知らと考えた。

女も閾《しきい》の傍に坐《すわ》ってしまった。

そうして、またさっきの調子で始めた。

「失礼で御座いますが、お勤めは何方《どちら》でいらっしゃいますか」

「官立の学校です」

「どちらの官立学校でいらっしゃいましょうか」

私は暫らく黙っていた。

「お話がきまる様でしたら、申し上げてもよろしいのですけれど」

「あ、左様で御座いますか。よろしゅう御座います。御家族はお有りでいらっしゃいましょうか」

「ええ居《お》ります」

「お住まいは東京でいらっしゃいますか」

「牛込です」

「いか程、お入り用でいらっしゃいますか」

私は咽喉《のど》が震える様な気がした。

「三百円ばかり拝借したいのですけれど」

「少少お待ち下さいませ」

そう云ったかと思うと、又女は奥へ這入ってしまった。私は一人になって、女の「ませませ」と云う語尾ばかりが、耳の底に残っていた。それから、また暫らくすると、もう一度さっきの女が出て来て、

「どうぞ、お通り下さいませ」と云った。

私は靴の紐《ひも》を解いて、玄関に上がり、外套を脱ぐ時、実印を取り出して、上着の衣嚢《かくし》に入れた。女の出て来た後が開いているので、次の間が見えた。恐ろしく大きな神棚に、お灯明が明か明かと点《とも》って、お三宝《さんぼう》には、お神酒《みき》が供えてあった。

「お二階へお通り下さいませ」

と女が云った。

二階は、上がったところが六畳で、その真中に一閑張《いっかんばり》の四角い机が置いてあった。その傍に火鉢を据えて、座布団が敷いてあったので、私はそこに坐って辺りを見廻し

た。机の上には、蓋《ふた》のない硯箱《すずりばこ》があり、壁には古びた全国交通地図を貼《は》りつけ、欄間《らんま》に懸かった硝子張りの額には、一匹の黒馬の写真が嵌まっている。私は煙草《たばこ》に火をつけながら、馬の背景が、はっきりしないので柵《さく》だろうか、人が並んでいるのだろうかと考えていると、いきなり後の襖《ふすま》があいて、昔風の長い口髭《くちひげ》を生やした四十恰好《かっこう》の男が這入って来た。私は二階には何人《だれ》もいない様にぼんやり思っていたので、非常にびっくりした。そうして襖の開いた拍子に振り返ったら、次ぎの八畳の床の間に、また小さなお神棚が飾ってあって、お灯明が明か明かとともっていたので、なおの事驚いた。この男は、今までその神前に坐って、何か黙禱《もくとう》していたのかも知れない。或《あるい》は、事によると梯子段《はしごだん》が二つあって、奥の方から上がって来たのかも知れない。しかし、それにしては、ちっとも、足音が聞こえなかった。

「やあ、私が田島です」

とその男が云って、一閑張の向うに坐り、わざとらしく髭の尖《さき》を引張った。

「お始めて。私は青地と云うものですが」

と挨拶《あいさつ》して、更《あらた》めて来意を告げ、勤め先の学校も話した。

「結構な御身分です。では明日、一応学校の方へ電話をおかけ致しますから」

私は驚いて、問い返した。

「学校に電話をお掛けになるのですか」

「いや、貴方《あなた》は御信用申上げます。しかし、これは形式です。本来なら私の方から伺って学校で一応貴方にお目にかかるのです。その上でお宅に上がって、実行すると云《い》う段取りになるのですが、御信用申しますから、電話で沢山でしょう。ただ私の方から、青地さんはお見えになっているかと尋ねて、その返事を聞くだけでいいのです。貴方に電話口へ出て頂く必要はありません。またその時、学校にいらっしゃらなくても構わないのです。実行の方は、どちらでも御都合のいい様にしましょう。最初の取引は、お宅で実行するのが本来なのですが、御信用申しますから、私のところでも構いません」

主人は、一気にこれだけ述べたてた。私は、学校に電話をかけると云う意味もわかり、また無闇に信用されるので、いくらか、安心もした。

「それではお金は拝借出来るのですか」

「明晩実行しましょう。最近の辞令と、印鑑証明とをお持ち下さい」

「印鑑証明とは何ですか」

「貴方は実印をお持ちなんでしょう」

「ええ、此処《ここ》に持っています」

と云って、私は上着の衣嚢《かくし》に手を入れかけた。

「いや、今晩は必要ありません。その印鑑は寄留地の区役所に届出がしてありますか」

「そんな事はしてないと思います」

「なければ明日それを届けて、その上で証明を貰って来ればいいのです。区役所へ行けば、うまくやってくれますよ。しかし初めてだとすると、今貴方のいらっしゃる所の地主の連帯が要るかも知れない。何、地主に頼めば、すぐやってくれますよ」

私は、困ったことになったと思って、また気が滅入《めい》って来た。事によれば、今晩すぐにでも貸してくれるものと思って、実印を持って来たのだけれど、それは明日になっても仕方がないとしても、全体地主はだれなんだか、それも知らないし、聞けばわかるとしても、そんなことを頼みに行けば、私が高利貸から金を借りようとしていることが、すぐ他に知れてしまうだろう。

「もっと簡単には行かないものでしょうか」

と私は当惑しながら尋ねた。

「それだけの手続は止《や》むを得ません。では明晩実行する事にしましょう」

と云って、主人は片づいたような顔をした。それから、袂《たもと》の中に手を突込んで、煙

草を一本つまみ出して、火をつけながら、今までとは丸で違った調子で、

「どうです、お忙しいですか」

と云って、頬骨のたった、ごつごつした顔を和らげて、笑っている。

「格別忙しくもありません」

そう云って、私が顔を見返したら、煙草を持っている手で、得意らしく、また髭の尖を引張りながら、

「どうです、お遊びが過ぎたんでしょう。たまにはいいですよ。あっはは」

と云った。

三井へ行っている私の友人が、ある時、こんな事を云った。君の貧乏は、どうも性質《たち》がわるい。放蕩《ほうとう》をして金を費《つか》いすぎたのと違って、真面目《まじめ》で借金するのだから駄目だ、放蕩の借金なら、何時《いつ》かは脱げる時もあるけれど、君のように、生活と食っついてしまった借金をしては、とても脱ぐ機会はないだろう。

私は、後になって、この言に思い当たってばかりいる。どうせ、こんなに貧乏で、借金に困りながら、世を送るくらいなら、むしろ今までにうんと遊んで、芸妓《げいぎ》に惚《ほ》れて貰えばよかった。

しかし、又他の、耶蘇《やそ》教信者の友達が、こんな事を云った。実際、世渡りがうまい

という事は一つの天稟《てんぴん》である。僕なんか到底実生活で成功する事は出来ない。努力すれば、却《かえ》って反対の結果になる。実生活ばかりではない。うまいという事は信仰の上にもある。僕達よりも遅く信仰生活に入って、それで、うまく神に接し、神をとらえている者がいくらもある。僕は、神を信じる事すらも、へまだ。

友達は、そう云って嘆いた。

信仰のみならず、放蕩だって、矢張り調子があって、骨《こつ》がむずかしくて、うまく遊べるか、どうだか解《わか》らないだろう。放蕩すればよかったと思って見ても、私なんか、事によるとその資格さえもなかったかも知れない。たまに、そう云う華やかな酒を飲む機会があっても、綺麗《きれい》な芸妓達は、大概向うの方に離れてしまって、大勢いる時には、彼女達が一塊《ひとかたま》りになり、私の方を気味がわるいらしく、ちらちらと見るのが普通である。今、ここの主人から、遊び過ぎて借金に来たかと尋ねられて私は、迷惑でもあり、心外でもあり、また気恥ずかしくもある。

「いえ、そうではありません。そんなのではないのです」

と私が云った。

「いや、結構です。では明日実行する事にしましょう」

それで私は立ち上がった。主人も私と同時に立ち上がった。余計な挨拶もなく、いやにさばさばしていて、丸で機械のようで、いい気持だった。

梯子段の下に、さっきの女がいた。細君に違いない。

「おや。これは。御免下さいませ。お帰りでいらっしゃいますか。お茶も差し上げませんで」

と云った。

玄関で、「左様なら」と云ったら、主人が頓狂《とんきょう》な強い調子で、「やあ」と一声いった。

私は外へ出て、ほっとした。道を歩いていると、無闇《むやみ》に大きな欠伸《あくび》が、続け様に出て、顎《あご》が外れそうだった。

実行と云う言葉の、不思議な用法を覚えてしまった。

それよりも、私は今三百円という金を、観念として所有することになった。衣嚢《かくし》の蟇口《がまぐち》の中には、帰りの電車切符の外に、一円に足りない銀貨や銅貨しかなかったけれども、それでも、私は何となく、福福しいような気持だった。

二

翌日、学校の帰りに、区役所へ廻って、教わった通りに手続をすませた。地主の一件は、家の者に一任して、その書付を学校まで届けて貰《もら》った。

区役所で印鑑証明を受取る時、「何におつかいになるのですか」と係の人から聞かれて、ひやりとしたけれど、直《す》ぐ後からまた、「貸借ですか」とこともなげに問われたので、そうだと答えたきり、格別のこともなくすんだ。

暗くなるのを待ちかまえて、また四谷に出かけて行った。矢っ張り強い風が吹いていて、電車の中に、砂の臭《にお》いがした。

「おや、いらっしゃいませ」

と細君が同じ様な調子で云った。そうして、すぐ二階へ通された。どういうわけだか、二階の六畳には、ちゃんと主人が構えていて、落ちつき払って、墨をすっていた。明晩と云っただけで、正確な時間の約束をしたわけでもないのに、まるで私の来るのがわかっていて、待ち受けていたような気配だった。

主人はまた髭の尖を引張りながら、

「では早速実行しましょう」

と云った。

私が辞令と印鑑証明とを出して渡すと印鑑証明はその儘《まま》自分の手許《てもと》に残し、辞令には一通り目を通した上で、押しいただくような手つきをして、私の方に返した。

それから、借用証書や、委任状の、必要な事項をちゃんと印刷してある用紙を取り出して、私の方に向けて、机の上にひろげた。

「期限は二ヶ月です。よろしいですか」

「結構です」

「正味六十日間です。普通ならば、これから月末までを一ヶ月に数えて、一月末日期限まで二ヶ月となるのですが、私のところは、正味です」

そう云って、算盤《そろばん》を机の上にのせて、珠《たま》を一つずつ上げ出した。口の中で、二十九日、三十日、三十一日、一日、二日と日数を唱えている。面倒くさいことを始めたものだと思って、私はその顔を眺めていた。

「今日は二十七日ですから、二月二十四日が期限です。まだその後を延ばす方法もありますが、最初の取引は一応期限までに願いましょう。その上でお入り用の時は、また何とかしますから」

「承知しました」

「利子は日歩《ひぶ》三十五銭です」

と云って、私の顔を見た。

私が黙っていると、算盤を持ち直して、また云い続けた。

「四十銭から五十銭くらいまでが普通ですが、私のところは、そんなには戴《いただ》きません。又相手によっても違いますけれど、貴方は御信用申しますから、三十五銭にして置きましょう。ええと、それで三百円の六十日だから一日が一円と五銭で、六十三円になりますね。それに、公正証書の費用として、五円だけお預かりして置きます。これは、期限にお返しになれば、その手続はしませんから、後でお返しします。〆《しめ》て六十八円、これだけ只今《ただいま》いただきましょう」

と云って、算盤をぱちりと弾《はじ》いた。今、私の前で、ぱちぱち計算して見せたのは、何かお体裁のような気がした。私の来る前に、ちゃんと自分でやって見たに違いない。主人は、算盤を置いて、私の顔を見ている。私は当惑してしまった。金を借りに来るのに、金の用意をして来なければならないとは思わなかった。六十八円いただきましょうといって、私を睨《にら》んだって、私の金入れにはあと一円もありはしない。

私は顔の熱くなるのを感じた。

「それは拝借した後で、お払いする事にして頂けないでしょうか」

「結構です。それでよろしいのです。ただ実行する前に、御承諾を得て置かなければいけないから、お話ししたのです。しかし、凡《すべ》てこう云う取引は、前利ときまったものですから、今申し上げた、ええと六十八円は、今晩実行と同時に払っていただきますが、よろしゅう御座いますか」

「結構です」

と云ったけれど、それでは後に、二百五十円も残らない。三百円のつもりで、彼方此方に予算を立てていたのだから、忽《たちま》ち足りなくなってしまう。困ったことになったと思って、私は気が滅入り込んでしまった。

「三百円私の手に残るように拝借出来ないでしょうか」

「手取り三百円ですか、すると、ええと」

と云って、また算盤を取り上げた。

「三百六十八円の証書にして、六十八円は今すぐお払いしますから、あと三百円拝借するというわけには行きませんか」

主人は、算盤に指を乗せたまま、また私の顔をじろりと見た。

「それは駄目です。三百六十八円の額面で、三百円の手取りにはなりませんよ。ええと、四百円の額面として、六十日間の前利が八十四円になりますね。それに公正費用の五円で八十九円を引き去ると、手取り三百十一円ということになりますね」

私は少し恐ろしくなって来た。三百円なければ困るけれど、四百円の証書を書くのは気が進まない。

「兎《と》に角《かく》、今日のところは、始めのお話通り三百円で御辛抱願いましょう。何、少い方が後でお楽ですよ」

と主人が云って、さっさと墨を磨《す》り出した。そうして、硯箱《すずりばこ》を私の方に向け直して、さあ書けと云うような様子をした。

証書には、連帯借用証書という見出しの、連帯の二字が、ちゃんと消してあった。「利子は年壱割弐分《いちわりにぶ》と相定め」とあった。そうして置かないと、裁判所へ出た時困るからだとは、私も承知していたから、黙っていた。その代り「期限前の利子は全部相済み」と云う一項もあった。六十幾円全部相済みでいい気持なんだろう。髭《ひげ》の尖を引張り引張り、主人は机の向うから、暗示をかけるような態度で、いろんな事を私に書き入れさした。印刷してある箇所には、期限が遅れたら、差押《さしおさえ》をするとか、督促に行ったら、日当五円を申し受けるとか、色色行き届いて定めてあった。

最後に、私の署名をして、相手の田島士郎殿と云うところを書こうとしたら、主人は、髭をつまんでいる手を離して、慌《あわ》てて云った。

「一寸《ちょっと》。一寸。うん、その名前は」

と云って、硯箱の中にあった二寸足らずの鉛筆を取り出して、一閑張の上に、空字《そらじ》を書き始めた。それからまた鉛筆をおいて、指端でその痕《あと》を消すような恰好《かっこう》をした。

「そこは、空《あ》けといて頂きましょう」

と主人は、もとの通り落ちついて云《い》った。

私は、墨汁《ぼくじゅう》を含んだ筆を持ったまま、何だか変なので、

「なんにも書かないで置くのですか」

と問い返した。

「だから、この、そこのところは空欄に願いましょう」

と主人が、また鉛筆を摘《つま》んだ手を、勿体《もったい》らしく動かしながら云った。何だか、空欄と云う字を、宙に書いていたようでもある。

私は、何のために、こんな所をあけて置くのかと、少しは不思議に思ったけれど、格別問い質《ただ》しもしないで、済ましてしまった。

それから、委任状にも署名を済ました。そのほかにはなんにも書き入れない、白紙の委任状なのである。

主人は、それらの書類を手に取って素人《しろうと》が校正するような目付きをして、一字ずつ読んで行くらしい。私はほっとして、煙草《たばこ》に火をつけた。

「結構です」

と主人が云った。そうして、私の渡した実印を、一度ずつ「ここに捺《お》します。御覧

下さい」と云うような思わせ振りをしながら、無闇に方方へついた。証書の上欄など、提灯《ちょうちん》を並べたお祭の絵のようになった。

そうして、その書付を勿体らしく、懐《ふところ》に入れてしまった。私は、煙草を吹かしながら、少し気抜けがしたような気持で、じっとその手許を眺めていた。

主人は、また髭を引張りながら、もう一度私の顔を見て、これだけ云ってしまわなければ気がすまないと云う風な様子で、始めた。

「いや、これで結構です。他では、まだ別に手数料というものを要求しますよ。普通一割だから、三百円なら三十円ですね。それに調査料も取る家があります。私のところは、申込者の人格によって取引しますから、そんなものは、いただきません。のみならず、この最初の取引を一応、綺麗《きれい》にすませて下されば二回目からは、利子も、もっと安くして御便宜を計りましょう。またもし期限前にでも、御都合がついたら、お返し下さい。前利の中から相当の割合で以《もっ》て、払戻しをいたしますから」

私は、何とか云わなければ、悪かろうと思ったから、

「どうぞ、よろしく」と云って、一寸《ちょっと》御辞儀をした。

主人は改まった顔をして、私の方に向き直った。

「では、実行しましょう」

と云って、懐に手を入れた。

実行と云う言葉の意味が、昨夜、私の理解したよりも、段段狭くなって来るらしい。主人は懐中から、十円紙幣の束を取り出した。私の来る前から、懐に入れて、ここに坐《すわ》って、墨をすっていたのだろう。

自分で、一応、ぱちぱちと数え上げた後「では、お調べ下さい」と云った。

「どうか、その中から、さっきのお話の六十八円をお取り下さい」

と私が云った。

「いや、いや、それはいけません。一応お納め下さい」

そう云って、一閑張の上に、札束を置いたまま、主人は手を引込めてしまった。

私は、仕方がないから、その札束を手に取って数えて見たら、三百円あった。

「たしかに」

と私が云った。

主人は、私の顔を一生懸命に見つめている。

「それでは、六十八円。こまかいものを持ち合わせませんから」

と云って、私は一閑張の上に、お札を七枚ならべた。

主人はそれには手を触れないで、又懐中から、今度は紙入れを取り出して、その中から一円紙幣を二枚引き出した。

「では、どうか」

と云うから、私はそれを受取った。すると主人は、また急に改まった様子をして、一閑張の上にある七十円を取り上げた。そうして、さっき、辞令を返す時にしたような、恭《うやうや》しい手つきをして、押し頂いた。

「どうも、有り難う御座います」

私は、主人の云うことが、今までの調子と余り違うので、呆気《あっけ》に取られて、その顔を見返した。主人はすまして、その七十円を、また懐中に捻《ね》じ込んだ。

そうして、突然、ぱちぱちと手をたたいた。

すると、細君が、いきなり紅茶茶椀《ちゃわん》に珈琲《コーヒー》を入れて、持って来た。まるで、下で、珈琲を注《つ》いで待っていた様だから、私は驚いた。又本当にそうなのかも知れない。

「どうです」

と主人が、珈琲を啜《すす》りながら、云った。

「こう云うお金は、余りお借りになってはいかんですなあ。まあ、一ぺんだけでおよしなさい」

私は、二百三十円を上着の内衣嚢《うちポケット》に入れ、二円はチョッキの衣嚢に突込んで、金が出来たような、とても足りない様な、変な気持だった。

「青地さん、あなたは、こう云う取引をなさるのに、予《あらかじ》め条件をきかないんだから、それでは駄目ですよ。いや、しかし、その方がいいかも知れない。あっはは」

と云って、主人がまた珈琲を飲んだ。私も飲んで見たけれど、湯がぬるくて、無闇《むやみ》に甘くて、胸がわるくなりそうだった。

「どうです」

とまた主人が云った。

「お忙しいですか」

私は、それから直《す》ぐに帰った。

玄関には、また細君が控えていて、同じような挨拶《あいさつ》をした。今夜は昨夜ほど、顔が長くないように思われた。

「やあ」

と主人が、昨夜の通りの強い声で、私を送った。

「御免下さいませ。お気をおつけ遊ばしませ」

と云う細君の声が、玄関の前に迫っている崖《がけ》の、暗い石垣にぶつかった。

三

この時借りた金は、約束の期限にちゃんと返してしまった。しかし、それが縁となって、私はその後、幾度も、この田島から金を借りたり、返したりしているうちに、だんだん私の貧乏が悪性になり、しまいには、利子もろくろく払えなくなった。そうして、もうそのころには田島のほかに、幾人もの高利貸と関係するようになっていたけれど、その中に伍《ご》して、田島氏の態度は、最も紳士的で、最も官僚的でそうして親切だった。私は長い間、返済を延期するための利子を持って行ったり、またはその利子すらも持って行かないで、ただ謝って来たりしていた。

その内に、何度行っても、例の細君ばかりが出て来て、主人はちっとも顔を見せなくなった。或《あ》る時、帰りがけに玄関で、どうかなすったのですかと、きいて見たら、

「はい。只今《ただいま》逗子《ずし》の方にまいっております」

と細君が云った。

「御病気なんですか」

「はい。心臓の方を少しわるく致しまして。では御免下さいませ」

と云った。

それから、私はまだ幾度も田島の家へ行った。玄関で帰る時もあり、二階に通ったことも二三度はある。ある晩、珍らしくも下の座敷に通されたら、十二三になる女の子が、例の神棚の前に、両手を前に伸ばして、その上に顔を伏せて、額《ぬか》ずいていた。私が這入《はい》る拍子に、その物音をきいて、すっと立ち上がった。そうして、後も見ないで、縁側の方へ出てしまった。

神棚には、水水した果物が供えてあった。そうして、田島氏の写真が飾ってあった。

「どうかなすったのですか」

と私が尋ねた。

「はい。あの、主人は、亡《な》くなりまして御座います」

と細君が硬い声で云った。

私は、はっとするように、さっきの女の子の後姿を思い出した。

「いつお亡くなりになったのです」

「いえ、もう、ずっと以前のことでございます」

と細君が云った。

それから、よく聞いて見ると、田島氏の死んだのは、三月《みつき》も前のことだった。その間に私は何度この家を訪ねて来たか知れない。しかし、細君は一言もそんな話をしなかった。喪を秘して、主人の遺《のこ》した債権を守ろうとした細君の心事を、私は壮とした。

「そうですか。ちっとも存じませんで」

「いいえ、寿命でございます」

と細君は他人事《ひとごと》のように云った。

その晩は、私のまだ残っている債務のうちの幾分を片付けるため、ある纏《まと》まった金を持って行ったので、細君もついそんな話を打ち明けたのだろう。

それから後も、私はまだ幾度か田島の家を訪れた。出来るだけの義務は果たしたいと思って、残っている債務の利子を、少しずつでも持って行った。

しかし、暫《しば》らくすると、その利子を届けることも出来なくなった。気の毒な遺族に対してすまないと思っても、他の生きている高利貸達が、私にそうした道徳上の我儘《わがまま》を許さなかった。

田島の未亡人から、幾度か、手紙で催促を受けた。私は済まないと思いながらも、どうする事も出来なくなっていた。そのうちに、田島からは、不思議にも何も云って来なくなってしまった。

すると、ある日に、変な男が私を訪ねて来た。顔の色が無気味なほど白くて、漆のようにつやつやした口髭《くちひげ》を生やして、脊《せ》が低くて大きな鞄《かばん》をさげていた。

田島氏から債権を譲渡された大口なにがしの代人《だいにん》で、来《きた》る何日までに、どうとかしなければ、直《すぐ》に訴えると云った。

私は、驚いたけれども、その時はもうどうする余裕もなかったので、心配の余り、友人の弁護士に相談したら、それは先方のいう通りに訴えさして置けばいい。裁判所で和解すれば、不法の利子を取っているのだから、相当の譲歩を要求する事も出来る。心配することはない、とその弁護士が云った。

そうして、その通り裁判所で和解が出来て請求額も相当に負けてくれた。

毎月、月末までに、百円ずつ、私はその色の白い男の家まで、持って行かなければならなかった。そうして、やっと最後の月まで漕《こ》ぎつけたとき、私は到頭その月なしの金を払う力もなくなってしまった。半分持って云って、謝りをいう丈《だけ》の余裕もなかった。

私は手ぶらで、ただいいわけをするために真白い顔の男を訪ねなければならなかった。

四

その家の玄関を這入っても、祝詞《のりと》の声は止《や》まなかった。

薄暗くなりかけた路地を抜けて、その奥の広広とした空地の一隅に、一軒一軒勝手な方を向いて建った家の間を、わたしが何と云《い》って断ろうかと考え込みながら、うろついていた時から、大勢の人の合唱する、目出度《めでた》いような陰気なような、曖昧《あいまい》な祝詞の声は聞こえていた。

私が玄関に立った時、家の中はもう日が暮れていた。祝詞の声のする座敷の襖《ふすま》はたて切ってあったけれど、そのたてつけの悪い隙間《すきま》から、鋭い光りの条《すじ》が、暗い玄関の間《ま》の畳の上に流れていた。

私は、何度も何度も案内を請《こ》った。しかしいくら呼んでも、誰も出て来る者はなかった。私は微《かす》かな外の明かりを後に負って、いつまでも薄暗い玄関に立っていた。土間に脱ぎすてた下駄《げた》や草履が、格子《こうし》の間から射《さ》し込む外《そと》の薄明かりに白けて、得態《えたい》の知れない不思議なものの様に散らかっていた。

その内に、柏手《かしわで》の音が二三度聞こえたと思ったら、祝詞の声が、急にぱたりと止んで、咳払《せきばら》い一つする者もなくなってしまった。そうして、その無気味な沈黙の中に、布のようなものを擦り合わすらしい、不思議な物音が切れ切れに聞こえた。

「御免」と私が大きな声をした。

ここでもまた脊《せ》のすらりとした、お下げの女の子が出て来た。次の間から射し込んだ灯に、ほっそりした横顔を照らされている。その様子が、何となく、今まで泣いていたらしい。

私が名前を云うと、入れ代って主人が出て来た。紋付を着て、少し胸をはだけている。真白い顔が、石のように見えた。

「誠に申しわけないのですが」と私が云った。そうして色色事情を話し、十日ばかり猶予してくれと頼んだ。

主人は、黙って坐ったきり、返事をしなかった。隣りの部屋からも、何の物音も聞こえなかった。

「どうか何分そう云うことに願います」と私が重ねて云った。

「駄目ですね」

急に主人が鋭い声で云った。

「貴方《あなた》の方で、そう云う風に約束を破られるなら、こちらでも、譲歩した条件を全部取消さなければならない。証書面の金額を更《あらた》めて請求することになるが、いいですか」

そこへ、さっきの女の子が出て来て、何か主人の耳許《みみもと》にささやいた。主人は坐った膝《ひざ》を少し上げかけて、

「今日は少少取り込んでいますので」と云った。声の調子が、さっきとは丸で違っていた。

「どうかなすったのですか」

「いや、昨晩家内が亡くなったものですから」

私はびっくりして、「ちっとも存じませんで、失礼しました。それではまた改めて伺います」

と云った。

「はあ」と主人が立ちかけて云った。またもとの様な鋭い調子に返りかけていた。

「それでは一日だけ、特別にお待ちしましょう。明晩御持参下さい。もし貴方の方で御履行にならなければ、こちらでも御便宜を計るわけには行かない。それでは、どうもこれは失礼致しました」

私が玄関を出ると間もなく、後から祝詞の合唱が、暗い地面を這う様に追掛けて来た。

債鬼

一

朝が遅くなって、街の隅隅や、軒の陰がまだ全く明け切らない初冬の停留場に、梁《は》田《た》は外套《がいとう》の襟を立てて、足踏みしながら、起《た》っていた。前を通り過ぎる電車は、まだ灯をつけているのもあり、消しているのもあった。灯の消えている電車は、妙に冷たく、薄寒い影の様で、灯の点《とも》っているのは、何となく昨夜の名残りが街に迷っているらしく思われた。

暫《しば》らく途絶えた後、向うの坂の上から灯のともった電車が下りて来た。車室の中の灯りが、街に流れた青白い朝の光りの中に浮き上がって、遠くから見ると、黄色の煙の塊《かたま》りが飛んでいる様だった。

その電車が停留場に止まった時、インヴァネスに猟虎《らっこ》の襟を立てた尾関が降りて来て、待ち合わせていた梁田と一寸会釈して、二人で通を横切って、屋敷町の方へ這入って行った。

「我我の商売もらくじゃないね」と尾関が云《い》った。片側は病院の長い塀で、真直《まっすぐ》い道の突き当たりを、若い男が一人うろうろしている外、辺りはしんとして、人影もなかった。

「来られる方だって、らくじゃありませんよ」と梁田が云って、薄笑いをした。

「余計な手間を取られて、やり切れない」

「督促の為《ため》に出向く時は、日当を取ると云う条項を適用してやりましょうか」

「一日五円、二日で十円、しかし本当はその位取ってもいいんだね」

「二人で行くのは此方《こっち》の勝手だから、十円と云うわけには行かないけれど、一体、この小林と云うのは、まだ見込がありますか」

「さあ、どうだかな、もうそろそろ切り上げ時かも知れんね」

道の突き当たりをうろついていた男が、ふらふらと近づいて来て二人の話しながら歩いている間を割って、擦れ違った。その男は薄盲人らしかった。

小林の門はまだ閉まっていた。梁田が頑丈な拳《こぶし》を固めて、扉をどんどん敲《たた》いた。その度に、朽ちかかった門柱にぼんやりついている電灯が、消えたりともったりした。

暫らくすると、家の中に、がたがたと物音がして、乱れた足音が門に近づいた。腰の曲がった老婆《ろうば》が、扉を開いた拍子に、二人の姿を見て、立ちすくんだ様に目を瞠《みは》った。

「これはこれは、うちでは、もうとうから起きて居《お》りましたのに、つい門をあけるのを忘れとりまして」と老婆が云った。

「お早う御座んす。小林さんは居りますか」と梁田が云いながら、どんどん玄関の方に歩きかけた。

「あ、主人は居りませんけれど」

「居ないんですか、じゃ奥さんにお目にかかりましょう」と云いながら梁田は、ながらと玄関の格子戸を開けて這入った。尾関も続いて這入って、狭い玄関に二人並んで腰を掛けてしまった。

まだ朝の仕度も出来ていないらしい家の中が、起き抜けの闖入者《ちんにゅうしゃ》の為《ため》にごたついている気配であった。小刻みに廊下を走る足音や、抑えつけたような私語の声が物物しく聞こえて来た。尾関は袂《たもと》から巻莨《まきたばこ》を取り出して、燐寸《マッチ》を擦って、ふかふかと吹かし始めた。

間もなく、小林の細君が玄関に出て来た。髪を束ねて、青褪《あおざ》めた顔をしている。

「入《い》らっしゃいまし、失礼いたしました」

「小林さんにお目にかかりたいのですが」と梁田が、外套のポケットに手を突込んだまま云った。

「あの、主人は」

「もうお出掛けですか、随分早いですね」

「だって、君こちらは軍人さんだもの、早い時は早いよ」と尾関が、煙草《たばこ》の吸殻を、玄関の土間に踏みつけながら、横から口を出した。

「早いのは構わないが、その前に、ちゃんとする事をしといて下さるといいんだけれど」

「いえ、あの、主人は留守なので御座います」

「ですから、早くからお出掛けになったのですかと聞いてるのです」

「いいえ、昨日から帰らないので御座います。一寸《ちょっと》遠方に用事がありまして」

「へえ、外泊ですか、じゃ止《や》むを得ません。実は、奥さんもこの事は御存知の筈《はず》ですが、今日は二十二日で、昨日中に利子と書換えの手数料と、〆《しめ》て三十五円持参せられるお約束なのですが、何の御連絡もなく、遅くまでお待ちしていましたが、到頭お見えにならないので、今朝お伺いしたわけなのです。お留守でお目にかかれなければ、止むを得ません」

「わざわざ御出《おい》でいただいて、申しわけ御座いませんが、今明日中《こんみようにち》には帰ると思いますから、どうか御猶予《ごゆうよ》下さいますよう」

「しかし奥さん、こちらのお役所の俸給日は昨日でしたね。俸給はもうお受取りになったのでしょう」

「そんな事は君、勿論《もちろん》さ、小林さんに抜かりはないよ」と尾関がまた口を出した。

「兎《と》に角《かく》、お留守だと云われるのに、愚図愚図してたって仕様がないよ。尤《もっと》も奥さんにもお解《わか》りの事なのだから、奥さんに計らっていただきましょうか」

「それがいい、そうしましょう、奥さんの方で一つやって下さい」

梁田はそう云いながら、外套の釦《ボタン》を外して、上着のポケットから手帳を取り出した。

「私では解りかねますが、それに主人も今明日中には帰ってまいりますから、どうかそれまで御猶予下さいませんか」

「そりゃ駄目です、一体どうしても昨日中には、私共の方へ持って来ていただかなければならないので、お見えにならなければ今日は直《す》ぐに手続をしてしまう筈なのですが、何か止むを得ない御都合でもおありなのかと思ったから、今朝こうしてわざわざ来て見たのです。俸給は受取った、利子は払わない、昨夜は帰らないから帰るまで待て、とそうは行きませんよ。御主人には会えないし、奥さんも知らないと云われるなら、止むを得ません。これからすぐ、帰りにお役所へ廻って、手続をして来ますから、御主人がお帰りになったらそう仰《おっ》しゃって下さい」

「そうだ、そうしよう、馬鹿《ばか》にしている」と尾関が云って、立ち上がった。

梁田も、細君の方をじっと見つめながら、そろそろ立ち上がりそうにしている。

細君は青褪めた顔を硬《こわ》ばらして、じっとしていたが、そのうちに、急に両手を板の間へついて、「一寸お待ち下さいまし」と云ったまま、奥に這入って行った。

尾関はまたもとの所に腰を下ろして、新らしい巻莨を吹かし始めた。二人で顔を見合わせても、一言も口を利《き》かず、二人とも、にこりともしなかった。

間もなく、細君が新らしい紙幣を重ねて、持って来た。梁田の前に差し出して、黙っている。梁田もそれを見て、苦り切っていた。

「そうですか」と急に梁田が云った。そうして、紙幣を手に取って、数を調べて、蔵《しま》い込んだ。

「主人に叱《しか》られるかも知れないので御座いますが」

「奥さんが御主人に叱られるわけはありませんよ。若《も》しこうしてお許らいにならなければ、我我はすぐに手続をするのですから、その方が、どれだけ御主人の不利益になるか知れませんよ」

「こう云う際の処置をちゃんとなさるのが賢夫人です。では失礼しようか」

「あの、お間違いも御座いますまいけれど、何分留守中の事で御座いますから、一寸お受取の書付でもいただいて置きませんと」

「いや、利子の受取は一切差上げない事になって居ります。御主人は御承知ですよ」

「でも、私が計らいましたのですから」

「そうですか、奥さんの方で、是非にと仰しゃるなら、このお金はお返し致しましょう。そうして、矢っ張り我我の方の手段を執るより仕方がありません」

「まあそんな事を」

「それじゃ、この儘《まま》いただいて、よろしゅう御座いますか。解り切った事を、後で兎や角云われては、かなわんからね」

二人が帰って行った後、小林の家では、暫らくの間、ことりと云う物音もしなかった。学校に行く子供達も、声をたてなかった。水の底に沈んだ様な奥の書斎に、細君と主人が、いつまでも黙ったまま対座していた。

二

「本当に申しわけないんですけれど、でも一日や二日はいいじゃありませんの」

「そりゃ困りますよ、一日や二日が何日になるか解ったもんじゃない。あなたの口は、いつでも手間が掛って閉口です」

「まあ、あんな事を。随分つけつけ仰《おつ》しゃるのね。でも仕方がないわ。あたしは頂くものをいただかなければ、どうにもならないんだから」

「しかし、そんなお約束じゃありませんでしたね。旦那《だんな》さんの方の御都合でもお悪いんですか」

「そんな事、存じませんわ」

「兎に角、払って下さい。そうでなければ、明朝お伺いします」

「だって、来られては困るんですもの、どうしようか知ら」

「それじゃ、こうしましょう。一日や二日なんて曖昧《あいまい》なのは困るから、それでは、明後日、明後日なら大丈夫ですか」

「ええそれなら、きっとですわ」

「旦那さんが、そう仰しゃったんですね、それなら明後日の晩まで待ちましょう。その代り、どうもあなたの御挨拶《ごあいさつ》だけでは信用しかねるのでね、ついそこの角に、公衆電話がありますから、その電話で一つ、もう一ぺん旦那さんと間違いないところを話し合って下さい」

「まあ、それでどうしますの」

「私がついて行って、御一緒にボックスの中に這入りますから、あなたは旦那さんを呼び出して、明後日の夕方までに、きっと拵《こしら》えて下さいますかと、もう一度駄目を押すのです。受話器を少し耳から離して置いて下されば、私にも向うの云う事は聞こえるし、それと、あなたの話が誠意があるかないかは聞いていれば解るから、そうしましょう。それで私の方が納得出来れば、お待ちしましょう」

「だって、いくら何でも、そんな事は困るわ」

「困る事はないじゃありませんか。始めっから、あなたは、旦那が承知しているってお話だったでしょう」

「ええ承知していますわ」

「そんなら、その位の話をするのは当然じゃありませんか。どうしても待たないと云うんだけれど、本当に明後日は大丈夫でしょうかって、もう一度確かめるだけの事ですよ」

「でも、あたし厭《いや》だわ」

「おかしいなあ、どうも。そうなると、私の方では益《ますます》疑いたくなる。従って信用出来ない相手に、いつ迄《まで》もお金を貸しておくわけに行かないから、期限は厳重に守って貰《もら》わなければいかん。一体、どうも、おかしいですよ。旦那に内緒なんじゃありませんか。そう云うのが、ちょいちょいあるんだからね」

「まあ、ひどい」

「あなたの様な綺《き》麗《れい》な人は、はたが放っとかんからね。それで、色色無理が出来るのでしょう。しかし、その飛ばっちりが我我の方に来ては困りますよ。我我のやってるのは、商売なんですからね。さあ、公衆電話にお供しましょうか。それとも、明朝お伺いする事にしても、私の方は、一向かまいませんよ」

「まああたし、どうしようか知ら」

「一番簡単なのは、お金を持って来るのですよ。なんにも持たないで、握りで話をつけようとせられるから、こちらからも、それだけの筋道をつけて貰わなければならんのです。あなたと一緒に公衆電話に這入って見てもねえ、旦那さんと話をしているのを、傍で聴いたって仕様がありませんや。それよりもお金を持って入《い》らっしゃい。元金をみんな返して下さいと云ってるんじゃないのですから、一ヶ月の利子だけ、三十円や四十円何でもないでしょう。もう一度旦那さんに頼んで御覧なさい。旦那さんでなくても、あなたの為《ため》なら、その位のお金を出す人は、いくらもあるでしょう。そうなさい。もう一度、今夜の九時まで待ちましょう。どうです。駄目ですか」

「じゃ、そうしますわ。今晩もう一度伺いますわ」

三

縁《えん》の障子を開けひろげた梁田の座敷に、温かい冬の日ざしが、一ぱいに当たっていた。狭い庭に細長く掘った泉水の底から、不恰好《ぶかっこう》な大きな金魚が、ふわふわと水面に浮んでいる。

座敷の中に、尾関と梁田とが勝手な方を向いて坐《すわ》っている。尾関は手に持った講談倶楽部《クラブ》を膝《ひざ》に置き、梁田は机越しに庭の向うの板塀を見つめている。さっきから、同じ様な足音が、二度も三度も塀の外を行ったり来たりするらしいのである。そう云《い》う事に敏感な二人は、どちらも同じ様な事を感じていながら、口に出しては、何も云わなかった。

塀の外の足音は、それっきりになったらしい。暫《しば》らくしてから、尾関はにやにやしながら梁田に話しかけた。

「例の別嬪《べつぴん》さんはどうした」

「来ましたよ。どうもああ云うのは苦手でね。勝手な、虫のいい事を云いながら、しおれているんですからねえ」

「苦手じゃなくて、得手の方なんだろう。あんな美人をいじめるのも、商売冥利《みようり》のうちかも知れない」

「いじめるにも何にも、中中あれで相当なものですよ。今度の利子だって、下手をすると、こいつは駄目かな、とも思ったのですが、まあ、いい工合に後から持って来ましたけれど、もうあの口も、そろそろ切りをつけて置かないと、いけませんね」

「どうだい、元金を吐き出すには、きっと苦しがるに違いないから、その時一つ親切なところを見せて、どうかならんかね」

「まあ、そちらへお任かせしましょう」

「いやにあっさりしてるところが、却《かえ》って変だぜ」

さっきの足音が、また塀の外を通った。二人は話を止めて同時に聴き耳をたてた。

「どうも、さっきから、来ていますねえ」と梁田が小さな声で云った。

「そうらしいんだ。しかし余っ程どうかしてるんだねえ。お這入《はい》んなさいと云ってやれば、いいじゃないか」

「まさか」

それから、暫らくすると、果たして玄関が開いて、案内を乞《こ》う声がした。

古びたモーニングコートを着て、青膨《あおぶく》れのした大きな顔に金縁眼鏡をかけた男が、這入って来た。

尾関が居住《いずま》いを直して、挨拶をした。

「御紹介で入らっしゃいましたか」

「いいえ」

「新聞の広告を御覧になったのですか」

「そうです」

その男は、声が上ずって、坐っている姿勢も、何となく落ちつかなかった。

「お勤めはどちらですか」

「官庁です」

「官庁だけでは解りませんが、どこです」

その男は、暫らく返事をしなかった。

「一切仰《おっ》しゃって下さらないと、御相談出来ませんが」尾関がまた云った。

「そうですか、勿論申しますけれど、お話を伺った上、纏《まと》まるようでしたら申し上げましょう」

「それを聞いてからでなきゃ、纏まるも何もありませんや」と今まで黙っていた梁田が、傍から口を出した。

「まあいいさ」と尾関が云った。「じゃ、それは後で伺うとして、いか程お入り用なのですか」

「三百円ばかり拝借したいのです」

「何におつかいになるのです。穴うめですか」

その男は返事をしなかった。落ちつかない目で、泉水の金魚を見ているらしかった。金魚は温かい水面にぼんやり浮かんだまま、赤い藻《も》か何かの様に、ちっとも動かなかった。

「初めてのお取引ですから、色色伺ってからでないと、御相談出来ないのですが、兎《と》に角《かく》俸給の辞令を御持ちになりましたか」

「いえ今日は持って居りませんが、一体どう云う条件で拝借出来るのですか」

「二ヶ月期限で、日歩《ひぶ》五十銭の割を先に頂いておきます」

その男は、また黙ってしまった。

「それでよろしかったら、こちらの順序としては、お勤め先を伺って、そこで一度お目にかかって、最後の取引は、お宅でする事になって居《お》りますが、お差支《さしつかえ》ないでしょうね」

「宅に入らっしゃるのはかまいませんが、役所に行って、どうなさるのですか」

「どうもしやしませんけれど、まあ一口に言えば、お勤め先を確かめるのです。都合によっては、電話をおかけするだけでもいいかも知れません。そう云う事でよろしかったら、今度入らっしゃる時は、最近の辞令と、印鑑証明とをお持ちになれば、改めて御相談致しましょう」

その男は、到頭自分の名前も告げずに行ってしまった。梁田は忌《い》ま忌ましがって、尾関に食ってかかった。

「あんな奴《やつ》を相手にしたって、埒《らち》は明きませんよ。第一、金を借りに来た癖にして、生意気だ」

「まあ、そう云うな、こちらは商売なんだからね」

「商売になれば結構だけれど。あれは、きっと経験があるんですよ。どうして、中中のしたたか者じゃないかと、僕は思うんだ」

「どうして」

「どうしてって、あれは必ずどこかを借りていますよ。初めての応対じゃありませんものね。あの、ねちねちしたところで、何だか勝手が解《わか》らない様な風に見せてるんだけれど、こいつは要慎《ようじん》した方がいいと思いますよ。印鑑証明がすぐ間に合うだけでも、一人前でさあ」

「ひどくお気に触ったものだね。しかし、それならそれで構わないじゃないか。こちらに手ぬかりさえなければ、却って面白いかも知れないよ」

梁田は虫の納まらない顔をして、机の抽斗《ひきだし》を抜いたり差したりした。

四

それから二三日経《た》っても、その男は梁田の家を訪ねて来なかった。

こう云う所で金策をしようと云う者は、大概その場に差し迫った必要に追われているので、一日を争っても、早く金を受取りたがるのである。その為には、証書面の条件などで、非常に不利益になる場合をも厭《いと》わないのが普通なのに、その男は来なかった。

梁田も、尾関も、始めの二三日は、時時その男の噂《うわさ》をしていたけれど、いつの間にか、そんな事も忘れかけた頃、ひょっくり、またその男がやって来た。相変らずモーニングコートを着て、青い顔をしていた。

「お見えにならないから、お間《ま》に合ったのかと思って居りました」

尾関はそう云って、愛想よく相手の顔を見た。

「いや、そう云うわけではなかったのですが、つい、いろんな事で遅くなりまして」

とその男が云った。そうして、辞令を取り出して見せ、印鑑証明も用意して来たから、どうか先日の額を取り計らってくれと申し出た。

勤め先の役所もいいし、俸給額も思ったよりは多かった上に、別に兼務で学校にも出ている事が解ったので、尾関は、一寸《ちょっと》梁田と形式的の打合せをしただけで、その男の申し出を承知する事にした。その男は島と云う技師だった。

翌日、島の家で現金の取引を終って、梁田と尾関は郊外の住宅地から停車場に出る道を並んで歩いていた。

「どうも、あの男は面白くない。何だか影がありそうでいやだ」と梁田が云った。

「しかし、住居なんか一通りじゃないか」と尾関が云った。

「まあ、やって見て、いけないとなれば、いくらも手段はあるんだから、大丈夫だよ」

しかし、それから日がたって、二ヶ月後の期限が来た時には、梁田の不安が実際になりそうな形勢となった。

期限の当日になって、島は速達で梁田宛《あて》に数日の延期を申し入れて来た。梁田はすぐに役所に電話をかけて見ると、島技師は、もう一ヶ月以上も休んでいると云った。驚いて翌朝早く二人連れで、郊外の島の家に行って見ると、家の中には子供と老人ばかりで、島は細君の郷里に金策に出かけて、細君も後からそちらに行っているとの事だった。

「おかしいなあ、旅行は嘘《うそ》だろう」

門を出るとすぐに、梁田が云った。

「おかしいには、おかしいけれど、家の様子じゃ、居ないのは本当らしいじゃないか」と尾関が云った。

「しかしねえ、本当にいないのだとすると、なお変ですよ。速達は何処《どこ》から出したのだろう」

「そうだ、速達をよこしたところを見ると、東京にいるんだね。留守の者との打合せがうまくついていないので、こんな、へまをしやがったんだろう。帰ってから、速達の消印を見れば解るよ」

「忌《い》ま忌ましいなあ。一つ徹底的にやってやりましょうよ」

速達の消印は本郷だった。

「何だ本郷から出しやがったのか。しかし、仮りに旅行が本当だとすれば、一寸東京に帰ったとでも云うのですかね。それにしても変だなあ」

「兎に角、金策のために田舎へ行ったと云う事は、考えられない事でもないよ。あれだけの地位になっていて、そう手軽に投げ出しもしないだろうから、まあ、もう少し見ていたらどうだね。速達は、自分が東京を離れている事をかくす為に、何人《だれ》かに出させたんじゃないかね。筆蹟《ひっせき》はどうだろう。ちがやしないか」

梁田が金庫から証書を出して較《くら》べて見た。

「おんなじだ。全然同じだ。第一、金策にしても、もう一ヶ月も欠勤していると云うのが変ですよ。きっと、うちだけでなく、外《ほか》にも相当あるに違いありませんよ。早くしなければ駄目だ。直《す》ぐやりましょう。転付、転付」

「いきなり転付に行かなくても、先《ま》ず家の方を押えたらいいじゃないか」

「動産でそれだけの評価額があるか知ら。でもまあ、それでもいいでしょう。早速やりましょう」

「先ず小手調べだ。その上で俸給差押の転付命令と行っても遅くはなかろう」

「しかしですね、もし家の方の動産差押をした後で、何とか彼《か》とかこじつけて、異議でも立てられると、抜き差しならなくなって、後の転付が出せないような破目になる

くものだよ」

と困りますよ」

「まあ、兎に角やって見ようじゃないか。大概の相手なら、動産差押だけで、薬は利《き》

ところが、二人が執達吏を同道して、島の家に差押に行って見たら、家具道具一切は、あらかじめ、公正証書の売渡証書が出来ていて、手をつける事も出来なかった。

梁田は青くなって憤慨した。

「駄目だ。駄目だ。人を喰ってやがる。どうも初《しょ》っ鼻《ぱな》から臭い奴だと思ったんだ。すぐに転付命令を取りましょう。愚図愚図していたら、どんな馬鹿《ばか》を見るか知れやしない」

そうして、二人が、役所の方に島技師の俸給差押を出して見たら、もうその前に、彼等の債権額の約三十倍のものが差押えられて、転付命令がついていたところへ、更に後から新らしいのが配当加入をしたため、今、島技師の俸給の内、差押えられた額だけは供託になっているので、ここにも手のつけ様がなくなっていた。仮りにその中に査照に這入《はい》るとしても、案分で受取る月月の額は一ヶ月三円ぐらいのものだった。島技師証書面の金額を受取るには、百ヶ月かかるのである。利子の点を別に考えても、島技

師が、今後百ヶ月、月給を貰《もら》えるかどうだか解らない。

「忌ま忌ましい。癪《しゃく》に触る。極道奴《め》。破産申請をしてやりましょうか」

と梁田が自分の机の前でいきり立った。

「破産なんかこちらで金がかかる計りだよ」と尾関が落ちついて云った。

「こいつは全く手ぬかりだったけれど、何もそう君の様に怒る事はないじゃないか。我我の商売には、時たま、こう云うのもあるさ。それは始めから算盤《そろばん》に入れてあるのだから、慌《あわ》てる事はない。月月ちゃんと利子を払って下さるお得意から、この分の穴埋めをして行けばいいのだよ。その内に島さんが金策をして帰って来る。そうでなくても、またいつか何処かに浮かび上がって来るに違いないから、その時に改めて絞る事にすればいいのだ。何しろ債権を方方に持ち回って抜き差しならぬ様な事をしない様に、大事にそっとして置くのが一番だよ」

「あなたの気の長いのは叶《かな》わん。そんなやり方は性に合いませんや。道楽に金貸商売をしてやしまいし。忌ま忌ましい野郎だ」

梁田は剝《む》きかけた蜜柑《みかん》の皮をやけに千切《ちぎ》って、開け放った障子の内側から、はげしい勢で泉水の中に投げ込んだ。今日も小春日和《びより》の温い日向《ひなた》に、恰好《かっこう》のわるい金魚がぼんやり浮いているところへ、蜜柑の皮が飛んで行ったので、金魚はまたふわりふわりと冷たい底の方に沈んで行った。後に蜜柑の皮の脂《あぶら》が、微《かす》かな波紋に乗って、ちらちらと光っていた。

七草雑炊

フロックコート

その一

大正五年十二月八日の夜、私は漱石山房の泊まり番にあたって病篤《あつ》き先生の隣りの部屋に、当番のお医者と炉をかこんで、不眠の一夜を明かした。

その暁近く、先生の脈搏《みゃくはく》は百四十を越えた。大学病院から特派せられている五十位の看護婦長が、はきはきした口調で、二時間または一時間おきの容態を、炉辺《ろばた》のお医者に報告するのである。そうして夜が明けた。

九日の薄暮に、先生は亡《な》くなられた。門下の者が交替で、先生の看病をした当番は、私まで来て、終ったのである。

その九日の朝は、当時私の奉職していた陸軍士官学校の、第三十期新入生徒入校式がある筈《はず》になっていた。そう云《い》う儀式の八釜《やかま》しい学校ではあるし、また先生の容態が一寸《ちょっと》その式に行って来る位の間なら、急変もなかろうと云うお医者の言葉を頼みにして、早稲田《わせだ》南町の先生の家から、十分もかからない近くにある士官学校に出かけて行った。家からフロックコートを取り寄せて、山高帽子をかぶり、薬王寺の通りを、上ずった気持で、ふらふらと歩いて行った。

入校式は、湖のように広い中庭で挙行せられた。生徒の集団が、もやもやした黄色い煙の塊りの様に浮動した。中隊長の大尉《たいい》が叫ぶ号令の声は、塀の向うで猫が泣いている様に聞こえた。私は幾度も前にのめりそうになっては、その度に唾《つば》を耳の奥の方に飲み込んだ。

式が終ってから、十九番の教室で、私のこれから受持つ生徒に訓示することになった。その教室は大地震後の改築で、もうなくなった事と思うけれど、恐ろしく陰気で、出入口が一つしかなかった。出入口の真正面に、黒板と教壇があって、奥行の遠い、縦長の教室であった。その時間になったので、私は教官室を出て行った。軍隊では、廊下は野天と心得るのだそうで、苟《いやしく》も一歩部屋を出る時には威容をととのえるために、必ず帽子をかぶって歩くのである。私が山高帽子をかぶって、その十九番教室に近づくと、私の足音を聞いたのか、或《あるい》は覗《のぞ》いて見ていたか知らないが、当番の生徒が烈《はげ》しい声を出して、気をつけの号令をかけた。一体、先方ではまだ私の顔を知らないはずなんだから、その教室に近づいただけで、あわてなくともよさそうなものだけれど、向うの見当が運よく適中して、私はその教室に這入《はい》って行ったのである。

入口から教壇に向かう通路の両側に、気をつけを喰《くら》った生徒達は石の如《ごと》く硬直し、何年来そうして立っているかの様に、静まり返っていた。私は、入口で脱いだ帽子を片手に持って、静静《しずしず》と教壇に向かって行った。その教室は、初めてなので、勝手を知らなかったけれど、教壇が無闇《むやみ》に高くて、向かった左側に、小さな踏段が一つ付いている。私はその方に向かって厳粛なる歩みを進めた。前列の生徒の正面を通るのである。生徒達は、白《し》ら白《じ》らと真《ま》ともを向いて、何処《どこ》を眺めているのだか解《わか》らないけれど、何か知ら一点を、気絶する一寸《ちょっと》前の如くに見据えているのである。私は、その前をすまして通り過ぎ、勝手のちがった高い教壇の、小さな踏段に片足をかけて、身体《からだ》をその上に乗せかけたところまでは、はっきりしているのである。その次の瞬間に、恐ろしく大きな音がして、私はフロックコートの裾《すそ》を散らしたまま、土足の床の上に、仰《あお》向《む》けに、ひっくり返ったらしいのである。ひっくり返る途端に、非常に大袈裟《おおげさ》な尻餅《しりもち》をつき、ついでに頭を少少ぶっつけたかも知れない。何がどうなったのだか、私には少しもわからなかった。しかし、その拍子に、昨夜からの、一睡もしなかった悲痛な気持を、どうなりこうなり人前だけ包んでいた薄皮が破れて、何だかわけも解らず、わあっと泣き出しそうな滅茶苦茶《めちゃくちゃ》な気持になりかけたところを、やっと我慢して起き上がって見たら、前列の端の生徒の足もとに、変な黒いものが転がっているのが私の山高帽子である。

私は、静まり返っている生徒達の前で、尻と裾の埃《ほこり》を、好《い》い加減にはたき、近づいて行っても見向きもしない生徒の足もとから、そっと山高帽子を拾って、教壇に登ろうとすると、さっきそこにあった踏段は、二三尺向うに、裏返しになって飛んでいる。踏段と思ったのは、汚れた石油箱のような木箱が、ただそこに寄せかけてあったのである。その角を私が踏んで身体の重みを乗せかけたから、箱がひっくり返り、従ってその上に乗っている私がひっくり返ったに過ぎない。

私は踏段のない教壇に、大股《おおまた》をひろげて片足をかけ、機《はず》みをつけて、やっと上に上がった。そうしてきまり悪いのをこらえて、生徒の前に立ったけれど、彼等は、丸で何事もなかったように澄まし返って、つっぱらかったまま、くすりとも云わない。私はますます照れてしまって、向うが知らぬ顔をしているのに、自分の方で、ひっくり返った原因なり、所感なりを述べて、その場を繕うこともならず、軍人の生徒って、非人情なものだと、つくづく感じたのである。

それから間もなくお正月になって、その級の生徒の一人が、私の家へ年賀に来た。

私は入校式当日のことを思い出して、一体、ああいう時に、笑いもしなければ、自分の足もとに転がっている山高帽子を拾ってもくれない。現に見ているくせに、丸っきり知らぬ顔をしているんだから、こちらは、しくじりの引込みがつかない。将校生徒というものは、恐ろしく素っ気ないものだね、と云ったら、その生徒は、お汁粉を頬張っていた箸《はし》を止めて、私を正視しながら云った。「私共は、他人の失敗を見て笑うのは、いけないことだと教わっております」

その二

大地震の翌年の春、私は陸軍士官学校から江田島に出張を命ぜられて、海軍兵学校と機関学校とを視察することになった。

海軍機関学校は地震の火事で焼けてしまうまで、横須賀にあったので、私は毎週一回、金曜日に兼務として東京から横須賀まで出かけていた。地震後焼野原の横須賀を立ちのいて、兵学校のある江田島に居候《いそうろう》をしていたので、今度は毎週一回東京から出かけるわけにも行かず、兼務はひとりでにお止《や》めになったのである。その機関学校の視察というのは、勿論《もちろん》表向きの名目で、実は去年の夏まで同僚だった先生方にもあい、またそれまで教えていた生徒達の顔も見たかったのである。

私は宮島から、モーターボートを仕立てて江田島に向かった。どういう料簡《りょうけん》で、そんな馬鹿《ばか》なことをしたのだか解らない。恐ろしく高い料金を取られて、おまけに風が強かったため、何度ひっくり返りそうになったか知れない。何時間も浪《なみ》にもまれた挙句、やっと江田島の妙な入江の様になっている所へ這入って行った。そうして船が着いて見たら、そこは兵学校の庭の一部なのである。一体、軍隊の学校はどこでも出入りが八釜しくて、一一《いちいち》門番が控えている。初めて這入って行くものは、自分の身分や用件を云わなければ、通してくれないものなのである。それを私は承知しているから、今日も旅先と雖《いえど》もフロックコートに山高帽子で威容を整え、正門から名乗りを上げて乗り込む覚悟でいたところが、船の着いたのは、塵芥《ごみ》捨て場のような石垣の間なのである。仕方がないから、私はそこで船からあがって、のそのそと勝手を知らない庭を歩いて行くと、向うから水兵が一人やって来た。私の方で、うろうろしていると、いきなり怒鳴り出すかも知れない。私は長い間、陸軍や海軍の学校にいて、心得ている。こういう際には、先んじて威武を示すに限ると思ったから、私は近づいて来る水兵に向かって、いきなり「おい」と云った。水兵は、はっと立ち止まって、身体を真直《まっす》ぐにした。

「本部の玄関はどちらかね」と私がきいた。本部というのか本館というのか知らないけれど、好い加減にそう云ったのである。

「玄関はそこを曲がると、向うに見えております」と水兵が云った。

私が、うなずいて歩き出すと、水兵は敬礼をした。そうして、私は威張ったままの歩調で、教わった通りに行くと、広い芝生の向うに、大きな白い石造の建物が見えだした。廃墟《はいきよ》のような東京から出て来て眺めた目には、丸でお伽噺《とぎばなし》の国の殿堂のように思われた。その建物の壮美な感じが私に乗り移って、私は益《ますます》偉いような心持になり、人っ子一人いない静まり返った広場を闊歩《かつぽ》して、堂堂たる玄関にかかり、一足踏み入れた時に、私はばたんと俯伏《うつぶ》せに倒れて、花崗岩《かこうがん》の踏段で顎《あご》を打った。暫《しばら》くして、私はやっと立ち上がり、辺りを見回したけれど、何人《だれ》もいなかった。石の上に倒れたのだから、大した音はしなかったかも知れないけれど、それにしても山高帽子は後《うしろ》に飛び、両手の手の平《ひら》はすりむいている位だから、玄関の受付に人がいたら、顔ぐらいは覗けそうなものだと思った。私は向脛《むこうずね》の砂を払って、足もとを見ると、靴の泥を落とすための、針金を編んだ大きな網の縁が、前の方で少し捲《ま》くれ上がったようになっている。私は片足の尖《さき》をその下に入れて、も一つの足でその金網を踏みつけて、そうして歩こうとしたから、前にのめったのである。私は後に転がっている山高帽子を拾おうと思って振り返ったら、広場の向うを水兵が一人歩いていた。水兵の顔はこちらを向いて、私を見ているらしい。しかし、それがさっきの水兵だかどうだか遠くてわからなかった。

私は玄関を上がって、受付をのぞいて見た。すると中には、矢っ張り人はいたのである。私が来意を告げると、気の毒そうな顔をして「今日は日曜で御座いますから、どなたもいらっしゃいませんけれど、宿直の方が二階にいられますから」と云って私を案内した。

二階に上がる階段の突当りに、等身大の大きな鏡があった。私の顎には血がにじみ出している。二銭銅貨よりもっと大きく真赤になって、その辺り一帯が、火のついた様にひりひりした。

素《そ》琴《きん》先生

明治四十何年、何か他《ほか》の事にひっかけて、繰って見れば、直《す》ぐわかると思うけれど、四十年代の早早に違いないのである。素琴先生がフロックコートを着て、岡山の第六高等学校に赴任して来られた。

素琴先生は、大講堂の演壇に、箒《ほうき》の如《ごと》き頭を振りたてて、新任の挨拶《あいさつ》をせられるのである。

「私は未熟な者でありまして、前人の大野木克豊《かっとよ》先生の後を承《う》けまして、丸で提灯《ちょうちん》に釣鐘のようなものであります」

そこで私共、と云《い》う中には、同級の土居蹄花《ていか》君もその員《かず》に列《つら》なっているのである。先生の演説を検討し、大野木先生を提灯にして、御自分が釣鐘のような事を云ってる、などと陰口を叩《たた》いた。

教室の素琴先生は、びっくりした様な目をして、天井の向うの方を眺めつつ講義せられる。殆《ほとん》ど私共の顔を見られる事はないので、先生のお宅に伺った折、どう云うわけだか尋ねて見たところが、こちらに来る前に、東京で女学校の先生をしていた為《ため》に、あんまり生徒の顔を見ると、いろいろうるさいので、なるべく見ない様にしていたのが癖になったのだろうと答えられて、尋ねた私は、大いに面喰った。

素琴先生は、岡山の高等学校に劫《こう》を経て、段段凄味《すごみ》を帯びて来られたらしい。私共よりずっと後に六高を出た諸君の話を聞くと、みんな口をそろえて、素琴先生の恐ろしかった事を物語るのである。教室の中で面白がって騒いでいても、廊下に素琴先生の影が射《さ》すと、みんな水を浴びたようにひやりとして、一時《いちじ》にしんとなってしまうそうである。

私共の教を受けた当時は、幸いにして、まだ素琴先生の身辺に、そんな恐ろしい神秘的な影のつかない内だったので、安心して素琴先生に付き纏《まと》った。

古京町《ふるぎょうちょう》の通から岐《わか》れて、六高の正門に通ずる長い土手の上を、遅刻した素琴先生が、あたふたと長身に反りを打たせて駆けつけて来るのを見ると、私共はそれ迄《まで》教室の中で待っていた癖に、急いで足音を忍ばせて、廊下を這《は》うように逃げ出してしまうのである。そうして、その時間を休みにして置いて、一体生徒に逃げられた先生と云うものは、教員室に戻って来て、どんなに手持無沙汰《てもちぶさた》であるかと云う事を私共は知らなかったのである、そうしておいて、その晩には、門田屋敷の先生の家《うち》を訪れるのである。

門田屋敷と云う所は、いつも昼の月が出て居《お》り、屋根草が立ち枯れて、饂飩《うどん》屋の昼荷が曲り角に休んで居り、乾いたごろごろ石に犬糞が干からびている。素琴先生の最初のお家《うち》は、そのどの辺りにあったか、今はっきりと思い出せないけれど、先生の這入られる前、もといた人がお台所で首を縊《くく》って死んだ家なのである。先生はその家に納まり、晏如《あんじょ》として、洋灯《ランプ》を掲げて夜更《よふ》かしをし、眠に入っては、どんな夢を見て居られたか知らないけれど、朝は大概毎朝学校を遅刻せられるのである。

私が最初に先生のお宅に伺った晩、首縊りの件を聞かされて、私は胆を冷やした。その癖、どんな事を話したのだか思い出せないけれど、到頭夜通し先生と話し込んでしまって、明かるくなってから、家に帰って来た。そうしてすぐ学校に行ったら、間もなく先生も出て来られた事を覚えている。岡山の素琴先生を訪れて、清閑を掻《か》き乱した者の最初は、私であろうと思う。夜通し何かを論じて帰らなかったのは、事によると、暗い外に出て、真夜中の門田屋敷を通るのが、怖かったのかも知れない。

素琴先生の影響を受けて、私共は無闇《むやみ》に俳句を作り出した。今、京都にいる当時の特待生中島重君は、胡倒《ことう》と号した。胡《イズク》ンゾ倒レンヤと云う意気組なのである。胡倒氏の句に、小春猫あくびて去れり襖《ふすま》かげ、と云うのがある。あくびてと云うのは、欠伸《あくび》してと云うところを、中七に合わしたのである。但《ただ》しその一句しかない。性に合わないと見えて、忽《たちま》ち倒れてしまったのである。土居は蹄花と号し、私は百間と号し、こちらは性に合ったと見えて、中中止《や》めないのである。同好の友人達みんな各《おの》いろいろの号をつけて、俳人になり澄まし、俳諧《はいかい》一夜会を組織して、百回まで句会を続けた。その句稿はみんな六高の雑誌に載せて発表した。別に私共のクラス内だけに苦渋会と云うのも出来た。会員が九人で、秋に出来たからと云う洒落《しやれ》なのである。その句稿もまた、学校の雑誌で発表した。校友会雑誌が、まるで俳句の雑誌のようになってしまい、運動部あたりから、そろそろ文句が出そうになりかけると、その前に、先《ま》ず素琴先生が苦い顔をし出したのである。

素琴先生の苦い顔は、これより先、一夜会が出来上がった当時に、峠の箒屋《ほうきや》で句会をやった事がある。闇汁《やみじる》の中には、牛肉のこま切れ一斤《きん》、饂飩の玉、長いままの干瓢《かんぴよう》、食麪包《バン》、饅頭《まんじゆう》、唐辛子、生きた泥鰌《どじよう》、南京豆《ナンキンまめ》、蒟蒻《こんにやく》、その上に灰汁《あく》を抜かない牛蒡《ごぼう》を入れたから、鍋《なべ》の中が真黒になってしまって、何が何だか一切わからない。その闇汁を食って、運座をやっているうちに、秋の夜雨《よさめ》がばさばさと庭の枯葉を叩き出して、それが到頭本降りになってしまった。山の中の茶屋なので、誰も帰る事が出来ないから、みんなで夜通し運座を続けて、しまいには、銀河の題に、荒波や佐渡に横たふ天の川と云う名吟が出たりして、風流の一夜を明かしたところが、その連中の中に、寄宿舎の生徒がいた為に、外泊と云う件で問題になって、そのお尻《しり》が舎監から素琴先生の方に持ち込まれたらしい。そのお小言を素琴先生から私が頂戴《ちょうだい》する巡り合わせになって、素琴先生の苦い顔をおがんだのである。

二年生から、三年生になる時の学年試験は、特に出来が悪かったので、一方ならず心配して、素琴先生にも憫《あわ》れみを乞《こ》うた。ところが成績発表の結果は、芽出度《めでた》く及第しているのみならず、まだ私の後に数人の名前が後塵《こうじん》を拝しているので、やれやれと思った。俳句を作って、「危く落第を免る二句」と題した。

渋《しぶ》柿《がき》をやれと喰らえば秋逝《ゆ》きぬ

芋の葉の露が南瓜《かぼちゃ》の葉に落ちて

素琴先生の添删《てんさく》によって、右の様な句になったのである。然《しか》るに素琴先生は、御自分で私の句を直しておいて、そうして出来上がった句を前に置いて、私を叱《しか》るのである。

「冗談ではありませんよ。俳句に感懐を託すると云う問題ではありません。成績順が後に幾人かついていたとしても、それは及第した上の平均点によるもので、落第すれば順序も何もあったものではないでしょう。独逸《ドイツ》文科を志望している者の独逸語が悪かったのでは、危いのが当然です。俳句もいいけれど、のんきな気持でいては困ります。冗談ではありませんよ」

素琴先生は、恐ろしく苦い顔をして、片っ方の頰ぺたの、耳の少し前の辺りを動かしながら、くつくつと云う微《かす》かな音をさして居られる。私は恐れ入ってしまって、渋柿のげっぷを咽喉《のど》の奥に嚥《の》み下す様な思いをした。素琴先生のああ云うところが段段に高じて、後世、人の恐れる如き風格を成されたものと思うのである。

蜻蛉《とんぼ》玉《だま》

私と云《い》うのは、文章上の私です。筆者自身の事ではありません。

さて、私はいろいろの事が気にかかって困る。ふと耳についた豆腐屋の喇叭《らっぱ》が癪《しゃく》にさわったり、も一つ向うの通のどこかで飼っている矮鶏《ちゃぼ》の鳴声が気に入らなかったり、夜廻りの拍子木の音が、すっかり聞こえなくなるまで妙にそわそわして落ちつけなかったりする。

一番いやなのは、物の曲がっている事です。何でもちゃんと真直《まっす》ぐになっていないと、面白くない。人が訪ねて来て、煙草《たばこ》を吸う時、燐寸《マッチ》を擦った後の函《はこ》を、ちゃんともとの通り真直ぐに置いてくれないと、気にかかる。相手にわるいと思いながら、その儘《まま》にして置いては何時《いつ》までも気になって仕様がないから、結局私は自分の手で置き直す。裏返しになっていたりしたら、とても我慢は出来ない。燐寸を擦った後の擦りかすでも、巻莨《まきたばこ》の吸殻でも、灰皿の中に頭を同じ方に向けて列《なら》んでいないと困る。無遠慮なお客は、主人の気持ちなどにお構いなく、無秩序に灰皿の中を乱してしまう。人の棄《す》てた吸殻の向きを直すのは、随分やりにくい仕事だけれども、私はどうにかして、相手の隙《すき》をねらい、又は自分の手先に口実を設けて、必ず置き直さなければ気がすまない。

真直ぐに列べるだけでなく、あらゆる物の裏表が揃《そろ》わなければいけない。金入れの中の銀貨銅貨は、必ず表は表に揃えて入れて置く。月末に月給を受取ると、私は早速袋の中から紙幣を取り出して、裏表と向きとを揃える。人が見たら、お札の勘定をしているると思うかも知れないけれど、決してそうではない。しかし、自分のだけ真直ぐに揃えても、人が無茶苦茶な向きになっているお札を、そのまま懐《ふところ》に入れていると思うと、自分の懐の中まで変にくすぐったい様で落ちつけない。しかし人の紙入れの中のお札を揃える事は中中六《む》ずかしい。懇意な友人に、わけを話して揃えてやった、と云うよりは、揃えさして貰《もら》った事も一二度はあるけれど、相手は決して喜ばない。それで私はこんな事を空想する。拳銃《けんじゅう》を一挺《ちょう》懐にかくして銀行の前か相場街へ行く。お金を持っていそうな人の後をつけて行って、いきなり拳銃をつきつけたら吃驚《びっくり》するだろう。

「静かにしなさい。お金を取るのではありません」

そう云って、私は相手の差し出した札束の裏表と向きとを揃えて返してやったらどうするだろう。その内に、私の気持に共鳴する仲間が出来るに違いないから、私はそれ等の仲間を引きつれて、夜半人の寝静まった頃をうかがい豪商の家に押し入る。手に手に携えた拳銃や短刀で家人召使を脅《おび》やかし、みんなを縛り上げて、列ばして置いた前で、金庫の中から札束を取り出して、一一その裏表と向きとを揃え、そうしてもとの通り金庫に入れて、扉を閉めて、そうして静静と引き上げたらどうだろう。

最後に私は日本銀行に闖入《ちんにゅう》する。大勢の仲間を外の見張りに立たせ、又内部の要所要所に配備した後で、大金庫を爆破する。そうして、中にある丈《だけ》の紙幣をすっかり、裏は裏表は表と揃え、又上下の向きを揃えてしまったら、どんなに清清する事だろう。しかし果たして一晩のうちに揃えられるか知ら。それよりも、こんな空想を恣《ほしいまま》にすると、空想は空想としても、今現に日本銀行の大金庫の中に蔵《おさ》めてある札束が、決して私の気に入るように揃っていない事は事実なのだから、あんまり考えていると、矢っ張り私の気分に悪い影響を与える。

L君は私の長い友達だから、先方でも私の気持をよく納得していて、私に無用の惑乱を与えるような事はしない。私の家に訪ねて来ると、先《ま》ず玄関で下駄をきちんと揃えて脱ぐのは勿論《もちろん》、座敷に通ってからも、自分の敷いている座蒲団《ざぶとん》の縁を、畳の目から狂わせるような事は滅多にしない。特に私が見てうれしく思うのは、L君はしょっちゅう鼻をかむ癖があるのだが、その時にL君は先ず紙を二つに折って鼻をかみ、次にその紙を、ちゃんと縁を揃えて又二つに折って、つまり四つ折にしてかみ、それでまだ済まない時は、今度はそれをきちんと八つ折りにしてかむ。よく、だらしのない人がする様に、くちゃくちゃに揉《も》んで、くんくん鼻を拭《ふ》いて済ましていると云う様な事は決してしない。

ある時、私は友達から、台湾の蜻蛉玉《とんぼだま》の小さなのを一顆《ひとつぶ》貰った。大きさは小指の尖《さき》を丸くした位で、鮮かな青磁色に白い条《すじ》が走っていた。何かの装身具につかったらしく、球の真中に細い孔《あな》が穿《あ》いていた。私はその孔に白い絹糸を通して球を吊《つる》し、床脇《とこわき》の額の受釘《うけくぎ》にぶら下げて眺めた。どうしてその球をそんな所にぶら下げたと云う理由は何もなかった。そうして直きに忘れてしまった。

L君が訪ねて来た時、偶然その下に坐《すわ》って、私と話しているうち、どうかした機《はず》みでその小さな球を見上げた拍子に、L君は悲鳴に似た叫び声をあげて、その座から飛び退《の》いた。

「いけませんねえ、いけませんよ」とL君が顔色をかえて云った。「どうして、こんな悪戯《いたずら》をなさるのです」

　L君が、小さな丸いものを見ると、非常に恐れるのを、私はその時まで知らなかった。私は早速、蜻蛉玉を外して机の抽斗《ひきだし》に蔵《しま》い、そうしてL君に自分の不注意を詫《わ》びた。

「丸いものはいけませんか」

　と私は念のため聞いて見た。

「いけませんねえ、特に小さな奴《やつ》がいかんです」とL君が、いやな顔をして云った。

「林檎《りんご》やボール位になると、まだいいんですが、葡萄《ぶどう》、それからラムネの球、それから女の根懸け、あんなものが一番いけないです」

「憚《はばか》りに入れるナフタリンの球はどうです」

「いけませんねえ」

「蜜柑《みかん》玉《だま》のお菓子はどうです」

「駄目です」

「土瓶の蓋《ふた》の摘《つま》みはどうです」

「止《よ》して下さい」

　とL君が怖い目をして云った。私は悪かったと思って、その話を止《や》めた。しかし、腹の中では、まだいろいろと小さな丸いものを考え出して、それを一一L君に確かめて見たくて仕方がなかった。

世の中には、狭く考えれば我我の日常生活にも、小さくて丸いものは、私共の気のつかない、どんな所に転がっているか解《わか》らない。それを一一気にしているL君に取っては、自分の身の廻りが、どんなに無気味なものか知れないと私は考えた。或《あるい》は又そんな漠然たる警戒でなく、L君は、凡《およ》そ考え得べき限りのあらゆる小さくて丸いものを、はっきりと自分の心に録し、それに触れない様に、それ等の追跡を受けないように、人の知らない気をつかっているのかも知れない。私はそんな事まで考えて、L君の窮屈な気持を心配した。

しかし、小さくて丸いものが何故《なぜ》怖いかと云う事は、私には中中わからなかった。L君も決してその説明はしなかった。そうして、蜻蛉玉の一件以来、暫《しば》らくL君に会う機会もなかった。

ある時、私は訪問客から、妙なお土産を貰った。透明な硝子《ガラス》紙の筒の中に、小さなまん丸い球が五つ這入っている。五つともみんな色が違っていた。そうして、食べ物だと云う事は、受け取った時の手ざわりで、直《す》ぐに解った。

「これはどうして食べるのです」と私は早速食って見るつもりで尋ねた。

「その球を筒の中から出して、楊子《ようじ》の尖《さき》でちょっと突っ突くと皮が剝《む》けますよ」と客が教えてくれた。

「一体何なのです」

「切腹羊羹《ようかん》です」

私は筒の口を破って、中の球を一つ出した。冷たくて少し柔らかくて、妙に弾力があるらしかった。そうして指尖に濡《ぬ》れた感じが伝わる癖に、その表皮はちっとも濡れていなかった。

「何だか、いやだなあ」と私は腹の中で考えた。肌がなめらかで、つるつるしているのも不気味だった。

「一寸《ちょっと》楊子の尖で突っ突いて御覧なさい」と客が云うから、私がそこにあった楊子で、その球の肌をちくりと刺したか、刺さないかまだはっきりしない内に、片手に摘《つま》んでいる球の薄皮が、ずるずると剝けて、その拍子にまん丸い球が畳の上にころがり落ちた。

私は、ぞっとする様な気持で、赤剝けになった球を摘むのもいやだった。薄皮の取れた肌は、びちゃびちゃに濡れているらしい。

「召し上がって御覧なさい」と客が催促した。

私が暫らく躊躇《ちゅうちょ》していると、客がまた云った。

「もう一つ次のをやって御覧なさい。しっかり摘んでいれば転がりはしませんよ」

客は私が畳に落ちたのを汚《きたな》がって、食べないとでも思っているらしかった。

しかし私はどうも食うのがいやだった。私共はいろいろなものを食うけれども、こんなまん丸い物を食うのはだけは面白くないと云うような曖昧《あいまい》な気持が、いつの間にか私の腹の中にかくれていた。

私はL君の事を考えて、こんな邪推をした。彼が私の家を訪ねて来た時、いつも座蒲団を真直に敷き、吸殻の向きを揃えて灰皿の中に列べてくれるのも、実は私に対するいたわり計《ばか》りではなくて、L君自身がそうしなければ気が済まなくなっているに違いない。そう思ったら、私は益《ますます》まん丸い羊羹の球なんか食うのがいやになった。

間抜けの実在に関する文献

「青地君。君のお電話は拝見しましたが、昨夜先方へ行ったんですけれどね、会って見たら僕の知らない人なんだ。驚きましたよ。それで、兎《と》に角《かく》困りましたね。折角引き受けたんだけれど、何しろ僕の方が面喰ってしまった。しかし、まあ大丈夫さ。大丈夫だろうと思うんだ。それで、そんなわけだから、兎に角、どうも左様なら」

電話ががちゃんと切れてしまった。何を云《い》っているんだか、ちっとも解《わか》らない。どうせ瀬川さんの事だから、とは思っても、あんまり馬鹿馬鹿《ばかばか》しくて、少少癪《しゃく》に触って来た。心配で堪《たま》らないから、今朝も瀬川さんの役所宛《あて》に速達を出しておいたんだ。その手紙を読んで、電話を拝見したなんてうろたえた事を云ってるんだが、いい年をして、少しは落ちついたがいい。こないだも、あらかじめ買って置いた切符を家に置き忘れたなりで、芝居に出掛けたんだそうだが、見る方だけは覚えているんだから始末がわるい。いきなり、その劇場の正面入口から這入《はい》って行こうとしたら、勿論《もちろん》案内の女給に切符を請求せられた。

「切符は忘れて来たらしいんだ。しかし今日の日付なんだから大丈夫だよ」

「でも切符をお持ちになりませんでは——番号はお解りですか」

「番号と、切符の番号かい。忘れる事がわかってたら、そいつの方を覚えておくのだったけれどね。何にしろ二階の前から三列目だ。丁度真中辺りだよ。僕が座席の図を見て自分で決めたんだから間違いないさ。大丈夫だよ」

とうとう瀬川さんは切符なしに、その晩の芝居を見て来たと云うのだ。

「当り前じゃないか。僕はちゃんとその金を払ってるんだもの」

後でそう云って威張っている。しかし電車の車掌相手では、切符なしに埒《らち》はあかない。

「だって君、僕はもともと、前の電車に乗った時から、こちらへ乗り換えるつもりだったんだよ。乗換切符は貰《もら》った様に思うんだけれどもないんだ。事によると貰わなかったかも知れない。どちらにしたっていいじゃないか。事情が解れば、君が乗換切符を出してくれたっていいだろう」

「そうは行きません。切符が違います。兎に角お早く願います」

電車の乗換の度に新らしい切符を買わされるのはしょっちゅうの事らしい。そうして、後日になって、袂《たもと》やかくしから、ひょっこり出て来たその時の乗換券を見つめて、瀬川さんは口惜《くや》しがってばかりいる。いつかなんぞ、銀座の地蔵横町で一杯飲んで、十幾円かのお釣を洋服のかくしに入れたつもりで尾張町《おわり》まで来たら、もうなかった。その間の途中で落としたような気はしない。尤《もっと》も落としたと思えば拾うから、或《ある》いは気のつかないうちに落としたかも知れない。いや勿論それに違いないのだが、どうも掏《す》られたのではないかと思われる。そうだとすると、しかし、矢張り気がつけば防ぐ筈《はず》だから、何だかよく解らないが、何しろ金入れは紛失していた。

尾張町の交番に届けたら、明日築地《つきじ》の本署へ行って見ろと教えてくれた。

そこで、その翌日瀬川さんが山の手からわざわざ築地署に出頭して見ると、係りの巡査が色色前後の様子をきいた上で、それは多分遺失されたんでしょう。どうも掏摸《すり》とは思えないと云ったそうだ。それから遺失物の届出の帳面を繰って、それを瀬川さんに見せて、御覧の通りまだ届出はない。そのうち、あったら知らせると云ったそうだ。

その紙入が十日ばかりすると、瀬川さんのチョッキの内かくしから出て来たと云うのだから、聞いてる者が馬鹿を見る。即《すなわ》ち、いつもは上着の内かくしに入れるのを、その晩はお酒を飲んでいたので、ついチョッキの釦《ボタン》を外していた為《ため》に、うっかりその方のかくしに入れて、そうしてその上から釦をしめてしまったのだった。瀬川さんはその洋服を着て、従ってその金を携行して警察署に出頭しているんだ。遺失と猫婆《ねこばば》とがこんがらがっている。しかしその後まだ十日余りもそれに気がつかなくて、毎日その洋服を着ていたと云うのでは、失敗談にも間がのびて、聞いてる張合がない。

「だって君、その衣嚢《ポケット》は、この洋服を拵《こしら》えてから二年越しまだ一度もつかった事のないところなんだから、第一そんな所にかくしのある事さえ知らなかったんだから仕方ないよ」

と瀬川さんは弁解していた。

こんな事はしょっちゅうやる人なんだし、又私もそれはもとから承知していたんだけども、それにしても、さっきの電話には驚いた。

「ああ、そいつなら僕が知っている。十年位前に僕も一度金を借りた事があるんだ。その時はまだ亭主が生きていたんだけれど、もう随分お婆《ばあ》さんになったろうなあ。昔は一寸《ちょっと》きれいだったんだぜ君。序《ついで》に一つ久闊《きゅうかつ》を叙して来てもいい。兎に角僕が行って話をつけるから安心したまえ」と云って、あんなに立派に引き受けて置きながら、いやに改まった口上で、「困りましたね」まあそれはいいとして「どうも左様なら」もないもんだ。

私は自分の部屋に納まって陰鬱《いんうつ》になってしまった。この儘《まま》ほうって置けば、相手に何をされるか知れない。いや、五日までしか待たないと云って来たのに、今日はもう四日だから、明日、明後日あたりは、この下宿屋へその高利貸の女が乗り込んで来るかも知れない。それともいきなり、執達吏かなんかが、どやどやと這入って来て、洋服も本も蓄音機もみんな封印してしまうか解らない。兎に角こうしては居られない。しかし今の私に、先方の請求する三百何十円と云う金が出来るわけもないし、又私にはその金を拵える理由もなかった。全然私の知らない事なんだから癪に触る。去年の秋の丁度今時分、名古屋の保険会社に行く前、半月ばかり私の下宿に一緒にいた中村が、ある日、何処《どこ》からか帰って来て、私の机の前に坐《すわ》り込んで、マジョリカのペン皿の中を掻《か》き廻していると思ったら、

「一寸印《いん》のいる事があるんだけれど、君のこれを貸してくれないか」

と云って私の認印《みとめいん》を持って出てしまった。私は別に気にも止めなかったけれど、中村の奴《やつ》その時その認印をどうかして、それで金を借り出したらしい。それが今度の増田とか云う女の金貸しの一件なのだけれど、しかし中村も決して悪い男ではないから、私の印で高利貸から金を借りて、借りっぱなしにして、後で私が迷惑するのも構わないつもりだったとは決して思わない。きっと期限前にはきれいに返してしまって、そ

の後で私に話すつもりだったに違いないのだ。その点は当の被害者たる私が保証するから大丈夫だ。

「どうもこれは驚いた。自分の印を、用途も確かめないで他に貸すと云う法があるもんか。間抜けと云うものが実際世間に実在する事を僕は今始めて知った。間抜けは単なる観念でもなく、空想でもない。現在目《ま》のあたりに実在するんだね。どうも驚いた」

この間、今度の話の善後策の相談に行った時、瀬川さんは尤《もっと》もらしい顔をして、いきなりこんな事を云ったものだ。それは現在の結果から云えば、勿論私は間抜けだったに違いないさ。しかし後になってから他の失策を論ずる段になれば、何人《だれ》だって偉そうな事が云える。第一、瀬川さんにそんな尤もらしい口を利《き》く丈《だけ》の資格があるか知ら。御自分は本郷から牛込まで行くのに、電車の切符を二枚もつかうような気の利いた人なんだ。いつかなんぞも、瀬川さんの行きつけの料理屋で、五六人の会があった時、何かをのっけて来たお皿が非常に気に入ったとかで、瀬川さんはそれを一枚だけ盗む事を決心した。何だかそこいらがごたごたしている際にうまく胡魔《ごま》化《か》して、ちゃんと自分の手巾《ハンケチ》に包み込んで、チャブ台の下に隠して置いた。しかし後で女中の責任になっては可哀想《かわいそう》だと云うところ迄《まで》気がついたものだから、忘れない内にと思って、係りの女中にそれとなく心付けを与えて置いたと云うのだから、そんなところは瀬川さんらしくもなく行き届いている。そうして置いて、それですっかり安心して、帰る時にはお皿の事なんか忘れて外に出てしまった。

家に帰ってから、袂の手巾を出そうと思って、瀬川さんは顔色を変えた。

「あっ」と云う声がひとりでに咽喉《のど》の奥から飛び出したと云うのも無理はない。そのお皿を包んで置いた手巾には、一角に刺繡《ししゆう》で「せがわ」と云う名前が這入っていたのだそうだ。そう云う瀬川さんが、今になって間抜けの実在を認識して見たところで始まらない話だ。私の失策をたしなめてくれるのはいいとしても、抑《そもそ》もどちらが間抜けなんだか、或いはどちらに間抜けの実在性がより多く托《たく》されているか解ったものではない。第一瀬川さんの様に解釈してかかれば、中村の立つ瀬がない。如何《いか》にも謀《たくら》んでやった悪事のように聞こえて、それでは中村が可哀想だと、その時は却《かえ》って瀬川さんの云い分に憤慨する位まで、中村のやった事を善意に解して置いたのだけれど、実はそれはその時の言葉のはずみで、いつの間にか瀬川さんの反対の立ち場についてしまったのだが、考えて見ると中村の奴は実に怪《け》しからん。抑《そもそ》も人を舐《な》めている。しかし、それよりも差し当たりどうしたらいいのだろう。明日は五日だ。ほうっては置かれない。瀬川さんは頼りにならないし、仕方がないから、兎《と》に角《かく》その金貸しの女に会った上で、私の立ち場を話し、少なくとも延期を申し込んで来ようときめて、その日の夕方、まだ明かるいうちに御飯をすまして、宿を出た。

行く先は天現寺だ。

東都に笈《きゆう》を負って十有二年、憚《はばか》り乍《なが》らまだ天現寺なんかへ行った事は一度もない。天現寺は狸《たぬき》の住むところだと思っていた。尤も女の高利貸しと来ては、狸よりも遥《はる》かに感じがわるい。そんな者を天現寺に住《すま》わせて置く方が、寧《むし》ろ狸の面汚《つらよご》しかも知れない。

赤羽橋で乗り換えるんだが、どう云うわけだか、ここ迄来たら腹がへった。夕飯を少し早目にすませたには違いないけれど、それにしてもまだ何程も時間は経《た》っていない。それなのに、何だか変にいろんな食べ物の匂《にお》いが鼻について、その上、何時《いつ》まで待っても電車は来ないし、ぼんやり立っていると、川向うの芝の森が、雲の低い汚れた空に喰い込んだなり、ゆさりゆさりと揺れている。腹がへった丈でなく、妙に寒っぽい気持がして来た。

結局、近くの駈《か》け込みの料理屋で一杯飲んだのだが、どうしたはずみか恐ろしく廻りが早く、一本空けるか空けないかに、酌《しやく》をしてくれた女中の顔が、馬鹿馬鹿しく大きく見え出した。天現寺の狸のあおりを喰って、もうこの辺りの女中までが、何処となくこんな狸めいた趣を備えているのだろうと考えながら、その家を出たら、外はとっぷり暮れていた。雨もよいの空が重っ苦しくかぶさっていた。その真暗な空の気配にも、何となく油断の出来ないところがあった。

そこへ電車が来た。ちっぽけな電車で、線路の継ぎ目に一一前《いちいち》の車と後の車とをめり込ませながら、がたりぐらりと淋《さび》しい塀のある道を揺れて行った。そうかと思うと、急に、灯りのついた電気の球を打ち撒《ま》いた様なぎらぎらする街の角を掠《かす》めて走ったり、窓の外の様子から、町家《まちや》の並んだ工合までが、何となくたぬきたぬきしている。そうして、来る停留場も来る停留場も、みんな何とか橋、何とか橋ばかりで、その癖一向《いっこう》川を渡るらしくもない。実に怪しげな電車道で、よくせきの用事でもない限り、滅多に乗るところではないと思いながら、今度は中に乗っている連中を見渡すと、これが又、どれもこれも少しずつ勝手の違った様子をしている。汚れた縦縞《たてじま》の襯衣《シャツ》を着て、その上から印絆纏《しるしばんてん》を羽織り、中折帽の廂《ひさし》の陰に尖《とが》った鼻を動かしている労働者がいた。その顔をよく見ると、鼻の下には髭《ひげ》が生えているらしいのだが、何だか顔の色と同じ様ではっきりしない。それから、気がついて見ると、その男の隣りにも、丁度同じ様な風体《ふうてい》の労働者がもう一人いて、そのまた隣りにも又一人いた。どうも尋常の感じではなかった。いやにぴかぴか光る雨外套《あまがいとう》を着た会社員も、おかしな顔だ。女事務員風の耳かくしも、頭全体で恰好《かっこう》を取ると、何だか例の尻《し》っ尾《ぽ》の尖《さき》に似ていない事もない。電車の窓の内外一面に濃密なる狸気の充《み》ち満ちている事を私は感じた。

とうとう天現寺についた。

橋を渡ってお寺の塀について曲がり、狭い横町の奥の方に這入って行くとじきにわかった。それでも感心に軒灯をつけて、その笠《かさ》には平仮名で「ますだ」と書いたところなど、金貸婆《ばばあ》の住いらしくもない。

案内を乞《こ》うて座敷に通って見たら、いたいた。矢っ張り私の思った通りの顔だ。目が大きい小さいで、大きい方は見えないらしい。片目の明き目くらなんだ。小さい方をまぶしそうにすがめて、人の顔を見つめながら話しをする。いやに張りのある声で、「お始めて。私が増田で御座いますが、どう云う御用件で御座いましょうか」と云った。私が名前を通じてここに通っている以上、御用件は聞かなくてもわかっている筈だ。白白しい婆だ。

「僕は全然知らない事なんです」

しかし、後をどう云う風に話していいか一寸困ってしまった。先方にこう澄まし返っていられては、話しの継ぎ穂がなくなって、みんな私の方から述べ立てなければならない。そこへ綺麗《きれい》な若い女学生風の娘が、お茶を持って来た。紅茶だか珈琲《コーヒー》だか知

らないが、妙にどろどろ濁って、狸を溶かした様な色をしている。婆がそれを私の方にすすめながら、

「何かお間違いでは御座いませんでしょうか」と云《い》った。

「いや。間違いと云うよりも、全然僕は知らない事なんです。中村はどう云う風に申上げたんだか知りませんが、僕はこないだのお葉書を見て始めて知ったんです。だからいきなり貴方《あなた》の方で日をきめて、それを過ぎたら……」

「一寸お待ち下さいませ。失礼で御座いますが」

「考え違いじゃありません。そりゃ中村は何と云ったか知りませんけれど、その時の都合のいい様な嘘《うそ》も云ってるだろうと思うんです。僕に相談したわけじゃないんですから」

「お人違いでは御座いませんでしょうか」

「僕がですか。いや僕が本人です」

「いえ私の方を間違えていらっしゃるのではないかと思うので御座いますが。私はお目にかかるのも始めてですし、それに……」

「無論僕も始めてです。しかしああ云うお葉書を頂いたから、止《や》むなくやって来たのです。先日はその事で瀬川さんもお目にかかっている筈です」

「いえ、その、さっきからお葉書の事を仰《おっ》しゃっていらっしゃいますけれど、私の方では知らないお方にお葉書を差し上げるわけも御座いませんし、又その瀬川さんとか仰しゃる方にも御目にかかった事は御座いません」

「瀬川さんはこちらへ伺ったのではないのですか」

「いいえ、そんな方はいらっしゃいません」

「こちらは増田さんではないのですか」

「増田で御座いますけれど、何番地をお探しになって入《い》らしたのですか」

「三十六番です」

「ほほ」と婆が笑った。——いや、婆ではないらしい。実に困った事になってしまった。「こちらは百四十番で御座います。三十番台はまだずっと奥になります」

そう云って、にこにこ笑っている。別に怒っている様子もない。私は梭魚《かます》の干物のように痩《や》せ衰えて、その家を出た。

後で聞くと、「ますだ」は「ますだ」でも、私の訪ねた増田ではなくて、益田なんだそうだ。仙台坂の学校の教頭さんとかで、相当に聞こえた女流教育家だった。なお、付け加えて置かなければならないのは、その益田さんは、目っかちでも、明き目くらでもないそうだ。私の気の所為《せい》でそう見えたのかも知れない。

何しろ散散な始末で、もう本当の金貸婆の許《もと》へ行くのもいやになったから、余っ程止《よ》して帰ろうかと思ったのだけれど、明日が五日で、それを過ぎたら、何をされるか知れないと考えると、止《や》めるわけにも行かない。まだずっと奥になりますと云う三十六番地を探して行ったら、本当の増田があった。軒灯もなく、玄関の浅い格子《こうし》付で、家賃にしてせいぜい二十四五円見当の構えだった。

二十二三の、立ち居の非常にはきはきした娘が出て来て、

「あ、青地たんれすか、どうど、たら今」と云って、もう一度私の顔を見返った上で、奥に這入《はい》って行った。後を振り向いた時の様子が、何となく道を横切った鼬《いたち》の顔に似て、ちらくらしている。何にしても、狸を溶かした紅茶のお座敷と違って、直ちに自己の認識を得た段は、先《ま》ず有り難い仕合せだ。

間もなく又そのちらくら娘が奥から出て来たところを見ると、片手に小汚い座蒲団《ざぶとん》を携《さ》げている。それを上り口の板の間に敷いて、

「さあ、どうど、どうど」と恩に着せるように云った。何だか舌が少少短かいのではないか知ら。仕方がないから私はその座蒲団の上に腰をかけて、煙草《たばこ》を吹かした。

「本当にお大変で御座いますわね」とその娘さんが、慰めてくれた。

「毎日お出掛けで御座いますか。お大変ですわね。どちらにお勤めでいらっしゃいま

すか」

「台湾銀行です」

「まあ、らいわん銀行でいらっしゃいますか。お結構れごらいますわね」

「お葉書を頂いたから伺ったのです。あれは僕の知らない事なんです。いきなり御催促を受けて困ってるんです」

「左様で御座いましょうとも、およろしいんで御座いますよ。母はお八釜《やかま》しい事ばかり申上げて居《お》りますけれど、どなたにも御都合が御座いますからねえ」

「じゃ五日限り云云《うんぬん》と書いてありましたけれど、その点はいいのですか」

「よろしゅう御座いますとも、そうそうこちらの申すようにばかりは参りませんわ。お勤めの方《ほう》はお忙しくていらっしゃいますか」

「いや遊んでる様なものです。しかし実際僕は何かされると困ってしまうんですけれど」

「まあ随分神経質でいらっしゃいますわねえ。大丈夫で御座いますよ。私がそんな事はさせませんから。御気性の実直《かた》い方は大概神経質でいらっしゃいますわねえ」

「いやそう云うわけではないんですけれど、それでは兎《と》に角《かく》僕の方から中村に交渉して御返事する迄は、其儘《そのまま》待って頂けるでしょうね」

「ええ、ええ、それはもう、何と申しましても御本人の問題なのですからお宜《よろ》しゅう御座いますとも。なんで御座いますか、只今《ただいま》はまだ下宿の方にお住いで御座いますか」

「ええ、そうなんです。兎に角それでは改めて僕の方から御挨拶《ごあいさつ》しますけれど」

そこへ奥から出て来た。恐ろしく脊《せ》の高い女だ。そうして驚いた事には、もう五十近い年配だと思われるのに、お白粉《しろい》を真白に塗りたくっている。

「失礼致しました。先日はまた瀬川さんがお出《い》で下さいましたのに、丁度風邪で伏せって居りましたので、失礼な恰好でお目にかかりまして。瀬川さんも随分お変りになりましたですね」

私は驚いた。自分の瞼《まぶた》のぱちぱちと打ち合う音が聞こえる様な気がした。

「瀬川さんを知っていらっしゃるのですか」

「ええ知ってる段では御座いません。あの方も昔は随分お遊びになったと見えて、しょっちゅう私のところへ入《い》らしては、金を貸せ、金を貸せと仰しゃるんでしょう。こちらは商売ですから、お貸せしたいのは山山で御座いますけれどね。ああ云う御立派な方には将来がお大事だと、それは私共としても考えないわけには参りませんから、つい三度に一度はお断りするので御座いますよ、すると……」

「そうですか瀬川さんはお知り合いなのですか」

「あら、それだから貴方様の事で入らして下すったのでは御座いませんか」

私は何だか解《わか》らなくなってしまった。要するに、瀬川さんが、又何か感違いしているんだ。

「兎に角、お葉書を頂いたから伺ったのですが、僕から中村に交渉してどうかする迄待って頂きたいのです」

「それはお待ちしない事も御座いませんけれど、私共は商売でお貸ししているんですから、それ丈《だけ》の利子さえ頂けば、少少のところはどちらでもよろしいのです。なんで御座いますか、今晩は幾分でも利子をお持ち下さったのですか」

「利子って、そんな事僕知りません」

「それでは握りで話しをつけようとなさるんですか。随分御勝手のいいお話ですわね」

「まあお母さん」とちらくら娘が口を出した。「この方は台湾銀行に勤めていらして、何も御存知ないのですよ。御友人の為《ため》にこうして入らしって、それは本当の御好意だと思いますわ」

「だってお前さん、利子もお持ちにならないお話では、御好意が御好意になりませんよ。ただそれ丈の事なら、わざわざ入らしって頂かなくとも、こちらに取るべき方法があるのですからね」

「方法って差押えですか。そんな事をされては困るから、僕が伺ったんですよ。中村がどう云う風に僕の事をお話しして金を借りたんだか知りませんけれど、とに角中村は僕の友人ですから、僕はその意味での被害者たる事には甘んずるつもりです。しかし……」

「一寸《ちょっと》お待ち下さい、被害者は私共の方です。貴方様は被害者どころか、立派な連帯ではありませんか。もしそれを貴方様が知らないと仰《おっ》しゃるなら、それは中村さんと貴方様との間のお話し合いで何とかきまるべき事で、それを飽くまで私共に対して知らないと仰しゃるなら、私共では止《や》むを得ませんから、中村さんを詐欺《さぎ》横領として訴えるまでの事です」

「まあお母さん」ちらくら娘が白いふくれた手を、にゅっと母親の前に出して、次にそれを私の顔の前に持って来て、膝《ひざ》に下ろした。

「お宜しいので御座いますよ。とに角先程のお話の様に、一応中村さんと御交渉なさいましてから、その上でこちらに御返事を頂けば、それで結構で御座いますわ。本当に御大変で御座いますわねえ。でも男の方の御友情って全くお羨《うらや》ましい様ですわ。

矢っ張りあれなんで御座いますか、らい学の時からのお友達なんれいらっしゃいますか」

「ええそうなんです」しかし、私はもう帰ろうと思った。婆は苦手で迚《とて》も手に合わない。ちらくら娘の言に信頼して、先ず当分は大丈夫ときまれば、こんな所に長居をして、舌の寸の足りない相手と会話を続けて見ても始まらない。勢いよく立ち上がると同時に、

「それでは又そのうちに。とにかく中村と相談します。その上で御返事します。左様なら」

宿に帰って、早速中村に手紙を出した。

二三日するとその返事が来た。返事と同時に、何だかどさりと持ち重りのする小包が届いた。

返事には「心配するな、己《おれ》が始末するから大丈夫だ」と書いてあった。私はそれを見て安心した。だからもうそれでいいわけなんだけれども、それにしても中村の奴《やつ》、一言も謝りを云っていないのが癪《しゃく》なんだが、まあそんなことはどうでもいいとして、さて、次は小包だ。

油紙を取り除いたら、中から出たのは鶏の死骸《しがい》だった。すっかり羽根を毟《むし》られて、

諦《あきら》めた様に白い目をして横たわっていた。脇腹《わきばら》の辺りを突《つ》っ突いて見ると、厭《いや》に冷たい感じが指頭から伝わって、あんまりいい気持ではない。しかし、どうも万更《まんざら》生でもないらしかった。一体どうしていいのだか解らなかった。こんな事になると、矢っ張り瀬川さんの許へ相談に行くより外に、分別もなかった。

瀬川さんは願人坊主《がんにんぼうず》のような顔をして、机の前に坐《すわ》っていた。

「食いましょう」と途徹もない声をして願人坊主が叫んだ。

相談の結果、例のお皿の一件の料理屋にその鶏を持ち込んで、すっかり料理して貰《もら》って食う事に極《き》めた。鶏を持って行ったのは私なんだが、その時、骨はちっとも棄《す》てないで、吸物と、たたきと、付焼《つけやき》にしてくれる様特に頼んで来た。

日暮れになるのを待って、その料理屋に出かけて見ると、瀬川さんはもう先に来て、女中相手に酒を飲んでいた。そうして、今日はここの女中にみんな鶏の御馳走《ごちそう》をするんだと頑張っていた。

いよいよ料理が出て来ると、瀬川さんは、うまそうな肉には目もくれないで、無闇《むやみ》にがりがり骨ばかり噛《か》んだ。

「鳥を喰うなら、骨を食わなければ嘘だ。この髄を齧《か》み当てた時の風味は何物にも代えられない。君も、もっと骨を食いたまえ」

と云って、又ぱりぱりと脛《すね》のようなところを嚙《か》み砕いた。

そのうちに芸妓《げいぎ》が来て、酒が廻って、大分賑《にぎ》やかになった。瀬川さんはいきなり立ち上がって、何だか変な手つきをして、足を鯱《しやっちょこ》子張って、爪立《つまだ》てしながら、そこいらを歩き廻った。

「骨の舞だ。新舞踊だからお前達には解らないだろう」と云った。

一人の芸妓が、三味線を鳴らして歌い出した。「身はこなごなに、骨は磯辺《いそべ》に晒《さら》そとままよ。拾いあつめて食っちまう」

らいわん銀行も、天現寺の狸《たぬき》も、中村も、どうでもよくなった。いい加減酔払って宿に帰ったら、一時前だった。

翌日、銀行の帰りに瀬川さんの許《もと》へ寄って見た。相変らず願人坊主の様な顔をして、机の前に坐っているんだけれど、何だか少し、可笑《おか》しな顔をしている。口をちょっと開いた儘《まま》、何時《いつ》まで見ていても塞《ふさ》がない。何か云っても、変に他所他所《よそよそ》しい様な声を出す。

「どうかなすったんですか」ときいて見た。

「いや、別に大した事もないんだけれど、今朝など楊子《ようじ》が使えないのさ。今でもすっかり口の中が膨《は》れてるんだ。重《おも》に上顎《うわあご》の裏なんだが、何でも二十ヶ所許《ばか》り傷があるらしい。痛くて口がつぶれない」

瀬川さんはそう云ったきり、笑いもしなかった。痛くて笑えなかったんだろうと思う。

百鬼園先生言行録

第一章

柳屋旅館の、螺旋《ねじ》のゆるんだ大時計が、お午《ひる》の時を、漸《よう》やくの事で十二迄《まで》打ち終った後で、百鬼園氏は、自室の十二番の、北向きの窓の下に、いつもの通りの不機嫌な顔をして目をさました。

横町の荒物屋へ石鹼《シャボン》を買いに行ったら、握っていた五十銭銀貨を土間に落として、いくら探しても、蹲踞《かが》んで見ても、見つからない内に、どうかした機《はず》みで目が覚めたので、惜しくもあり、いくら夢でも気がかりで、不愉快だった。

百鬼園氏は、そのまま一時間近くも寝床の中でもじもじした揚句、やっと這《は》い出したと思うと、今度はまた、その枕《まくら》もとに坐《すわ》り込んでしまった。そうして苦苦しい顔をして、頻《しき》りに煙草《たばこ》を吹かしてばかりいる。障子の隙間《すきま》から、宿の女中が投げ込んで置いた新聞を取りに立つのも億劫《おっくう》らしい。

「先生、お休みで御座いますか」

障子越しの廊下で、いきなり女中の声がした。

百鬼園氏は、一寸《ちょっと》その方に向きかけたけれど、そのまま不機嫌な顔を、一層鬱陶《うっとう》しくしただけで、返事もしなかった。

「お休みで御座いますか。菊山さんがお見えになったのですけれど」

女中は暫《しば》らく間をおいて、また外から声をかけた。すると百鬼園氏は、恐ろしく低い調子で、

「起きているさ」

と云《い》うなり、のこのこ立って、障子を開けて、廊下に出た。そうして、女中の顔を、怖い目で睨《ね》めながら、

「どこか、外の部屋にお通ししておけ」

と云ったまま、洗面所の方に行ってしまった。

「その間に寝床を片付けて、掃除をしてくれ」と云うところをわざと省いて、不機嫌の余韻を残した。

「今日はお一人の様ですよ」

と云いながら、女中は玄関の方に引返して行った。

菊山さんは生田流の箏《こと》の師匠で、盲学校の先生で、勾当《こうとう》の位をもった盲人である。百鬼園先生とは年来の知り合いで、しょっちゅう往《い》ったり来たりしている。学問もあり、見識も備えている。しかし、どう云うわけだか、非常に勘がわるくて、よく家でも柱にぶつかったり、梯子段《はしごだん》を踏み外したりする。だから、手引きの人を連れなければ、一歩も外に出なかったのに、今日はどうかして一人で来たらしい。

百鬼園氏は、いつまでも洗面所の前を離れなかった。何をしていると云う事もなく、万事に手間取るのが百鬼園氏の癖である。

そうして、やっと顔を洗い終って、自分の部屋に帰って見たら、もう綺麗《きれい》に掃除もすんで、菊山さんが火鉢の前に控えていた。

「一人でいらしたんですか」

と百鬼園氏は、いきなり尋ねた。

「そうです。一人で来ました」

「危くはないですか」

「そうです。危険です。しかし私は近来、音響によって、凡《すべ》てのものを見ると云う信念を養っているんです。何でも信念が第一です。それで今日は一人で来て見ました」

「大丈夫ですか。尤《もっと》も按摩《あんま》なんかは一人で歩いているけれど、貴方《あなた》はどうも勘がわるいのだから」

「そうです。それで困るのです。しかし、習慣もある様です。しかし、先《ま》ず、暫らく、御無沙汰《ごぶさた》しました」

と云って、菊山さんは、ひょこりとお辞儀をした。これだけの挨拶《あいさつ》をすませなければ、落ちつけないと云う風であった。

百鬼園氏は少し面喰った様に、その顔を見返して、

「やあ、お変りありませんか」

と云った。その調子が余り取って付けたようだったので、今度は菊山さんの方で、

「ふふふ。いやどうも其後《そのご》は」

と、おつき合いの様な事を云った。そうして二人とも黙ってしまった。窓の下の空地で、鶏が八釜《やかま》しく騒ぎ立てている。

「菊山さん、実は、僕はまだ朝飯を食わないんですがね」

と百鬼園氏が他人の所為《せい》のように云った。

「そうですか。いや。お休みのところだったそうで。いや。これはどうも飛んだ失礼をしました」

「しかし、貴方はお午《ひる》は如何《どう》なんです」

「私はすませて来ました。そうです、もう、貴方一時半頃でしょう」

と云いながら、帯の間から、両蓋《りようぶた》の時計の硝子《ガラス》蓋の嵌《は》めてないのを引き出して、右手の人指し指の腹で針の頭を押えている。

「そうです。もう一時四十分ですよ」

そう云って、菊山さんは鼻の辺りで薄笑いをしている。何となく得意らしい様子に見える。

「それじゃ、失礼して片付けましょう。すみませんが、貴方の後ろの柱にあるボタンを一寸押して下さいませんか」

百鬼園氏は昔から無闇《むやみ》に他人を使う癖がある。何人《だれ》でもそこにいる者を、自分の用事に使って憚《はばか》らない。自分が手を伸ばせば取れるものでも、他人に取らせるのが好きである。昔、まだ学校を出たての当時、ある本屋の校正を頼まれて、毎日築地の活版所に通っていた時、本屋からつけてよこした小僧を、余り色色な用事に使うので、小僧がすっかり憤慨しているのを、百鬼園氏はちっとも知らなかった。或《あ》る日の朝、百鬼園氏がその工場に行くと、小僧はまだ店から来ていなかった。ふと、自分の机の上に紙片が置いてあるのに気がついて、手に取って見たら、

「人をつかって知らぬ顔。馬鹿《ばか》にするにも程がある。己《おれ》は恐らく小僧だぞ」

と書いてあった。百鬼園氏は急に赤い顔をした。そうして、独りで辺りを見廻すような目つきをした。その小僧はそれ切り来なかった。後で、店からも暇を取って帰ったと云う事をきいて、百鬼園氏は自分の気付かなかった癖が、他人に取って非常な侮辱だった事を後悔した。しかし、百鬼園氏のその癖はいつ迄たっても、矢っ張りもとの通りだった。現に、盲目《めくら》の人までも使って平気でいる。

菊山さんは、片手で柱を撫《な》で上げながら、

「ああ、これですか。そうですか」と云いながら、電鈴のボタンを押えている。そうして、いつまでも押したまま、離さない。帳場の方では、けたたましい音が鳴り続けている。女中が、あわただしく廊下を走って来た。

「もういいんですよ」

と百鬼園氏が、いやな顔をして云った。

「そうですか。ベルって便利なものですね。私もつけたいと、兼兼思ってはいると雖《いえど》も、まだその運びに到《いた》らない。しかし、こう真中を押して見ると、何となくお臍《へそ》の皺《しわ》を押えてるような気がしますね」

百鬼園氏は、急に自分の臍が、むずむずする様な気持になって、変な顔をしかけると、その途端に女中が、「お呼びで御座いますか」と云って障子をあけた。

「ああ、御飯だ」

「はい、先生お一人ですか」

「うん一人だ。どうも臍と云うものは、平生《へいぜい》は忘れているけれど、思い出すと擽《くすぐ》ったくていかん、僕はいつか鯨の臍の事を考えた事がありますがね」

「鯨にお臍がありますか」

「有るだろうと思うのです。見た事はありませんけどね。御承知の通り鯨と云う奴《やつ》は、海の中にいても哺乳《ほにゆう》動物なんだから、赤ん坊の鯨にお乳を飲ませるわけなんです」

「水の中にいて、どんなにして飲むんでしょう。鹹水《しおみず》を一緒に飲み込みやしませんか」

女中は百鬼園氏と菊山さんとの顔を見比べた後で、だまって障子を閉めて帰って行った。そうして、台所の方で急に大きな声をして笑っている。

「それは、いくらか鹹水も飲むか知れませんよ。だが、それよりも、人間の赤ん坊や猫の仔《こ》が親の乳を飲む時の様子から考えると、鯨はまさか抱くわけにも行かないし、又赤ん坊の方でも前肢《まえあし》とか手とかで、親の乳房を押えたり、いじくったりする事も出来ないでしょう。菊山さん、貴方は鯨を知っていますか」

と百鬼園氏は盲人に向って無理な事を聞き出した。

「そうです。無論見た事はありませんが、知っていますよ。鯰《なまず》の大きな様な、魚の形をしたものでしょう」

「その通りです。全く鯰を大きくしたようなものですがね。鯰は知ってるんですか」

「鯰ですか。ははは。無論人の話ですがね。食った事はありませんよ。それで鯨の赤ん坊はどうしてお乳を飲むのです」

「だから僕は独逸《ドイツ》の百科辞典で調べて見たんですがね。すると、赤ん坊が二匹、親鯨のお腹《なか》にぶら下がっている写真が出ていましたよ」

「ぶら下がって飲むんですか、そうですか」

「そうらしいですね。水の中だから、あれでいいんでしょう。でも何だか、擽ったくなる様な絵でしたよ」

と云って、百鬼園氏は又臍の事を思い出したらしい顔つきをした。そうして、泥坊《どろぼう》の様にもじゃもじゃと髭《ひげ》の生えた顎《あご》を、無闇にがりがりと掻《か》き散らした。

百鬼園氏は学校の先生である。或る私立の大学で、十年一日《いちじつ》の如《ごと》く独逸語を教えている。三十過ぎて、一度結婚したことがあるけれど、間もなく細君と別れてしまって、それ以来、四十に手の届く今日まで、家も持たずに、方方の宿屋や下宿屋を転転している。その内に、段段年を取って、頭の天辺《てっぺん》は急に明かるくなり、恐ろしく広広と抜け上がって来た額との間に、毛髪の生え残っている一帯が次第に狭まって行くに拘《かかわ》らず、百鬼園氏は格別うろたえる様子もなかった。それどころではなく、たまに床屋に行って帰った時など、赤ん坊の生毛《うぶげ》の様な髪の毛を右に撫でたり、左に倒して見たり、又青青と剃《そ》り込まれた頰から顎を無闇にさすって、何時《いつ》迄も鏡の前を離れなかったりする。しかし、もうその翌日になると、百鬼園氏の頰はまるで磁石が砂鉄を吸ったようなに、じゃりじゃりして来る。不精な百鬼園氏には、とても毎日自分で当たるような面倒は出来ないので、ついそのままにして置くと、髯《ひげ》は忽《たちま》ち伸び放題に伸びて、何だか石版刷の西洋人の様な顔になってしまう。そうして髯で混雑した顔の中から、目ばかりが、いやに恐ろしく光り出す。顔に、それ程の威厳もない癖に、目が無闇に光るのは、百鬼園氏の長い教師生活の結果、教壇から学生を睨《にら》みつけた習慣が残って、その中に宿っているに違いない。百鬼園氏は宿にいてもその怖い目で女中を睨みつけて、毎日何でもない事に腹をたてながら、日を暮らしている。この柳屋にも、もう一年近くいるのだから、大概の癖は宿の者に呑《の》み込まれているのだけれど、百鬼園氏の方では、ちっとも寛《くつ》ろいだ気持になっていなかった。

女中がお膳《ぜん》を運んで来た時、百鬼園氏は、さっきからの臍の話で、何となく擽ったくなり、自分の顔がにやついているらしいのを、女中に見られては威厳に関するものの様に考えて、急に渋い顔に取り繕ろった。

「今朝まだお休みになっている時、島村さんからお電話がありました」

と云って、女中はお膳を置きながら、百鬼園氏の顔色を覗《うかが》った。何故《なぜ》起こさない、と百鬼園氏は腹の中で怒っている。

「今晩五時迄に、お待ち申していますからと仰《おっ》しゃいました。今日はお芽出度《めでた》いのでしょう。何だか、うれしそうな声をしていらっしゃいましたよ」

それで漸《ようや》く百鬼園氏は、今日島村の結婚披露に招かれている事を思い出した。同時に、その招待状の返事を書いたまま、もう一週間余りも忘れてしまって、まだ出さずにいる事を思い出した。島村は百鬼園氏の奉職している大学を、去年の春卒業した法学士である。

「よろしい。それから麦酒《ビール》を持って来てくれ」

と百鬼園氏は、落ちつき払った声で命じた。その後で、菊山さんに、飲むでしょうときいたら、菊山さんは、少少なら飲むと云った。

女中が、すぐに麦酒と塩豆とバナナとを持って来た。百鬼園氏は、その盆を、菊山さんの手勝手のいい所に押しやりながら、

「バナナを持って来たって仕様がない」

と独り言の様に云った。

「バナナはにおいますね」

と菊山さんは忽ち鼻で見てしまった。

「剝《む》かないうちでも、においますかね」

「わかりますよ」

菊山さんはそう云いながら、器用な手つきで、バナナをつまんで、皮を剝いて食っている。置いてある場所なんかも、鼻でにおって見当がつくらしい。

百鬼園氏は菊山さんのコップに麦酒を注《つ》いでおいて、自分も二三杯飲んだ。そうして飯を食い始めたと思うと、忽ちよしてしまって、それからは、無闇に麦酒ばかり飲んでいる。菊山さんは、馴《な》れた手つきで麦酒をのんでは、塩豆を嚙《かじ》っている。左の手の平にいい加減豆をうつして、その手を胸の辺りに持ち上げたまま、右手の指で一つずつ拾い出しては食っている。菊山さんのコップに麦酒がなくなると、百鬼園氏は直《す》ぐその中に注ぎ足した。

「どうです。大分いい陽気になりましたね」

と菊山さんが顔を赤くして云った。

「まだ寒いでしょう。寒さはこれからですよ」

「でも、もう立春ですからね。そろそろ鼻のかゆくなる時候ですよ。昨夜なぞ、裏の庇《ひさし》で猫が騒いで寝られませんでした」

「節分猫ですか。僕はあの声をきくと自分が獣《けだもの》になりそうで大嫌いだ」

「何、そう一概にも云《い》えないでしょう。中には、ミニョン、ミニョンなんて泣く洒落《しやれ》た求婚者もありますからね」

菊山さんは、そう云って得意らしく独り笑いをしている。西洋の盤《レコード》も沢山持っているし、又洋琴《ピアノ》や提琴《ヴァイオリン》の音楽会などにも、しょっちゅう出かけるので、菊山さんはそう云う名前も素人《しろうと》並には知っていた。

百鬼園氏は最後の半平《はんぺん》を頬張ると、急いで立ち上がって、さっき食った生卵の殻を窓の外に投げ出した。そうしてその序《ついで》に、今度は自分でベルを押して、お膳を片づけさして、麦酒のお代りを命じた。

「何を捨てたんです」

と菊山さんが気にした。

「何、卵の殻を捨てたんです。菊山さんは偽卵《ぎらん》と云うものを知られないでしょうね」

「知りませんね、何ですか」

「硝子《ガラス》で拵《こしら》えた、卵の贋物です」

「つまり、入れ歯を義歯と云う様なものですか」

と菊山さんがつけ足した。

「まあそんなものです。鶏をだます為《ため》に用いるのです」

「どうして鶏をだますのです」

「目的は二通りありますがね。雌鶏《めんどり》が巣につくと云う事があるでしょう。その時に抱いて温めさせる種卵《しゅらん》が揃《そろ》っていないと困るのです。そのままにして置くと巣鶏《すどり》は直き上がってしまう。つまり卵を孵化《かえ》さなくなってしまうのです。それかと云って、温めさせる数だけ七つでも八つでも、同時に入れないと、孵化る日がまちまちになって、巣鶏が後の卵を十分に温めなかったり、前にもう孵化《ふか》している雛《ひな》を踏みつぶしたりして始末がわるい。だから偽卵が必要なのです」

「偽卵をどうするんです。大変お委《くわ》しいじゃありませんか」

「いや僕は必要があって研究したのです。鶏の卵の孵化《かえ》る期間は二十一日間なのですが、巣鶏には二十一日を数える丈《だけ》の頭はありませんからね。それで偽卵を用いて、本当の種卵が揃うまで、その贋物を抱かせて置くのです」

「だって、それはどうも可笑《おか》しい。いくら鶏だって、本当の卵と硝子製の卵との区別は、つきそうなものですね」

「何、そんな事はありません。鶏には硝子と云う観念はありませんからね」

「そうですかね。そんなもんでしょうかねえ。鶏って余っ程愚鈍なものですねえ」

菊山さんは、不平そうな顔をして、鶏の為に口惜《くや》しがりながら、又麦酒を飲んだ。もうさっきから、真赤な顔をしている。

「それが、偽卵を用いる目的の一つです。今一つは、雌鶏の中には性質のわるい奴があって、或《あるい》はどうかした刺戟《しげき》でそう云う癖を覚える事もあるらしいのですが、とに角自分の産んだ卵を片っ端から、突っついて、毀《こわ》して、中身をべろべろ食ってしまうのです」

「卵は鶏が食っても矢張り美味《うま》いのですかね」

「そう云う鶏の巣に偽卵を入れて置くのです。すると、鶏は本当の卵のつもりで、その硝子玉を勢いよく突っつくでしょう。硝子と云っても、中まですっかり詰まっている、かちかちの重たい玉なんだから、鶏がいくら、突っついたってどうにもなりはしませんやね。反対に鶏の嘴《くちばし》がそれ丈の勢で突き返されるから、痛くって不愉快に違いないでしょう」

「感じますかねえ」

「結果から見れば解《わか》るのです。つまりそれで鶏は幾度もその不快を経験するうちに、卵は突っついても破れないものである。のみならず、それを強いて破ろうとすれば、嘴の尖《さき》に衝撃を受けて、自分の頭に響くものであると云う事を覚《さと》ってついには卵を破る事を断念してしまうわけなんです。それで飼主は、その鶏の産んだ卵をすっかりそのまま取り上げる事が出来ると云う結果になるのです」

「いや解りました。一つ学問をしました。偽卵、ふん、偽卵」

と云って、菊山さんは片づいた様な顔をした。

「いや、話はこれからなんですよ」

百鬼園氏は、菊山さんのコップに麦酒を注ぎ足しながら、又続けた。

「それで、偽卵はそう云う目的に用いるのですが、もし、第二の場合を云ってるんですが、もし、その偽卵を用いる場合を逆にしてですね、自分の卵を食うと云う様な悪癖のちっともない鶏に、今度は卵の味をわざわざ教えたらどうなると思います」

「手飼の虎《とら》に生血を吸わせる様なものですかね」

と菊山さんは曖昧《あいまい》な事を云って合槌《あいづち》を打っている。

「鶏は元来石灰分を非常に欲しがるもんだから、卵の殻を食わせるとよろこんで食いますよ。卵の殻の味を覚えたら、自分の産んだ卵を見ても、先《ま》ずその殻が食いたくなるのは当然でしょう。そこで、その殻を突っついて毀す。すると、中には、もっと美《お》味《い》しい身《み》があると云うわけなんです。人が鶏を飼うのは先ず卵を採るのが目的ですからね。自分の飼ってる鶏が、自分の産んだ丈の卵を食ってしまうとなれば、誰だって、そんな鶏を飼って置く馬鹿《ばか》はいないでしょう。当り前なら、早速殺して食うか、又は売り払ってしまうのが当り前ですよ」

百鬼園氏は、何故か少少激して来た。菊山さんは、話の見当がつかないので、黙ってきいている。

その時、窓の下で、また隣の鶏が一しきり八釜《やかま》しく騒ぎたてた。百鬼園氏は、例の怖い目をして、硝子《ガラス》越しに外を睨《ね》めつける様な勢で話し続ける。

「隣の主人は、主人だかお神さんだか知らないけれど、どう云う料簡《りょうけん》で、どう云う目的で鶏を飼っているんだかわからない。この窓の下の空地に、宿で野菜を作っても、草花を植えても、みんな隣の鶏が来て食ってしまうんです。去年の夏も、わざわざ僕が食う為に、三つ葉を沢山植えて貰《もら》って、大きくなるのを楽しんで待っていたら、一葉も残らず、みんな隣の鶏が来て食ってしまった。僕はあんまり腹がたつものだから、近所の駄菓子屋へ行って、子供の玩具《おもちゃ》のパチンコを買って来ました。それから、表の道に敷いてある小石を両手に一ぱい拾って来て、洗面所でよく洗って、泥を落として、それをここの窓に積んで置いたのです。そうして、パチンコにその石を挟んで、鶏をねらって撃ってやろうと思ったところが、子供の時から、もう何十年もパチンコをやらないので股木《またぎ》の間に、僕の左手の拇指《おやゆび》がのぞいていたのを、うっかりして撃ったもんだから、僕は全くその時は、何がどうなったのだか、解らなかったですよ。飛び上がる様な痛みで、気がついて見ると、拇指の爪《つめ》がすっかり色が変ってしまって、生え際《ぎわ》から血がにじみ出しているんです。一週間も、その上もなおりませんでしたよ」

「危い事ですねえ、パチンコってそんな危険なものですか」

菊山さんは、パチンコをよく知らないから、好《い》い加減な事を云ってるらしい。

「それっきり僕はパチンコをやめて、それから偽卵の事を考えたのです」

「成程、やっと了解しました」

「それ以来、僕は毎日、御飯の時に卵を食べたら必ず、その殻をこの窓の下に捨てるようにしているのです。僕の捨てた殻は、忽ち鶏が寄って来て、食ってしまいますよ。そうすれば、さっき御話しした通り、その鶏は卵の味を覚えて来るから、従って自分の産んだ卵を食ってしまう。そうなれば、隣の主人は何の為に鶏を飼って置くのです。誰が自分の卵を食ってしまう鶏を飼っておく馬鹿があるものですか。殺すか、売るかするより外ない筈《はず》です。つまり、僕は飼主自身の手によって、不都合な鶏に制裁を加えさせるように仕向けておいたのです」

「了解しました。卵の殻を何故《なぜ》わざわざ窓の外に捨てられるのかと思いましたが、いや、了解しました。だが、それはいつ頃からの事です」

「もう去年の夏以来です。僕は欠かさず毎日卵の殻を窓の外に捨てていますよ」

「それでも、まだ隣では鶏の処分をしないのですか」

「だから、癪《しゃく》に触るのです。何の為に鶏を飼ってるんだか、解らないじゃありませんか」

菊山さんは、ふうんと云った限《き》り考えている。鶏が卵を食わないのではないかとは、話の行き掛り上、百鬼園氏に気の毒で云い出せなかったらしい。

百鬼園氏は自分のコップに麦酒を注いでは飲み、注いでは飲みしている。島村の結婚式の事なんか、もう忘れているらしい。菊山さんは、頻《しき》りにバナナを食ってばかりいる。

「麦酒をつぎましたよ。も少しお上がりなさい」と百鬼園氏が促した。

「頂いていますよ。しかしもうそろそろ沢山になりました」

「バナナを食って麦酒を飲んでは不味《まず》そうだな」

「そんな事はありません。一体、私はバナナが大好きなんだから」

「僕も嫌いじゃないが、どうも梨《なし》の腐ったのが林檎《りんご》で、林檎の腐ったのがバナナと云う様な気がしてね」

「三味線の腐ったのが胡弓《こきゅう》で、胡弓の腐ったのがヴァイオリンと云うわけですね」

菊山さんは、得意になって、また鼻の辺りで薄笑いをしている。

暫《しば》らくすると、菊山さんが、いきなり大きな欠伸《あくび》をし出した。続け様に二つも三つもして、その度に、咽喉《のど》の奥を、くわあと鳴らした。

「欠伸って不思議なものだと、僕は思いますよ」

と、百鬼園氏が菊山さんの一杯に開いた口を眺めながら、云い出した。

菊山さんは、面喰って、食っ着いてしまっている眶《まぶち》の上を、頻りにこすり廻した。

「実に不思議なもので、ふだんは、どうにでも思い通りになる自分の口が欠伸の間だけは自由にならない。つまり自分自身より別なものに、自分の口を支配せられてしまう」

「成程」菊山さんは尤《もっと》もらしい顔をして考え込んだ。その時、また大きな欠伸が出て来たのを、咽喉一ぱいに、くわあと鳴らしておいて、

「成程、不思議なものですね。全く自分の思う通りにならない」

と自分の欠伸を味わっている。

暫らくすると、菊山さんは、いきなり自分の膝頭《ひざがしら》を、平手でぽんと敲《たた》いて、

「さて」

と云った。そうして、それきり別にどうもしないで、静まり返っている。

百鬼園氏は黙って菊山さんの顔を眺めている。その内に、今度は百鬼園氏の方で、大きな欠伸をした。

それから大分経《た》って、菊山さんは、そろそろ膝を直しながら、こんな挨拶《あいさつ》をし出した。

「実は、その後新らしい盤《レコード》がありましたら、聴かして頂きたいと思ったのですが、いや、どうも大分長くなって、麦酒《ビール》に酔いました。今日は、まあ失礼して、そのうち一つ、我我で音楽倶楽部《クラブ》を組織したいと考えていますので、その事に関して、御相談して見たいとも思っているのです。いや、しかしお忙しいのでしょう。大変どうも御邪魔してしまって」

何だか眠たそうなぼやけた様な声だった。

「何、僕は用事はありませんよ」

と百鬼園氏は云いかけて、急に島村の結婚式の事を思い出した。

その時菊山さんが、また帯の間から、例の時計を出して、さわっていたので、

「何時です」

と百鬼園氏の方から盲人に時を尋ねた。

「三時、一寸《ちょっと》過ぎています。私は御免にしましょう。一つ俥《くるま》を呼ばして下さいませんか。帰りは、もう、一人では億劫《おっくう》ですからな」

「そう、その方が危くなくていいでしょう。しかし、今三時ならまだ構わないから、僕がぶらぶら送ってもいい」

百鬼園氏は急に外へ出て見たくなって、そんな事を云った。特に後で、何処《どこ》かへ出かけなければならない約束なんかあると、猶《なお》の事その前に一寸外へ行って見たくなるのが、百鬼園氏の悪い癖である。

「そうですか、それは何よりですけれど、何か時間で御用があるのではありませんか」

「何まだ構わないのです」

と云いながら、百鬼園氏はもう立ち上がって、マントを着て、帽子を被《かぶ》ってしまった。

そして百鬼園氏は菊山さんの手をひいて、午後の往来に出かけて行った。二人ともまだ赤い顔をしている。菊山さんは、空いた方の手に握った杖《つえ》を、厄介らしく持ち扱いながら百鬼園氏と肩を並べて、ふらふらと、雲を踏むような足取りで歩いて行った。

第二章

百鬼園氏は、菊山勾当《こうとう》の手をひいて、ぶらぶら町を歩いている。顔じゅう鬚《ひげ》だらけの大男が、盲人の手引きをしている様子を、擦れ違いに変な顔をして見送る者があっても、百鬼園氏は一向《いっこう》平気である。用事のなさそうな野良犬《のらいぬ》が一匹、暫らく二人の後をつけていたけれど、その内につまらなそうな欠伸をして、横町に外れてしまった。

「それで旦那《だんな》はしくじるし、相手の男と来たらまるで働きがないんですからね、段段食いつめて、しまいには三度の御飯も一度しか食べなかったそうですよ。その揚句が、とうとうその男とも別れる事になって、今ではまた大塚とかに芸妓《げいぎ》をしていると云《い》う話です」

菊山さんは、一寸《ちよつと》言葉を切った後、感慨をこめて付け加えた。

「弱き者よ、汝《なんじ》の名は女なり。全くですね」

「浮気者よ、汝の名は女なり。そう云う連中は、しょっちゅうそんな事ばかりして、男と食っ着いたり離れて見たり、案外平気なものかも知れない。しかし、あなたはどうしてその女を知っているんです」

「以前に私の許《もと》へ地唄《じうた》をならいに来ていたのです。非常な美人ですよ」

「そうですか。しかし、あなたには解《わか》らない筈だ」

「何、見なくったって美人かどうかは、解りますよ」

「可笑《おか》しいな。撫《な》でて見るんですか」

「馬鹿な事を。この、盲人《もうじん》の世界と云うものは、また特別ですよ。どう説明していいか、あなた方には解らないかも知れないが、目がないから見えないと。それは確かですが、しかし、あなた方が見える目をふさいだ場合とは違いますよ。我我には視野はないと。そうです、我我は視野を欠くとは雖《いえど》もそこにはまた、何と云いますか、要するに、説明の出来ないある感覚が、美人を認識するのです」

「どんな感覚だか知らないが、油断が出来ないな」

「全くですよ。我我だって醜婦はいやですからな」

無闇《むやみ》に脊《せ》が高くて、おしゃべりで、いつも美しくめかし込んでいる菊山さんの細君を、百鬼園氏は思い出した。

道端に護謨《ゴム》風船を売る婆《ばあ》さんがいた。二人が丁度その前を通りかかった時、並べてある風船玉の中の、どれか一つが破れて、ぱんと云う音がしたので、菊山さんが吃驚《びっくり》した。

「何です、あの音は」

「護謨風船が破裂したのです」

「そうですか。しかし護謨風船とはどんなものです。私はまだ知らない」

「護謨の嚢《ふくろ》の中に、水素瓦斯《ガス》か何かを入れて、ふくらました物です。子供の玩具《おもちゃ》ですよ」

「そうですか、しかしどこが面白いのです」

「どこが面白いって、困りますね。人間は丸いものが好きですよ。それに空気より軽くて上に上がるから、何となく逃げそうで、そこが面白いのかも知れない」

「空気より軽いと。不思議なものですね。飛んでしまやしませんか」

「だから逃げない様に糸に括《くく》っておくのです」

「糸で括っておく。そうですか。面白そうですね。一つ買って下さいませんか」

「風船玉を買うんですか。どうするのです」

「持って見たいのです」

そう云って、菊山さんは立ち止まった。百鬼園氏は菊山さんを引張って、五六歩後戻りして大きな風船玉を一つ買った。婆さんは、吃驚した様な顔をして、二人を見比べている。

菊山さんは、風船玉をつるつる撫《な》で廻した上、杖をさげている方の手の指に糸を巻きつけて、にこにこしながら、また百鬼園氏と並んで歩き出した。

「大分引張りますね。逃げようとしているらしい。離したら大変だ」

「やあれやん。見ろ見ろ。お目くらさんが、風船玉を持って歩いてらあ。やあれやん」

道端にいた子供が、急に騒ぎ出した。

「目くらが、のっぺらぽうのお化《ばけ》と歩いてらあい」

「大分騒ぎますね。見っともないですか。捨ててしまいましょうか」

「捨てるとすれば、空に捨てるんだから変だな」

「成程。まあ構わない。持って行きましょう。どうも、こう引張るところを見ると、これを子供に持たして負ぶっていたら、背中の子供がいくらか軽くなって楽でしょうね」

「あんまり沢山持たせたら、子供が空に浮き上がってしまうかも知れない」

日はもう大分傾いていた。往来も騒騒しくなりかけていた。しかし、百鬼園氏は五時からの招待のある事など忘れてしまった様に呑気《のんき》な顔をして、盲人と風船玉とを道連れに、ふらりふらりと歩いている。

「綺麗《きれい》な花だな。実によく咲いている。ねえ君おい、それは何と云う花だい」

荷車に植木鉢をのせて、二人の傍を追い越して行く男に、百鬼園氏は声をかけた。知らない相手に話しかける様な事は、百鬼園氏はめったにしない性質なんだけれど、今自分の横を通って行く花には、余程感心したものらしい。さっきから、百鬼園氏は、一心にその花の方を眺めながら、歩いていたのである。

荷車を牽《ひ》いて行く男は、後を振り返って、立ち止まった。そうして軽いお辞儀をして云った。

「旦那の前ですが、正直なところ、これは、全く正直なところ、これは造り花なんですがね。しかし、この樹《き》は本物です。御覧なさい、葉っぱはこの通り生きていますよ。まあ杜鵑《さつき》花と云った様なものなんですね、実のところ、まだ季節外れで、本物の咲くには大分間があるんですよ。それでまあ、つまり、こうして今は造り花を眺めて頂く。その内に本物の季節になれば、またそれと云うわけで、つまり同じ花を二度見られると云うのが自慢なのです。一鉢二十銭いただくのですが、始めだから十五銭に負けて置きましょう。これから夜店に出すところなんです。請合いみんな売れてしまいますよ。はい、それではこれをお持ちになりますか。枝振りも一等いい様です」

百鬼園氏は、忌《い》ま忌ましそうな顔をして、植木屋の云う事をきいていたけれど、断る事も出来なくなって、一鉢買った。植木屋は、車をひいて、ずんずん先に行ってしまった。

百鬼園氏は、片手で菊山さんの手をひき、片手に造花の植木鉢を持って、歩き出した。

「造花はお好きですか」

と菊山さんがきいた。

「大嫌いです」

百鬼園氏は怒っている。

「造花と、本当の花と、そんなに見分けのつかないものですか」

「何、一目《ひとめ》見ればわかりますよ」

百鬼園氏はそう云ってまた、澄ましている。暫らくして、吐き出す様な調子で、こう云った。

「忌ま忌ましい植木屋だ。香具師《やし》って仕様のない者ですね」

「馬鹿《ばか》な目にあいましたね。始めに花を撫でて見るとよかったですね」

菊山さんは、鼻の辺りを少し許《ばか》り動かしている。

第三章

百鬼園氏は、フロックコートの上に、黒い外套《がいとう》を着て、山高帽子を被り、薄色の手套《ぶくろ》を嵌《は》めて、さっきから飯田橋の乗換場に立っている。

山高帽子は、十年も昔に、神楽坂《かぐらざか》の蝙蝠《こうもりがさ》傘張替直し屋の店で、二円五十銭出して買って来たのを、いまだに被っている。酒に酔って、山を潰《つぶ》した事が幾度もあるので、黒い地に、亀《かめ》の甲の様な罅《ひび》が入って、凸凹《でこぼこ》になっているけれど、辺りが暗いから、そんなあらは見えない。恐ろしく威厳のある様子をして、幾台も続いて来る電車を眺めながら、百鬼園氏は決して乗ろうとはしなかった。

停留場の電気時計は、もう五時半近くに廻っていた。五時からと云う島村の結婚披露に招かれて出て来たのだけれど、そんな事は忘れたように落ちつき払って、電車を待っている人混みから少し離れたところに突立ったまま、頻《しき》りに煙草《たばこ》を吹かしている。そうして、こんな事を考えている。

「全体、これは無理だ。これ丈《だけ》の広さの電車に、これ丈の人数が乗るにしては、人間の嵩《かさ》が大きすぎる。学校や世間で、無闇に体育を奨励して、人間の図体《ずうたい》を大きくしたがっているのは、どう云う料簡《りょうけん》だろう。いくら身体《からだ》を大きくしたって、人の寿命と関係はない。大きな体格の者が死ねば、大きな屍骸《しがい》が遺《のこ》るに過ぎない。又大きいから強いとも限らない。仮りにそうだとしても、みんな大きくなれば、結果は同じ事である。人間が無意味に大きくなりたがる為《ため》に、我我は日常どの位不自由しているか解らない。若《も》し人間の大きさを今の半分に縮められたら、電車の混雑も半分ですむわけである。人口問題や食糧問題も、もっと簡単に解決がつくだろう。身体が小さければ、今の人間程は食わないに違いないから、少くとも、大きな身体の人間が腹を減らしたより始末がいい筈《はず》だ。そう云えば、ここに電車を待っている連中は、みんな夕飯前なので、腹がへってるから、あんなにいらいらしているのかも知れない。だがそうなると、あの連中が、一杯に詰め込んで乗っても、電車は案外軽いわけである、支度をすませた出がけの朝の電車と、夕方のとでは同じ満員でも目方が違うだろう。目方ばかりじゃない。いくらか人数も余計に詰まるかも知れない。ああ又満員電車が来た。何だかあの響きも空っぽだな」

「めえ」

一匹の汚い朝鮮牛が、いきなり百鬼園氏の鼻の尖《さき》で鳴いた。吃驚した拍子に、百鬼園氏は、さっきからの冥想《めいそう》を断たれてしまった。牛は、むくむくした得体の知れない菰包《こもづつみ》を積み上げた荷車を牽いて、恐ろしく退儀そうにのそりのそりと通り過ぎた。そうして向うの夕闇の中に、背筋の毛ばかり光らして行く牛の姿を、百鬼園氏は何時《いつ》までも、ぼんやりと見送っていた。

漸《ようや》く空《す》いた電車が続いて来るようになってから、百鬼園氏はその中でも、なるべく空いているらしいのを択《よ》って乗り込んだ。

電車が動き出してから、気がついて見ると、百鬼園氏の腰を掛けている前に、ねんねこ半纏《ばんてん》で赤ん坊を負ったお神さんが、向う向きになって、吊皮《つりかわ》にぶら下がって立っていた。電車の揺れる度に、よろけそうにしているので、百鬼園氏はさっきから長い間、停留場に立っていた為、随分足が疲れていたのだけれど、そのお神さんに席を譲ろうと思って、立ち上がった。

百鬼園氏は、黙って頻りにお神さんの背中を敲《たた》いている。しかし、そこは実はお神さんの背中でなくて、お神さんに負ぶさっている赤ん坊の背中であった。百鬼園氏はそれに気づかないものだから、無闇にねんねこ半纏の上から、赤ん坊を小突いた。お神さんは知らぬ顔をして、向うを向いている。その中《うち》にとうとう、赤ん坊が目を覚まして、泣き出した。

お神さんが変な顔をして振り向いた時、百鬼園氏が後の席にお掛けなさいと云おうとしたら、その時まで入口のところに立っていた五十許りの老婦人が、丁度そこに来て、その席に腰を掛けてしまった。百鬼園氏はそのまま黙って向うに行って、吊皮につかまった。そうして、身体を屈《かが》めて窓の外を見るような風をしている。お神さんの背中で、赤ん坊が大きな声をして泣きたてた。

第四章

四五十人の客が、お膳《ぜん》を前にして、馬蹄形《ばていけい》に居流れている。黒紋付を着た薄禿《うすはげ》の小男が、その大広間の入口に近い下座に、ちょこんと坐《すわ》って、一同に恭《うやうや》しくお辞儀をした。今度の結婚前の或《ある》交渉中に、百鬼園氏が一二度会った事のある、新婦衣久子の叔父さんだった。

「ええ、これから皆様の御紹介を申し上げます」

叔父さんは、床の間の前の新郎新婦から始めて、何の某《なにがし》と一一《いちいち》姓名を呼び立てた。そうしてその度に、自分の前に拡《ひろ》げてある書付に丁寧なお辞儀をしている。

「その次にいられますのは、藤田百鬼園様」

百鬼園氏は、大きな目玉をぐりぐりさせて、向う側にいるお客の顔を睨《にら》み返している。何か考えているらしい。

叔父さんが、次の名前を呼びかけた時、百鬼園氏は不意に頓狂《とんきょう》な声を出した。

「ああ、私が藤田です」

そうして百鬼園氏は丁寧なお辞儀をした。

叔父さんは、まごついて、次の名前をもう一度呼び直した。

それから順順に進んで行って、片側の終り頃になった時、

「次にいられますのは」

と云《い》ったきり、叔父さんは黙ってしまった。そのまま、頭を下げて、薄禿を撫《な》で廻している。

静まり返った一座の中に、くすくすと笑う者があった。

すると、叔父さんは、思い切ったらしく又頭を上げて、断然たる調子で云った。

「手前の家内で御座います」

みんなが一時に吹き出した。拍手した者もある。百鬼園氏はまだ何か考えているらしい。きょとんとして、何事が起こったかと云う様な顔をしている。

紹介が終ると、仲人《なこうど》の挨拶《あいさつ》についで、来賓総代の祝辞があった。退役の陸軍少将とかで、目や口よりも切れ目の大きな皺《しわ》が、顔中方方《ほうぼう》にある老人だった。

「今日は、ああ。御両家の、おお。御婚礼に、いい。招かれて、ええ。目出度《めでた》く、うう。此処《ここ》に、いい。――」

少将は克明にアイウエオを拾って、語尾を引張って行った。百鬼園氏は中途から、この珍らしい祝辞に気がついて、面白そうな顔をして聴いている。

少将の挨拶が終ると、直《す》ぐ待ち兼ねたように、さっきの叔父さんがつかつかと百鬼園氏の前に来て、お辞儀をした。

「新郎新婦の心得にもなりますよう、一つ先生にもお願い致したいので、実は前以《まえも》って御承諾を頂いて置くべきだったのでありますが」

と叔父さんが無闇《むやみ》に頭を下げた。

百鬼園氏は、すっくと立ち上がって、一座を見渡した。

「島村哲二君並《ならび》に新夫人衣久子さんの多幸なる前途を祝します。又両家の御両親並に御親戚《しんせき》一統の方方《かたがた》に、心からの祝意を表します。男と女とが相合して夫婦となり、睦《むつま》じく一家を成す。誠に目出度いのであります。我我の祖先、太古原人の時代にあっては、中中こうはまいらなかった。昔は人間を食ったのであります。人間は誠に美味なる御馳走《ごちそう》なのでありまして、これは酋長《しゅうちょう》が食いました。そうしてその余りを他の者が食う。当時にあっては、婦人の位置は申すまでもなく低く寧《むし》ろ位置などと云うのではなくて、一つの物品に過ぎなかった。従って、上等の食物であるところの人間などは、中中与えられませんでした。その為《ため》に女は人間の味を段段に忘れて来る。然《しか》るに男も女も、女を通じてでなければ生まれる事が出来ない。これは我我人類に取って随分窮屈な事ではあるが、又非常な幸福でもあったのであります。若《も》し殺伐なる男子が女に依《よ》らずして生まれ得るものであったなら、男の殺伐性は累代《るいだい》その度を加え、終《つい》にはその為にお互《たがい》が殺し合って人類は滅びたでありましょう。幸いにして我我は男女を問わず、女から生まれるのであります。その女は前に申したようなわけで、次第に人間の味を忘れて来る。従ってその女から生まれた男も亦《また》一代一代と人間の味の記憶より遠ざかり、その結果が終に今日《こんにち》の如《ごと》く、只今《ただいま》列席の諸君を見ても、格別食べたく思わないのであります。即《すなわ》ち我我がかく一堂に会し、お互に和気靄靄《あいあい》としていられるのは女のお蔭《かげ》であります。そうして今晩の席に於《おい》てその女を代表し、なお将来の平和、新家庭の幸福を約束せられるのは衣久子新夫人であります。

哲二君は此度《このたび》の目出度い結婚によって、新らしい幸福と共に、新らしい責任を負ったのであります。この責任を男らしく立派に遂行しなければならないのは申すまでもないが、その責任の対象であるところの夫人、即ち女は人間である。これは侮蔑《ぶべつ》の意味ではありませぬ。男も同じく人間である。しかし全然別種の人間であります。即ち男と女と違うのであります。そこに人間と云う言葉の混雑がある又迷いがある。人間と云う言葉に囚《とら》われなければ、男は女に対するよりも猿の雄、牛の雄の方に近いと云う事も考えられるのである。動物の例は別と致しても、最も親しい妻又は恋人たる女よりも、疎遠《そえん》なる男の友達或《あるい》は全然知らない男子の方が近いとも考えられるのである。この近い遠いと申すのは、一つは距離一つは間隔である。男子は遠くとも同岸にいる。女は近くとも対岸にいると申すのであります。この岸と岸との間の一線、それは恋愛又は結婚によって極度に狭められます。しかし決して消滅はしない。男が夫として幸福になり得るや否《いな》やは、この一線を如何《いか》に支配するかに依って決せられるのでありす。この一線、この溝におっこちては困る。跨《また》ぎ越す事は出来ない。埋めるわけにも行かない。新郎哲二君がこの事をよく考えて、二人の将来に本当の幸福を招来せられん事を希望するのであります。蛇足ながら、若いお二人の為に、幸福とは決して満ち足りていると云う事でない。艱苦《かんく》の反対でもない。雄雄しく人生に門出せられん事を希望します」

みんなが片つかない顔をして、ぱちぱちと手をたたいた。新郎新婦は恭《うやうや》しく百鬼園氏の方にお辞儀をした。百鬼園氏は手巾《ハンカチ》で頻りに顔を拭《ふ》いている。

そこへ、十人余りの女中が、待ち構えていた様に、酒を運んで来た。忽《たちま》ちのうちに、一座が賑《にぎ》やかになって、彼方《あっち》でも此方《こっち》でも、陽気な話し声が聞こえ出した。

百鬼園氏の前には、年嵩《としかさ》らしい女中が坐り込んで、頻《しき》りにお酌をしている。百鬼園氏は酒を飲み、お膳のものをむしゃむしゃ食うばかりで両隣りの、何人《だれ》とも話しをしない。酒がなくなると、にゅっと女中の前に盃《さかずき》を突き出す。

暫《しば》らくすると向うの列から、いやに顔のだだっ広い、モーニングコートを着た男が席を立って、仲人の前から順順に盃を貰《もら》って廻り出した。そうして、直ぐに、上席にいる百鬼園氏の前に来て、坐り込んだ。すると、此方《こちら》側の列からは例の叔父さんがまた、みんなの盃を受けつつ、段段に百鬼園氏の方に近づいて来た。

モーニングコートが勿体《もったい》らしく名刺を出した。肩書に東洋人絹株式会社と書いてある。

「お始めて。私はこう云う事をやって居ります。何分よろしく、どうか。先生は大分お行けになるのでしょう」

そう云って、前にある銚子《ちょうし》を取り上げた。

向うの方では高砂《たかさご》が始まっている。

そこへ、叔父さんが隣りからせり上がって来た。顔から毛の薄い頭まで、一面に真赤にしている。

「いや先生、此度は誠にどうも、我我お互にこうして、いや実に安心致しました。

如何《いかが》です。一つ頂きましょう」

それから、叔父さんは人絹会社の方に向いて、また献酬を始めた。

「やあどうしたい」

「もう大分御機嫌だね、叔父さん」

「何が御機嫌だい。よう、今日は洋装だな。成程、商売柄、着物を着てれば、すぐ人絹に踏まれるからね」

「どうも口が悪いな。まあ一杯。叔父さんも大分薄くなったね」

「これは慮外千万」叔父さんは頭を撫でた。「公《おおやけ》の面前にて人の容貌《ようぼう》をかれこれ申す。人絹蹂躪《じゅうりん》も甚しい。如何です先生」

「本当だよ叔父さん。年は争われないもんだな」

「君も精精今の内に稼ぐ事だね。人絹僅《わず》か五十年」

叔父さんが空になった盃を出したけれど、女中は衣久子の方を見入ったまま、気がつかなかった。叔父さんは女中の頬ぺたを一寸《ちょっと》突いて歌い出した。

「知らぬ顔して、あの白白しい、ええ顔わいなテチン、チテツツ、何をそんなに見《み》惚《と》れてるんだい。お婿《むこ》さんが好男子なもんだから、よからぬたくらみを企てるんだろう。及ばぬ鯉《こい》の滝登り、おっと、時節を待っては、傍《はた》が迷惑。そうでしょう先生」

「あら済みません。御免下さい」と云って酌《しゃく》をしながら「本当にお二方ともお美しい。お似合の御夫婦で御座いますわ」

「何、何、鬼の御夫婦で御座いますだって」

「あら嘘《うそ》ばかり」

「何、薄馬鹿《うすばか》だと」

「知りません、本当に憎らしい方」

「憎や憎や雀《すずめ》が揺り起こすトッテットン、チャラチャンチャラチャンかね」

叔父さんは、いい機嫌で二三杯立て続けに飲み干した。百鬼園氏も、にやにやしながら頻りに盃を上げている。

「先生、先生はどうも怪《け》しからん事を仰《おっ》しゃる。我我は何故《なにゆえ》に女を食わないのであるかって。食いますよ。食いますよ。食ってるじゃありませんか。学者って実に、澄ましていらっしゃる。恐れ入りますよ、先生一つ如何です」

その時、向う側の席で一人の男が、酔払って立ち上がった。

「皆さん。今日は両家の為お目出度くって堪《たま》らんです。我我は、こう申しては何だが、皆さん内輪同志の遠慮のないところで一つ、隠し芸だ、隠し芸だ。やりましょう」

「賛成」

叔父さんが百鬼園氏の前で、びっくりする様な大きな声を出した。人絹会社は、いつの間にか二三人先の方に行って、また名刺を出している。

「それでは先《ま》ず一つ隗《かい》より始めよ。お目出度いところで一つ、鯛《たい》にゃ色色ある。会いたい見たい添いたいわたし、一体全体あなたは実に勿体ない」

すると叔父さんが、

「テケレッテ。チイテチイテタッタタッタ。トテトテトテタッタ。チテタッタ」

と騒ぎ出した。

それから、方方で、長唄《ながうた》、詩吟、流行歌と思い思いに騒ぎが始まる。その度に叔父さんは、遠くの方から盛《さかん》な応援をした。

「時に諸君」

と叔父さんが、いきなり立ち上がった。足許《あしもと》がよろよろしている。

「今日は実に愉快である。お目出度いのである。であるから、まあいいさ。人間に二種類あると。男と女とであると、ねえ諸君、これだ。一つ先生に願おうじゃないか。ねえ。百鬼園先生の隠し芸。ひやひや、先生、この通りで御座います」

叔父さんは、そのままぺたりと坐り込んで、百鬼園氏の前に、両手をついて平たくなった。

みんなが一時に手をたたいた。

すると百鬼園氏は、いきなり、すっくと立ち上がった。

歌一つうたえない先生の平生《へいぜい》を知っている島村は、びっくりして、百鬼園氏の顔を一生懸命に見つめている。何をやるつもりだろう。

百鬼園氏は「ぐふん」と一つ陰鬱《いんうつ》な咳《せ》き払いをした。そうしていきなり大きな声で始めた。

「ルスン、セレベス、パプア島。西に偏してボルネオ、スマトラ、ジャワ等の島島。星の如くに打ち列《なら》び、何《いず》れも、椰子《やし》、砂糖、煙草《たばこ》、珈琲《コーヒー》などを産す」

それだけ、一息に朗読調で云ってしまうと、百鬼園氏は、ひょこりとお辞儀をして、坐った。

「一体それは何です先生」叔父さんは、呆気《あっけ》に取られた顔をしている。島村はお腹《なか》を押えて、顔を真赤にして笑っている。しかし何人《だれ》も手をたたかない。

「ねえ諸君、一体これは、どうも困るね先生、何ですあのお経に砂糖を混ぜた様な奴《やつ》は」

「僕の小学校の時の地理を暗誦《あんしょう》したのです」

「先生の小学校、おっそろしく又古いところを担《かつ》ぎ出しましたね。ああ姐《ねえ》さん一寸、己《おれ》は気が遠くなる」

それから叔父さんは、また続けて二三杯、呷《あお》った。

「駄目だ。駄目駄目、一つおやんなさいよ。先生。よっ、さあ伺いましょう」

百鬼園氏も大分酔っている。少し呂律《ろれつ》が廻らない。

「鄭衛桑間《ていえいそうかん》は余の能《よ》くせざるところ」

「あっ。また解《わか》らない事を云った。とぼけてはいかん。ずるい。どうも諸君。とぼけしゃんすな、芽吹きスチャラカ、チャン柳が風に吹かれているわいなテナ事おっしゃり播磨《はりま》の白饅頭《しろまんじゅう》」

向うでは、酔払いの謡《うたい》が始まった。「とうとうたらりたらり」と、いつまでも同じところを唸《うな》っている。

新郎新婦が、老婦人の案内で、席を立った。静静とみんなの前を通って出て行く後姿を、百鬼園氏は朦朧《もうろう》とした目で見送っていたが、何と思ったか、いきなり烈《はげ》しく拍手した。しかし、何人もそれに応ずる者がなくて、みんな不思議そうに、百鬼園氏の顔を見ている。百鬼園氏は、うつむいた儘《まま》、盃の酒を飲み干した。

第五章

市ヶ谷一口坂に四月の温かい日が照り渡っている。百鬼園氏は寝の足りない顔に山高帽子をかぶり、洋服の上にインヴァネスを羽織って、恐ろしく立派な象牙《ぞうげ》の洋杖《ステツキ》を小脇《こわき》に挟んだまま、さっきから一心に、道端の木の株につながれている猿を眺めている。

猿は陰鬱な目蓋《まぶた》をあげて、時時、百鬼園氏の顔を見た。それから、きまった様に左手で尻《しり》のところを二三度掻《か》く。それから後足を片方ずつ代りばんつに上げて、三本脚で身体《からだ》を踊らせながら、百鬼園氏にお辞儀をするような恰好《かっこう》をする。百鬼園氏は段段猿の気持が解るように思われ出して、その前を立ち去ることが出来ない。猿の眠そうな目を見ているうちに、百鬼園氏も自ら自分の目蓋が重たくなり、何となくうつらうつらして来るらしかった。静かな往来には、埃《ほこり》も走らなかった。

「どうも、あすこの奥さんは物言いが悪いのでね」

「何を云《い》ってるんだ」と百鬼園氏が思った。

「丸で男のような口の利《き》き方だ。綺麗《きれい》な人なんだけれど、あれじゃ興がさめる」

「誰の事なんだろう」

「つまり旦那《だんな》の感化を受けるんでしょうね。旦那に惚《ほ》れてるもんだから、口の利き方までも、その真似《まね》をする様になる」

「そんな馬鹿な話があるものか」と百鬼園氏は苦苦しく思った。

猿は後脚で耳の後を搔きながら、百鬼園氏の顔を見ている。

「こないだ会ったところが、随分暫らくお見えになりませんね。足をどうなさいましたと聞くのです。どうもしないと云ったら、一本足りないじゃありませんかって」

「一寸待ってくれ。これは、さっきの奥さんの話とは違うんだな」

「何、下らない事を云ったものさ。暫らくですわねと云うから、実は足を怪我《けが》したもんでね」

「一一《いちいち》別の話らしいね」

「それに就いて又思い出したけれど、女が、あたしだって怪我をしているわと云うから」

「どうかしたのかい」

「だって如何《どう》もしていないから、変な事を云うと思ったら、貞操を汚《けが》していますと云う積りらしかった」

「洒落《しゃれ》かね」

「いいえ本気です。それから、ねえ一寸、馬鈴薯《ばれいしょ》って何と聞くのさ」

「ジャガイモじゃないか」

「だからさ。私もジャガイモさと教えたんだ。すると、そう矢っ張りそうだったわと云って、よろこんでいたよ。それから、こう云うのさ、どうも、もとからそんな事ではないかと思ってはいたんだけれど」

「納得したらしいね。人参《にんじん》の事は聞かなかったかい」

「負け惜しみを云ってるのさ。だけど、しかし、ジャガイモの事を何故《なぜ》馬鈴薯と云うのかと聞かれた」

「まあいいさ。それでさっきの話なんだけれど」

「まあ聞いてれば解るよ、おや、おみ足をどうなさいましたと云うから、後足を犬に嚙《か》みつかれて」

「誰にそう云ったんだい」

「女中さんさ。黙って聞いていないと続かなくなる。それで私が脚を怪我した。実は、此間《このあいだ》自動車に轢《ひ》かれてね。一寸した不注意さ」

「危いね」

「すると、おやちっとも存じませんで。でも、もうおよろしいのですか」

「女中さんが心配したんだな」

「経過がわるくて、とうとう切断してしまった」

「痛かったかい」

「でも、お見受け申したところでは。それから先を女中さんが云いかけたから、私はうろたえたよ。何、もとは三本あったのだと云ってしまった」

百鬼園氏は、衣嚢《ポケット》から煙草を出して、ゆっくりと煙を吹かしながら、一生懸命に猿を見ている。

猿は三本脚で、ひょこひょこと百鬼園氏にお辞儀をした。

「不思議な事もあるもので」と暫らくして百鬼園氏は、煙を空に吹きながら、考えた。

猿はお辞儀をやめて、百鬼園氏の顔を見ている。

「今日僕が家を出かけたのは、午前八時で、洋服に着換えたのは、それよりも三十分前だった。それから電車で九段下まで出て、そこで円太郎に乗り換えて、東京駅から大船へ来る迄《まで》は何事もなかったんだけれど」

「不思議だね」

「大船で汽車が止まっている間に、左の足を蚤《のみ》が食い出した」

「どうも、あれは気にし出すと、限《き》りのないもんでね」

「それから帰って来るまで、時時、方方を食い廻って困る」

「私なんざ蚤も暇つぶしさ。全くくさくさしてしまうからね」

「野生の蚤は痒《かゆ》いかい」

「下らない事を気にしたもんだな。日光の山中には野生の豚がいますよ。印旛沼《いんばぬま》には野生の家鴨《あひる》が飛んでいるしさ。しかし、金魚も蚤に食われるんだってね。お神さんがぶつぶつ云いながら、こないだ金魚の蚤を取っていた」

「金魚も痒いかしら」

「鼬《いたち》の話なんだけれど、奴《やっこ》さん金魚をねらっていたんだが、水が深くて駄目なんだ。おまけに、うっかり歯を鳴らしたもんだから、忽《たちま》ち犬に気取られてね」

「金魚は不味《まず》いだろう」

「だけど我我とは違いますさ。その話をしたところが、鼬は夜目が見えるかと云うのだ。当り前じゃないか。すると、じゃ鼬の目を見た事があるかと聞くのだ」

「成程ね」

「だから私は見た事はない。しかし目のない鼬も見た事はないと。そんな所に、火のついた煙草をすてられては困る」

「さっきの話なんだが、金魚が痒くなったら、どうするんだろう。掻くわけには行かないし。何だか背中が変な気持になって来た」

「まあそんな事よりも、煙草や酒は毒だね。こないだも会ったところが、しみじみそう思うと云う話なんだ。子供は煙草も吸わず、酒も飲まず。だから長生きするじゃないか。大人は迚《とて》も子供程生きられない」

「赤ん坊なら御飯も食べないよ」

「赤んぼか。あれは、どうも見てると、こうくちゃくちゃとやっちまいたくなる。子守と云う奴が一層いけない。昨日も来やがって。今度来たら、ぶったくじいてやる」

「変な顔をするな」

「こうしていると、腹の立つ事ばかりだ。食いたい物も手許《てもと》にはないし。胡麻《ごま》の匂《にお》いが嗅《か》ぎたいな」

「家にはないのかい」

「有っても気が利《き》かないのさ。爺《じい》さんには偶《たま》にそんなのがあるものだけれど、金持でね、自分一代に造り上げたんだが、近所の困った者には恵んでやる。盆正月やお節句などには、子供を集めて御馳走《ごちそう》もする。お土産まで持たして帰す。その爺さんが美人のお妾《めかけ》を囲っていたんだけれど」

「そう云う話はきらいだ」

「だけどさ、そのお妾が可愛《かわい》いんだか、持て余してるんだか、ちっとも解らないのさ。お爺さんは胡麻が好きでね。御飯にも振りかけるし、おしんこにもまぶるし、お茶の中にまで入れて飲むんだけれど、お妾は胡麻が大嫌いなのさ」

「女は大概好くものだがな」

「私だったら、みんな拾って食ってしまう。それでお妾さんのところの抽斗《ひきだし》には、いつでも胡麻の袋がしまってある。お爺さんが自分で買って来るんだ。お爺さんは、お妾さんの家に来ると、まるで人が違うように、けちん坊になると云うんだが、それが爺さんの本性かも知れないね」

「さて、そろそろ行くかな」と百鬼園氏が考えた。

猿は股《また》の間から尻尾《しっぽ》を引張り出して、両手で握ったり、しごいたり、方方摘《つ》まんだり、時時引掻いたりしている。尻尾を蚤に食われているらしい。どうかすると、一所を片手でしっかりと握ったまま、片方の手の指を細かく動かして、とても堪《たま》らないと云う風に、ぽりぽりと掻く。そうして鬱陶《うっとう》しい顔を上げて、上目で百鬼園氏の顔を見る。百鬼園氏は、むず痒い様な、変な顔をして猿のする事を一生懸命に見ている内に、相手の気持が、解ってる様で、今にも解りそうで、ちっとも解らない様な、ほんの少し届かない様な、いやな気持になってしまった。

「尻尾が痒くなったら、——尻尾の痒いところを思う存分に掻いて見たら、どうも変だな。しかし、どんな気持がするだろう」

そう思うと同時に、百鬼園氏は思わず空いた方の手を後に廻して、インヴァネスの上から、洋服の尻のところをかなぐった。

猿は尻尾を段段尖《さき》の方に掻いて行った。しまいに、毛の薄くなった一番突尖のところを、ぴくぴくと動かしながら、真黒な、皺《しわ》のある五本の指をきれいに揃《そろ》えて、拇指《おやゆび》を割らずに尻尾の尖を握ったまま、一寸《ちょっと》上目で百鬼園氏の顔を見たと思うと、いきなり、その動いている尖のところを自分の口に持って行った。そうして、しゃぶったり、舐《な》めたり、ぎちゃぎちゃ嚙んだりし出した。

百鬼園氏は手に持っていた洋杖を、縦にしたり横にしたり、握りの象牙で自分の顎《あご》の骨を敲《たた》いて見たり、石突でぐりぐり道の砂を掘ったり止《や》めたり計《ばか》りしている。そうして、頻《しき》りに足ずりをした。何だか、じっと立ってもいられないらしかった。

第六章

始業の鐘が鳴ってから、五分許《ばか》りのうちに、大概の先生はみんな教室に出かけてしまって教授室は急にがらんがらんになった。出遅れた先生が一人二人、あわてた様に行ってしまった後は柱時計の振子の音ばかりが広い部屋中に響きわたっている。しかし百鬼園氏は、その森閑とした教授室に、ただ一人居残って、いつ迄もふかりふかりと煙草を吹かすばかりで、中中腰を上げそうもなかった。十分たち、十五分たっても百鬼園氏はまだ動かなかった。何か一生懸命に考え込んでいるらしくもあり、又、ぼんやりと取り止めがなくなって、徒《いたず》らに時間を遅らしている様でもあった。

暫《しば》らくすると、入口の扉《ドア》が、がたんと開いて、

「藤田先生はお休みですか」

と云《い》う声が聞こえた。

すると、静まり返っている百鬼園氏の顔は、ぴくりと動いた。何を小癪《こしやく》な、と云うらしい顔付だった。

衝立《ついたて》の後にいる給仕が、頓狂《とんきよう》な顔で、

「いらっしゃいます」

と云った。それから、聞きに来た学生と、何かひそひそ話しているらしかった。そうして学生は、そのまま帰ってしまった。

その後、百鬼園氏はまた新らしい煙草に火をつけて、吸い始めた。そこへ衝立の後

から、給仕がお茶を汲《く》んで持って来た。しょっちゅうの事だから、給仕も馴《な》れている。百鬼園氏は、新らしく点《つ》けた煙草を半分ばかり吹かした後で、急に椅子《いす》から立ち上がって、お茶を一口飲み、煙草を灰皿に投げ込んで、急いで教授室を出て行った。静かな廊下の突き当たりに、百鬼園氏の行く教室ばかりが、がやがやと騒いでいた。廊下に出ている者も五六人あった。その連中が、「来た、来た」と云いながら、教室の中に駆け込んで行くのが聞こえた。

「来た来たとは何だ、失敬な」

と百鬼園氏は事新らしく腹を立てながら、教室に這入《はい》って後の扉を力まかせに引離したら、狭い教室の中に、大砲を撃ち込んだような音がした。

百鬼園氏は、教壇に上がって、机の前の椅子を足で蹴飛《けと》ばしながら、学生の方に向き直った。後の窓が一ヶ所明いている。

「そこを閉めてくれたまえ」

と云ったまま、近くの学生が席を立って、閉めて来るのを待って、それから、みんなの顔をじろりと見下ろした。学生は五六十人いる。予科の一年生の第一学期だから、名前も顔もよく知らない。しかし、それよりも、教室の真中の、丁度百鬼園氏が教壇に立った目の高さ位のところに、一団の煙が薄青く棚引いているらしかった。

教室内で煙草を吸ってはいけない規則だった。そうして変に官僚的なところのある百鬼園氏は、そう云う事に無闇《むやみ》にこだわった。学校の規則を励行すると云うよりは、自分の出る教室で、学生が煙草を吸っているのを見ると、自分に対する個人的の軽侮の様に思われて腹を立てた。

「失敬じゃないか」

と云うのが、百鬼園氏のお叱言《こごと》だった。

だから今、教室の真中に、青い煙が薄く棚引き、条《すじ》に流れて、消えかかっているのを見ると、いつもの通り、むらむらと腹が立って来た。しかし、何人《だれ》が吸ったのだかわからないから、いきなり怒鳴りつける事も出来ない。

百鬼園氏は、本は机の上に投げ出したまま、見向きもしない。恐ろしく物騒な顔をして、黙り込んでいる。学生はおとなしく静まり返って、形勢をうかがっている。

「陸軍の幼年学校の話なんだが、あの学校は規則が八釜《やかま》しいから、教室で居眠りなんかするとひどい目に合わされる。しかし眠くなれば、眠らずにいられないと見えて、生徒は目を開いたまま眠る事にしている」

百鬼園氏はそんな事を云い出した。学生は面白そうな顔をして聞いている。

「煙草をのむと厳罰に処せられる。営倉に入れられる。今は営倉はなくなったけれど、以前はそうだった。しかしそれでも、のみたくて我慢の出来ない連中は、憚《はばか》りの中で内密で喫煙する。ある時、一人の生徒が、憚りの中で一本吸い終って、吸殻を中にすてて、戸の外に出ようとしたら、丁度そこを週番士官が通りかかったんだ。煙草を持っていないけれど口からまだ煙が出ていたので、忽《たちま》ちつかまってしまって、こらッそこで何をしておるかッときかれた。すると生徒は、はい、何も致して居《お》りませんと答えた。その時はそれで済んだけれど、後で呼び出されて、こう云う宣告を受けた。喫煙セサレトモロヨリ煙ヲ吐キタル廉《カド》ニ依《ヨ》リ重営倉三日ニ処ス」

学生は面白そうに笑い出した。百鬼園氏も少少釣り込まれそうになっている。しかし努めて渋面を作り、厳然たる態度を崩さない。実は、教室の真中に漂っていた煙が癪に触るので、幼年学校の話から因縁をつけて、文句を云うつもりだったのに、話が変に面白そうになってしまって、そのうちに煙は消えてなくなり、話のつながりが切れたので、百鬼園氏は忌《い》ま忌ましくて堪らなかった。

それ限《き》り百鬼園氏は黙って、いつ迄も学生の方を睨《にら》んだまま、突っ立って居た。それで教室の中は、またもとの通りに白けてしまった。

暫らくすると、後の方で一人の学生が立ち上がって云った。

「先生、独逸《ドイツ》語は六《む》ずかしくて、よく解《わか》りません」

「大勢の中にはそんな人もあるでしょう」

百鬼園氏はそう云って、苦り返った。

「しかし勉強しても六ずかしいです」

「六ずかしいから勉強しなければいかん」

「独逸語は解らんです」

すると百鬼園氏の鬚面《ひげづら》が嚙《か》みつく様な形相になった。禿《は》げ上がった額の上が白けている。

「今頃になって、そんな事を云い出すようでは駄目だね。自分でどうしても独逸語が解らないと覚《さと》ったら、独逸語を必修科目にする学校をよしたらいいだろう。早速その手続きをしたまえ。こうして教壇に立って教える以上、個人授業をするのではないから、此方《こっち》で適当と思ってやる標準には、諸君の方でついて来なければ駄目だ。秀才には、まだるっこくても我慢して貰《もら》う。度外れの低能な学生のお相手に、全部の学生の進度を止めて置くわけには行かないのだ。諦《あきら》めたらいいだろう」

その学生は、いつの間にか腰を掛けていた。百鬼園氏はその方を恐ろしい目で睨みながら云った。

「僕はまだ諸君の名前をよく覚えていない。君の名前も知らないから聞いて置こう。

何と云うんだ。云いたまえ」

　その学生は下を向いたまま、黙っている。百鬼園氏も黙っている。教室は水を打ったようになってしまった。

　暫らくして、また百鬼園氏が云い出した。

「全体、独逸語に限ったことではないが、外国語を習って、六ずかしいなんか云い出す位、下らない不平はない。人間は一つの言葉を知っていれば沢山なのだ。それだけでも勿体《もったい》ないと思わなければならない。神様の特別の贈物を感謝しなければいかん。その上に慾張《よくば》って、また別の言葉を覚えようとするのは、神の摂理を無視し、自然の法則に反《そむ》く一種の反逆である。外国語の学習と云う事は、人間のすべからざる事をするのだ。苦しいのはその罰なのだ。それを覚悟でやらなければ駄目だ」

　百鬼園氏は、腹立ちまぎれに、口から出まかせを述べたてていたら変な方に外れてしまったので、持て余している。

　暫らくすると、また後の方で、別の学生が立った。

「しかし、先生、独逸語はその中でも六ずかしいのではありませんか。何だか不公平な様な気がするんですけれど」と云った。

「公平も不公平もあったものじゃない。ただ自分のやろうと思った事を一生懸命にやってれば、それでいいのだ。我我が人間に生まれたのが幸福なのか、不幸なんだか知らないけれど、君が犬じゃなくて、人間に生まれたのと、君がこうして僕から独逸語を教わっているのと、みんな同じ出鱈目《でたらめ》さ。ただその時の廻《めぐ》り合わせに過ぎない。誰だって人間に生まれる資格を主張して生まれたわけでもなく、人間を志願した覚えもない。気がついて見れば人間だった丈《だけ》の事さ。犬や牛から云わせたら、随分不公平な話だろう。黙って人間になり澄ましておいて、その癖、独逸語が六ずかしいから、不公平ですなんか云い出したって、誰が相手にするものか」

今度は学生が彼方此方《あっちこっち》でくすくす笑い出した。百鬼園氏自身も、自分の云ってる事が、飛んでもない方角に駆け出すので、少少呆《あき》れている。しかし真面目《まじめ》腐って、こう付け加えた。

「だから、下らない事を考えないで、僕の云う通りに勉強していればいいのだ。語学は初めが大切だから、今怠けていたら、独逸語は結局ただ諸君の被害妄想となって残るに過ぎないと思う」

百鬼園氏は、初めから見ると、余程御機嫌がよくなっていた、顔の相好《そうごう》も和らぎ、声の調子も余程穏やかになった。

すると、また別の学生が立ち上がった。

「先生僕は随分勉強している積りなんですけれど、文法の規則でも単語でも、覚える先から、みんな忘れてしまうのです」

「僕達もそうです」

　と賛成した者があった。

「覚えた事は忘れまいとする下司《げす》張った根性がいけないのだ。ただ覚えさえすればいい。忘れる方は努力しなくても、自然に忘れる。忘れる事を恐れたら、何も覚えられやしない、第一、我我がもし忘れる事をしなくても、生まれてからの事をみんな覚えていたら、とっくの昔に気違いになってしまってる」

「先生」

　とまた外の学生が立ち上がった。

　百鬼園氏は、別にうるさそうな顔もしないで、相手になっている。

「先生、参考書には、どんなものが宜《よろ》しいでしょうか」

「参考書には色色あるさ。今までにも、もう幾度か話した事だけれど、要するに参考書などに頼る必要はない。又読んでも役に立たない。語学の初歩は強迫に限る。強迫する役目は僕が引き受けている。相手は君等だ。参考書は脅《おど》かさないから、駄目だ」

「先生」

とまた云った者がある。しかし、百鬼園氏はそれには答えないで、時計を出して見た。もう好《い》い加減に切り上げて、授業を始めるつもりらしかった。ところが、いつの間にか時間が過ぎてしまって、あと十分余りしかなかった。学生は、咳払《せきばら》い一つする者もなく静まり返っている。こんな時、下手に構うと、百鬼園氏は断然授業を始めて、次の放課の時間まで平気で食い込んでしまう。舵《かじ》の取り様一つでは、或《あるい》は単にそっとして置けば、その儘《まま》時間を終りにして、帰ってしまう事もある。学生達はそこの加減はよく心得ていたのみならず、今日は特に彼等が舵の取り方に細心の注意を払う理由があった。

「今日はもう止《よ》します」

そう云ったかと思うともう百鬼園氏は教壇の上にいなかった。学生は百鬼園氏が教室を出て、廊下を少し遠ざかる迄《まで》、じっと静かにしていた。そうして急に歓声をあげた。中には躍り上がってよろこんでいる者もある。

「〆《し》め〆め」

「うまく行ったね」

「ああ、よかった。助かったよ」

「まだ気がつかないのか知ら」

百鬼園氏は教授室に帰って、泰然と煙草《たばこ》を吹かしている。暫《しば》らくすると、給仕がお茶を持って来た。そうして云った。

「先生、今日、試験用紙が御入り用じゃなかったのですか」

百鬼園氏は、それを聞くと同時に、「しまった」と思った。しかし、もう遅かった。学生にうまうまと致されたのだった。今日の時間に、独逸語の平常試験をする事は、二週間も前から極《き》めてあって、その間じゅう、今日の試験を種に、学生を散散強迫したのであった。それを、どうかした機《はず》みで、うっかり忘れてしまい、教室ではすっかり学生の手に乗せられて来た。

「だが君は何故《なぜ》そんな事を知ってるんだ」

と百鬼園氏が給仕に尋ねた。

「さっきの時間前に、学生さんが先生を尋ねて来た時、先生が僕に試験用紙を出せと云われたかと聞いたのです。僕が知らないと云いましたら、それじゃ黙っててくれと云いますから、僕はそんな余計な事は云わないと云ったのです」

「うんそうか」

と云った限《き》り、百鬼園氏は何も云わなかった。そうして恐ろしく苦い顔をして、無闇に煙草の煙を吹き散らかした。

百鬼園先生言行余録

第一章

「そうじゃありませんです、先生」と尾萱君が云《い》った。「蛸《たこ》は釣るのではありませんです」

「ああ、そうだ、そうだ」

百鬼園先生が思い出した様な顔をした。「槍《やり》のような棒で突き刺すのだろう」

「そうじゃありませんです」と尾萱君が少しせき込んで云った。

「先生は蛸壺《つぼ》を御存じないのですか」

「蛸壺なら知ってるさ」と百鬼園先生は曖昧《あいまい》に云った。

「蛸はあれで捕《と》るんです。あいつを海の底に沈めて置くとですね、いくつも綱でつないで沈めるのです。蛸がその中に這入《はい》って来るのです」

「なぜ、わざわざそんな物騒なものの中に這入るのだろう」

「それはです」

尾萱君が、議論でもするような大袈裟《おおげさ》な調子でしゃべり出した。

「それはです。蛸はあんなものの中に這い込むのが好きなのです。そうでなかった日には、漁師が蛸壺なんかこしらえやしません。蛸の這入った頃を見計らって、そろそろ綱を引っ張るのです。そうして蛸壺を上げるのです」

「そんな事をすれば、蛸が逃げてしまうだろう」

「ところがです」と尾萱君が得意になった。「そこが蛸の本性を利用した手段なのです。蛸は何かの刺戟《しげき》を受けますと云うと、決して自分のもぐっている穴から離れるものではありません。岩の凹《くぼ》みなんかにいる蛸を引き出そうとしても首が千切《ちぎ》れてもまだ離れませんです。ですから大丈夫です」

「そうかねえ」と百鬼園先生は摘《つま》まれたような顔をして感心した。

それから百鬼園先生は、黙って二三服煙草《たばこ》を吹かした後で、不思議そうに尋ねた。

「しかし君、そうして浜に引き上げた蛸壺の中から、蛸を出すのに困るだろう」

「それは何でもありません。一一《いちいち》引っ張り出して籠《かご》に入れるのです」

「だって君、そんな事をしたら蛸は益《ますます》壺の底にしがみついて離れないだろう」

「首が千切《ちぎ》れても離れないのだったら、一一蛸壺を毀《こわ》さなければ出せないじゃないか」

「大丈夫ですよ」

「わけはありませんです。蛸壺の外をがりがり掻《か》いてやれば離しますよ」

「なぜだい」

「蛸がくすぐったいのでしょう」

「本当かい」

百鬼園先生は、自分がどこか擽《くすぐ》られているような、いやな顔をしてその話を止《や》めた。

百鬼園先生が昼過ぎから書斎に閉じこもって、そのくせ本を読むでもなく、書き物をするのでもなく、ただ独りで無闇《むやみ》にふくれているところへ、休暇から帰った尾萱君が訪ねて来て、いきなり蛸の話をした。

その時、尾萱君は小さな新聞包みを持って来た。それを自分の膝《ひざ》の前に置いて、時時ちらちらと遠慮するように、その方を眺めている。

暫《しば》らくして、百鬼園先生は、怖い目をむいて、その包みをにらみながら、

「何だいそれは」と訊《たず》ねた。

「これは若布《わかめ》の根です」と尾萱君が恐縮したように云った。「僕は昨晩田舎から帰り

ましたものですから」

「昨晩帰った事は、さっき聞いたけれど」

「何しろ暫らくぶりに国に帰りましたものですから、お袋がとても喜びまして、近所じゅうを駆け廻って、一番うまい沢庵《たくあん》をもらって来て、御飯をたいてくれました」

「沢庵だけでは、つまらないじゃないか」

「いえ、そうじゃありませんです。僕の国では、平常御飯なんか食べるものはありませんです。ですから御飯をたいてくれたのは、非常な歓迎です」

「御飯を食わなければ、何を食うんだい」

「粟《あわ》を食います」

「そんな話は聞いた事はあるけれども、本当かねえ君」

「本当ですとも。僕なんかも、粟ばかり食って大きくなったのですから」

その所為《せい》で、この男は蛸をくすぐるなどと変な事を云うのか知らと思ったけれど、百鬼園先生は腹の中で疑っただけで、黙っていた。

「時に、若布の根をどうするんだい」と百鬼園先生が新聞包みを気にして尋ねた。

尾萱君は平手で自分の項《うなじ》をなでて、暫らく黙っていた。

「実は、これは何にもならない滓《かす》なのです。僕の田舎なんかでは、こんなものは、みんな捨ててしまうのですけれど、偶《たま》に肥《こや》しに入れて見ても、大して効き目もなさそうです」

「そんな物を持って来て、どうするんだい」

「僕が思ったのですけれど、先生はきっと、こんなものがお好きだろうと思ったものですから」

「それを食うのかい」

「きっと先生はお好きだろうと思ったものですから、お土産に持ってまいりました」

百鬼園先生が、その包みを引き寄せたら、中から番茶の茶殻のようなものが、ぼろぼろとこぼれた。

「どうも有りがとう」と百鬼園先生が、急にしんみりした調子で云った。そうして、そこいらに零《こぼ》れている茶殻のようなものを拾いあつめて、新聞の中に入れた。

第二章

大正九年、法政大学が新大学令による昇格をした時の予科には、第二語学の仏蘭西《フランス》語、独逸《ドイツ》語両方合わせて、四十人許《ばか》りの一組しかなかった。

遊就館の裏の旧校舎の二階の教室に、彼等のうちの半分が、教壇の机の上にのっけてある火鉢のまわりにかたまって、濛濛《もうもう》と煙草の煙を渦巻かせつつ、百鬼園先生を待った。

百鬼園先生は、運命の如《ごと》く遅刻した。講義が何時に始まろうとも朝でも午後でも、所定の時刻にいくらかずつ遅れなければ、学校に到着しなかった。

その癖が段段に高じて来て、しまいには、一時間の半分以上も遅れるようになると、のこのこと、あるいは泡を食って学校に這入って行くのが工合がわるかった。そこで百鬼園先生は九段坂の下に暫らくたたずんで、いつでも同じ事を同じ順序に考えて後悔した揚句、九段の郵便局に這入って、自分で学校に電話をかけて、お休みにする。そうして、ほっとした気持で、しかし、何人《だれ》かに見つかるとわるいから、大急ぎで家に帰って、自分の部屋に這入って、ふくれてしまう。遅くても、まだそれ程でない時は、いつもの通りの憂鬱《ゆううつ》な顔をして、のそりと学校に這入って行く。待ち切れなくなって、階段の下まで見に来ていた学生が、その姿を見ると二階に駆け上がって、「来た、来た」と云うけれど、教壇の火鉢のまわりに陣取った連中は、その位の事では動じない。

百鬼園先生は、遅刻の事など忘れた如く、教授室に這入って煙草を吹かし、麦湯を飲んですましている。

そこへ若い教務の人がやって来て、どうもわざわざ御苦労様ですという様な挨拶《あいさつ》をする。あるいは教務でなくて、庶務だったかも知れない。寧《むし》ろ、当時はそんな区別もなかったらしい。そうして、それがお午前《ひるまえ》の時間だったら、先生今日のお午は何に致しましょうと聞かれる。先生の弁当は学校が御馳走《ごちそう》する事になっていた。それでは鰻《うなぎ》をお願いしますと云うような事を云って、それから、のこのこと二階の教室に這入って行くと、全員二十人許りがほとんどみんな教壇の上にのっかって、入口の方を見ている。

「そら来た」

「いらっしゃい」

がやがや云いながら、吸いかけの煙草を惜しそうに火鉢の灰に突き刺して、思い思いの腰かけに落ちつく。席次などと云う観念は学生にも教師にも有る筈《はず》がなかった。目の前の机の上の火鉢から、むらむらと立ち昇る煙の奥に見えかくれしながら、百鬼園先生が面白くもない独逸語の講義を始める。相手に解《わか》っているのか、いないのかの見当もつかない。学生の方はもっともらしい顔をして聞いているけれども、腹の中では何を考えているのか知れたものではない。すると、窓の下の露地で、ぷすっ、ぷすっと云う妙な音が二三度聞こえた。百鬼園先生が、何かしゃべりながら、その方に気を取られて「空気銃かな」と思った拍子に、明いていた窓から弾が飛んで来て、隣りの教室との境の板壁にぶつかった。

「これは、いかん」と百鬼園先生がびっくりして云った。

「先生、あぶないです」

板壁の傍《そば》にいた学生が、大げさな声をして云った。そうして、自分の席を離れて、板壁の弾のあたった痕《あと》をがりがりと掻《か》いている。窓の傍にいた学生が、半身のり出して、下を見下ろしながら、

「こら、だれだっ」

と怒鳴っている。しかし、その辺りに何人《だれ》もいたらしくもなかった。そうして、又独逸語の講義を続ける。板壁で仕切った隣りの教室はお休みらしく、さっきから四五人の声で流行唄《はやりうた》を歌っている。その内にハモニカを吹き出した。八釜《やかま》しくて、騒騒しくって、どうにもならない。そこで百鬼園先生は本を閉じて、

「後は又今度にしましょう」と云って帰ってしまう。

そんな事をしている内に、第一学期が終った。初歩の読本を二十頁《ページ》も読んではいなかった。そうして暑中休暇が終って、第二学期になると、いきなり二三人の学生が百鬼園先生に向かって、

「先生、我我で独逸語の劇をやろうと思います」と云い出した。

百鬼園先生が吃驚《びっくり》して、一体何をやるつもりですと聞いたら、

「ゲーテのファウストをやり度《た》いと思います」とその中の一人が云った。

汝等《なんじら》はどこに居るか。我我はここに居りません程度の独逸語が、やっと読めるか読めないか位の連中で、ファウストの芝居をすると云うのだから、驚かずにいられない。しかし折角やると云うものを止めろと云うにも当たらないし、又もっと、やさしい物にしなさいと云おうにも、彼等に取ってやさしい物は存在しないのだから、何をやったって同じ事だろうと百鬼園先生は考えた。

「アウエルバハの窖《あなぐら》」には、学生が沢山登場するから、そこがよかろうと云う事になった。しかし彼等は熱心だった。解っても解らなくても、ただ無闇に暗記してしまった。時時、百鬼園先生が講義の後に残って、訳を教えたり、読み方を直したりしているうちに、二学期の終り頃までには、大体の役割もきまり、その役役の白《せりふ》は一人一人暗誦《あんしょう》出来るようになっていた。

そうして第三学期になった。今の濠端《ほりばた》の新校舎が、もうほとんど出来上がっていた。新らしい校舎の、講堂開きのお祝に独逸語のファウストを上演しようと云う話になって、三学期中も練習をやめなかった。そうして四月になり、まだ壁の乾かない新校

舎で大正十年度の新学年が始まった。

第三章

百鬼園先生は、自分の吸い棄《す》てた巻莨《まきたばこ》の吸殻を、一生懸命に燃やしている。狭い部屋の中に、きたない煙がうず巻いて、そこいら辺り一面、紙の焼けた灰で真白になっている。

どうかした機《はず》みに、気にかかり出したものは、何でも焼きすててしまわないと、納まらないらしい。

昔、中学生の時、人からもらった手紙の整理をして、気にいらないのは、片っ端からぺりぺりと破いては、屑籠《くずかご》の中に押し込んでしまった。一尺位の深さの屑籠が大方一杯になりかけた時、中学生の百鬼園先生は、急に、破いた丈《だけ》では、気にいらない手紙の始末が済まない様に思われ出した。二階の部屋から、わざわざ下におりて燐寸《マッチ》を持って来て、屑籠の中の反古《ほご》に火をつけた。二三度、反古を上下にして籠の中の焔《ほのお》が余り高くならないようにしている内に、急に火勢が強くなって焔の丈が三尺位に伸び上がった。それと同時に容《い》れ物の屑籠もぱちぱちと云う音をたてて燃え出した。驚いて窓を開けて、やっと外に投げ出したら、大きな炎の玉が、廂《ひきし》の上をころころと転がって長い尾を引いて、中庭に落ちて行った。下の座敷で、うつらうつらしていたお祖母《ばあ》さんが、びっくりして、猫のような声をしたのを、百鬼園先生は、今でも覚えている。

矢張りその当時、夏の夕方になると、お行水の湯を沸かす為《ため》に裏庭に据えつけた土の竈《かまど》で、枯木の枝を燃やした。ある日、薪が湿っていてうまく燃えなかったので、百鬼園先生はお祖母さんが洗濯物の皺伸《しわのば》しにつかうブリキの霧吹きを持ち出して来て、それに石油を一杯いれて、竈の前で、ぷうと吹いたら、その拍子に何とも解らない大きな音がして、いきなり焰が自分の顔に飛んで来た。百鬼園先生は、霧吹きを投げすてたまま、真青になって、家の中に逃げ込んだ。

学校を出て、家を持つようになってから、二三度引っ越しをしている内に、湯殿のある借家に落ちついた。しかし不精《ぶしょう》な百鬼園先生はどんなに家の者の手が足りなくても自分で風呂《ふろ》を沸かすような事はしなかった。そうして、立った風呂が熱いとか、ぬるいとかの文句ばかり云《い》った。その癖、自分の勝手で、どうかすると、急に風呂場に出かけて、無闇に石炭を投げ込む。暫《しば》らくすると、裏庭の方に廻って行って、湯殿の煙突からむらむらと吐き出す黒煙を眺める。汽車のようだな、と腹の中で考えて、又風呂場にしゃがみ、竈の中に石炭をぎゅうぎゅう詰め込んで、積み上げた石炭が風呂釜の底にあたる位になっても、まだ止《や》めない。そうして、又裏庭に廻って、煙突を眺める。真黒い煙が、何か手触りのある物の様に、はっきりした輪郭をつくって、むくむくと出て来るのに見とれている。今に煙突の口が裂けそうだなどと考えている。その内に、煙の色が何時《いつ》となく変って、黒い中に、微《かす》かな赤味が加わり、その中を薄白い条《すじ》が走るようになると、湯殿の方に当たって、ごうと云う響きが聞こえ出す。百鬼園先生は急いで竈の前に行って、また新らしい石炭を詰め込むから、しまいには竈だけでなく、煙突にかけて、物凄《ものすご》い唸《うな》りを生じ、これから発車しようとする汽鑵車《きかんしゃ》のようにごうごうと鳴り出す。

そう云う晩の湯槽《ゆぶね》には、沸沸と煮立った熱湯が一杯になって溢《あふ》れているから、何人《だれ》も這入れやしない。奥さんが腹を立て、女中は迷惑し、しかし捨てるのも勿体《もったい》ないから、お洗濯でもしましょうとか、熱いお湯で憚《はばか》りのお掃除をした方がいいわとか時ならぬ騒ぎを起こす。

陸軍士官学校の教官になってからは、百鬼園先生は、教官室の煖炉《だんろ》を自分一手に引き受けて焚《た》いた。あんまり無闇《むやみ》に石炭を入れるので、後の掃除が大へんだから、小使がいやな顔をした。しかし百鬼園先生は相変らず、煖炉が汽鑵車の様にうなり、煙突の口が煙のために裂ける程石炭をたいた。部屋の中の字引や参考書の表紙は、熱気のために反り返った。同僚の帰ってしまった後まで居残る用事のある時など、特に思い切って石炭を詰め込み、熱くなって、上着を脱いで、まだ熱いから、短衣《チヨツキ》を脱ぎ、しまいに北の窓を明けて、冷たい風に吹かれて、せいせいした。士官学校から他に転任する時、送別会の席上で百鬼園先生は「皆さんどうか風邪を引かない様にして下さい」と云って、訣別《けつべつ》の挨拶をした。

法政大学の旧校舎で、午後の授業を終って、教授室に帰って見ると、何人《だれ》もいない部屋に煖炉が温かく燃えていた。それで又例の癖が起こって、百鬼園先生はその大きな煖炉に、ありっ丈の石炭を投げ込んだ。暫らくすると、恐ろしい響きが起こった。何だか部屋じゅうが唸り出した様な音だった。それで少し心配になって、しかし又景気のいい煙の出工合も見たくなって、校舎の外に廻って見たら、二階の屋根の上まで伸びている煙突の丁度半分ぐらいの所に細い破れ目があるらしく、その隙間《すきま》から真赤な焔のちらちらするのが見えた。「大変だ」と思って百鬼園先生は顔色を変えた。煖炉の中の焔が煙突の中を這って、二階の境目辺りまで伸びているらしい。どうしたらいいだろう。消防署に知らせなければ大事になるかも知れない。誰かを呼ぼうか知ら。困った事になったと思いながら、一人で煖炉の前と、煙突の見える露地との間を何度も何度も行ったり来たりした。

自分の部屋で、巻莨の吸殻を燃やしている分には、当人が煙にむせる覚悟の上なら、外に迷惑する者もないからまず差し支えもなかろう。

百鬼園先生は、火つきの悪い吸殻を色色に立てかけたり、櫓《やぐら》のように組んで見たりして、一生懸命に燃やしている。

梟《きよう》林《りん》記《き》

去年の秋九月十二日の事を覚えている。夜菊島が来て、暫《しば》らく二階で話をした。帰る時私も一緒に外に出て、静かな小路《こうじ》をぶらぶらと歩き廻った。病院の前の広い道に出たら風がふいていた。薄明りの道が道端に枝をひろげている大きな樹《き》のために、急に暗くなったところに坂があった。坂の上に二十日過ぎの形のはっきりしない月が懸かっていた。

私は家に帰って、また二階に上がった。部屋に這入《はい》ろうと思いながら、縁《えん》の手すりに靠《もた》れて空をみていた。隣の屋根の上に、細長い灰色の雲が低く流れて、北から南へ棟を越えていた。さっき坂の上で見た月がその中に隠れていた。雲の幅は狭いのに、月はいつまで経《た》ってもその陰から出て来なかった。雲の形は蛇の様だった。

十一月十日の宵、細君が二階に上がって来て、

「大変です、今、お隣りに人殺しがあって」と云《い》った。「ああ怖い、旦那《だんな》さんも奥さんも書生さんも殺されてしまって、台所の上がり口に倒れています」

私はその言葉がすぐには感じられなかった。

「外から見えるんですって」と細君が云った。

辺りはいつもの夜の通りに静まり返っていた。夜風を防ぐ為《ため》に早くから閉めて置いた雨戸の内側には、明かるい電気の光りが美しく溢《あふ》れていた。

私は何故《なぜ》と云うこともなく、細君の恐ろしい言葉をきいた始めから、九月十二日の夜の細長い雲を思い出していた。

隣りは私の家の大家であった。

私は主人に面識がなかったけれども、家の者はみんな知っていた。温厚な敬虔《けいけん》な人らしかった。赭顔《あかがお》の老人なので、私のうちの子供達は「赤いおじさん」と呼んでなついていたそうだけれど、それも私は知らなかった。

奥さんには私も一二度会った事があった。私に遊びに来いと云って、隣りから呼びに来たことがあった。私は行かなかったけれども、その時、裏の上がり口で二言《ふたこと》三言《みこと》話した挨拶《あいさつ》が、十一月十日の夜、恐ろしい隣りの変事を聞いた時、すぐに私の記憶に甦《よみがえ》って来た。

養父母となる筈《はず》だったこの平和な老夫婦を殺害して、その場に自殺した大学生については、私は何も知るところがなかった。去年の春、私の家の子供がファウストの中にある鼠《ねずみ》の歌を、家に遊びに来る学生達に教わって、頻《しき》りに歌っていた時分、隣りの二階の縁で、その歌のメロディーをハモニカで吹く人があった。大学生と云うのは、その人ではなかったかとも思ったけれど、またそうではないらしくも思われた。あくる日新聞に出た写真を見ても、私はその顔に見覚えがなかった。

十一月十日は金曜日で、私が毎週横須賀の学校に行く日であった。午後帰って来て、夕食を終った後、私は二階の部屋に這入ってぼんやり坐《すわ》っていた。その日は午前中三時間の中の一時間が休みになっていたので、私は一人、海岸につづいている広い校庭に出て見た。空が薄く曇って、寒い風が吹いていた。時時細い雨が降って来る事もあったけれど、またすぐに止《や》んだ。

一面に枯草の倒れている原の中に、私の外だれの人影もなかった。不意に、海から引き上げたボートの舳《へさき》に恐ろしく大きな鳥が止まっているのを見て私は吃驚《びっくり》した。鳶《とび》の様な形をしているけれども、大きさは鳶の何倍もあった。私がその鳥に気がつくと同時に、鳥は長い翼をひろげて、静かに空にのぼって行った。その姿を見て、私は恐ろしくなった。翼は一間《いっけん》もあった様に思われた。私の頭の上をゆるく二三度廻った後で、急に速さを増して、海を横切って三浦半島の方へ飛んで行った。

机の前にぼんやり坐っている私の頭の中に、その大きな鳥の姿が浮かんで来た。あれが鷲《わし》だろうと後で私は考えた。

それから私はまた磯《いそ》の方へ歩いて行った。その時私の踏んで行く枯草の中に、何か動くものがあると思ったら、私のすぐ前から、一時に、何百とも知れない雀《すずめ》と鶸《ひわ》との群が飛び立って、入江を隔てた海兵団の岸に逃《に》げて行った。

私はまたその鷲に逐《お》われて、地面にひそんでいた小鳥の群のことを、ぼんやりと考え続けていた。

海岸に、四五尺許《ばか》りの高さで、一間四方位の座を張った台があった。私はその台の上に上がって、仰向《あおむけ》にねて空を見ていた。雨気をふくんだ雲が、ゆるく流れて行った。遠くで水雷艇の吼《ほ》える様な汽笛が聞こえた。時時後の山で石を破る爆音が聞こえた。それに交《ま》じって海兵団の方から軍楽隊の奏楽の声が聞こえて来た。長い間私はその台の上にねたまま、じっとしていた。

「あの時己《おれ》は泣いて居たのではないか知ら」と私は自分の部屋の明かるい電灯の下に

坐って考えて見た。けれども、何の為に泣くのだと云う事を考え当てることは出来なかった。ただ何となく、九月十二日の夜、隣りの棟にかかった細長い雲の中から、何時迄《つまで》まっても月が出て来なかった時と同じ様な気持がした丈《だけ》であった。

そのうちに、私は少し眠くなって来た。机の前に坐り直して、暫らく転寝《うたたね》をしようと思った。懐手《ふところで》をして目をつぶっていたら、廃艦になった橋立艦《はしだて》が目の前に浮かんで来た。学校の庭続きの海岸に、橋立は何ヶ月以来、茫然《ぼうぜん》と浮かんでいる。煙突はあっても煙が出なかった。甲板の上に人影を見た事もなかった。そうして何時出て見ても、同じ所に同じ方を向いて浮かんでいた。

私は半ば眠りながら橋立の事をぼんやり考えていた。大砲を取り外した後の妙にのっぺりした姿が、段段ぼやけて来る様な気がした。それから少しずつ前後に動く様に思われ出したら、じきに私は寝入ってしまった。

私は目がさめてから、煙草《たばこ》を吸っていた。坐ったまま眠った膝《ひざ》を崩して、胡座《あぐら》をかいていた。どの位眠ったか解《わか》らなかった。けれどもまだそんなに夜が更《ふ》けているらしくもなかった。ただぼんやりして、まだ何も考えていなかった時に、下から細君が上がって来た。そうして恐ろしい隣りの変事を告げた。

私は下に降りて行った、四肢に微《かす》かな戦慄《せんりつ》を感じた。時間は九時前であった。その少し前に家の者が外へ用事に出て、始めて隣りの騒ぎを知ったのであった。殺害の行われたのは後になって知った時間から推すと、私が横須賀から帰って来て、夕食をした前後らしかった。私が二階の部屋に這入った頃には、もう老夫婦は斬殺《ざんさつ》せられて座敷や台所に倒れ、加害者の青年は二階に縊死《いし》していたらしい。私も亦《また》私の家の者もだれ一人そんな事は何も知らずに夕食をすまして、私は自分の部屋に無意味な空想を弄《もてあそ》び、子供や年寄はもうとっくに寝てしまっていた。

私は内山と一緒に外へ出て見た。外は暗くて、寒かった。隣りの家はひっそりしていて、門の潜《くぐ》り戸《ど》が半分程開いていた。私はその前に立ち止まりかけた。するとﾞ、いきなり向側の門の陰から巡査が現れて、

「立ち止まってはいけない。行きたまえ行きたまえ」と云った。

私は吃驚したけれども、

「私は隣家のものです。何だかこの家の人が殺されたと云う話をきいて、今出て来たのです。事によれば見舞わなければなりませんが一体どうしたのですか」ときいて見た。

「まあ、それはもう少しすれば解ることだから、兎《と》に角《かく》そこに立っていてはいけない。行きたまえ行きたまえ」と巡査が云った。

その時、半分開いていた潜り戸をこじ開ける様にして、中から別の巡査が出て来た。そうして、私に向かって、話しかけた。

「あなたは御隣りの方ですか、この家は全体幾人家内だったのです」と私に尋ねた。ところが私はそんな事を丸っきり知らなかった。

「実は今、この家の者はみんな逃げ出してしまって、だれもいないのです。それでちっとも様子がわからないのですが」

とその巡査がまた云った。巡査の声が耳にたつ程慄《ふる》えていた。殺されているところを見て来たのだろうと私は思った。私はその巡査の声を聞いている内に、恐ろしさが段段実感になって来るのを感じた。

私は内山と二人で角の車屋に行った。車屋の庭に五六人の男が立ち話をしていた。神さんが私を見ると、いきなり、

「旦那大変で御座いますよ」と云った。

庭に立っている男は新聞記者らしかった。

奥さんは台所に倒れて、辺り一面に血が流れている。主人は全身に傷を負うて座敷に死んでいる。そうして青年は二階の梁《はり》に縊死していると云う事がわかった。

「犯人は外から這入って、やったんだ。座敷に泥足の跡が一面に残ってると云うじゃないか。その学生も同じ犯人に殺されたのさ。殺して置いてわざと縊死した様に見せかけたのさ」と一人の記者らしい男が云った。

「そんな事があるものか。その二階に縊死している書生が犯人だよ。わかり切ってるじゃないか」と他の男が云った。

私は帰る時、神さんに、だれも知らなかったのですかと尋ねて見た。

「ええ旦那さっきだれだかこの前を、ばたばたと駈《か》けて行ったんですよ。するともう、あれなんで御座いますよ」と神さんが云った。

私は家に帰って、頸巻《くびまき》をまいて、一人で裏の通りにあるミルクホールへ行った。途中の酒屋の前にも二三人、人が立っていた。そうして声をひそめて、恐ろしい話をしあっていた。

みんなの話を聞いて、大学生が老夫婦を殺して自殺した事はわかった。愛の為に、踏み止《とど》まるべき所を乗り越えて、恐ろしい道を蹈《ふ》んだのだと云うこともほぼ解った。

私はぼんやり牛乳を飲んで帰った。牛乳を持って来てくれた女は、頻りに着物の襟を掻《か》き合わせながら、「怖い、怖い」と云い続けた。

私が家に帰ってから後、二三人の新聞記者が色色な事を聞きに来た。けれども凡《およ》そ彼等を満足させる様な事は、私は勿論《もちろん》、家の誰も知らなかった。

子供には、学校で友達から聞いて来る以上に委《くわ》しい事は何も知らせてはいけないと云いつけて置いて、私は寝た。蒲団《ふとん》が温まるにつれて、私の心から恐ろしさが薄らいで行った。不意に隣りに落ちかかった恐ろしい運命の影が、ただ一枚の板塀に遮られて、私は次第に宵の出来事を忘れそうになって来た。そうして寝入った。夢もその前の夜の如《ごと》く穏やかであった。

その翌日はうららかな小春日和《びより》であった。子供は何も知らないで、いつもの通りに学校へ走って行った。

「今朝早く葬儀自動車が来て、書生さんの死骸《しがい》だけ連れて行ったんだそうです」と細君が小さい声で話した。

ひる前、私は二階に上がった。美しい日が庭一面に照り輝いていた。隣りの二階には、雨戸と雨戸との間が細く開けてあった。その隙間《すきま》から見える内側は暗かった。

ひる過ぎに、日のあたっている茶の間の縁側で、小学校から帰った女の子が、大きな鋏《はさみ》を持って、毛糸の切れ端の様なものを頻りに摘み剪《き》っていた。そうして、ふわふわした、毛むくじゃらの球の様なものを、幾つも拵《こしら》えていた。

「何だい」と私がきいて見た。

「これは殺された人の魂よ」と彼女が云った。そうしてその中の一つを手に取って、ふわりと投げて見せた。

解説

川上弘美

内田百閒に、「イヤダカラ、イヤダ」という名文句があることはご存知の方も多いだろう。芸術院会員に推薦された時の、これは百閒が口にした辞退の理由の言葉とされている。しかし、実際には「イヤダカラ、イヤダ」という言葉は、省略されて伝聞されたものであるということを、百閒のお弟子であり当時法政大学教授だった多田基《ただもとい》氏が、昭和四十六年の小説新潮誌上「『イヤダカラ、イヤダ』のお使いをして」という文章に詳しく叙述している。

叙述されているその経緯が、面白い。「イヤダカラ、イヤダ」という言葉は、むろんいかにも百閒的である。百閒の作品を愛読している者ならば、すぐさま「百閒先生がおっしゃりそうな」と相好を崩すことだろう。常識的な世界からのごく自然な逸脱。現実から遠く離れてはいないのだが、必ず背後に漂っている幻想性。直截《ちょくさい》な表現。それらの作風から推し量った百閒という人物が口にして、非常にぴったりする言葉ではある。そして、聞いた読者たちも手放しで安心してよろこべる言葉でもある。

しかし、「イヤダカラ、イヤダ」は、なんというか、わかり易《やす》きに過ぎないだろうか、といつも私は内心思っていたのだ。そのような折に多田氏の文章を読んだ。いい文章である。余談だが、平山三郎氏にしろ中村武志氏にしろ、百閒のお弟子はなぜみな余分なことをさしはさまず、かつ必要なことはすべて述べて、あのように余情のある文章を書けるのだろう。余情という言葉の、いちばん乾いた意味においての、余情である。多田氏の文章も、必要十分な内容である。実は百閒自身も「イヤダカラ、イヤダ」の詳細について短い文章を書いてはいるが、この事件に関してだけは、百閒本人の書いたそちらの文章よりも、むしろ多田氏の書いたものの方が、百閒という人物を考える材料としては適しているように思う。引用してみよう。

正餐《せいさん》が始まる前に先生が話された用事の第一は、芸術院会員の辞退の件であった。(中略)「貧乏な自分には六十万円の年金は有難いが、自分の気持を大切にしたいので、どんな組織にでも入るのが嫌だから辞退する。このままにしておくと来年一月頃正式に発令されそうなので、自分の意向を早く芸術院院長高橋誠一郎さんに伝えて欲しい」（中略）というのであった。

そして、私を紹介する旨《むね》の先生の名刺と辞退の口上メモを手渡され、その理由を質《たず》ねられたらメモ通りに答えてくれとのことであった。北村も私もお慶《よろこ》びを申し上げて御祝いをどうしようかと考えていた矢先だから、冷水を浴びせられたように面喰らってしまった。（中略）

その夜の御馳走《ちそう》は、久し振りにモツ鍋《なべ》が中心になっていたが、何かが喉《のど》に引っかかっているような気持であった。

いつものように、十一時頃先生の宅を出た。途中、北村と辞退されなければよいのにと話をむし返したが、一旦《いったん》言い出したら決して引込められない先生のことだから仕方がないと諦《あきら》めた。

前半の一部である。メモ通りに答えて欲しい、というところが、まず百閒である。妙に几帳面《きちょうめん》である。けれど常識的というわけではない。自分で規則を作る。それには必ず従わねばならない。ただし規則は必ずしも世間の常識とは一致しなくともよい。整合性もなくてよい。いったん決めたものは、守る。百閒の文章が、非現実的でありながら決して不協和音を聞くような不愉快さをもたらさないのは、おそらく百閒世界の規則が、その世界では正しく守られているからではないかと、つねづね私は思っている。メモのこともそうだが、まず芸術院会員を断るということ自体が、百閒の作った規則にのっとったものである。弟子二人の師に対する愛から生まれる嘆きを、多田氏は簡潔に書いているが、しかし弟子たちの力はむろん百閒の決定を翻《ひるがえ》させることはできない。多田氏はそれも重々承知である。

引用を続けよう。

高橋さんの住所が分らないので、電話番号簿で調べたら荻窪《おぎくぼ》に同姓同名の方が見つかったので、これ幸いと早速電話したら、同名異人で、よく間違って電話がかかりますとの返事であった。そこで、慶応大学の塾員名簿で調べたら、大磯《おおいそ》町の住所が見つかったので、何回も電話をしたが、全然応答がなかった。止《や》むを得ず、同大学の参事坂村さんに質ねたところ、高橋先生の東京の寄宿先は交詢社《こうじゅんしゃ》の藤井麟太郎《りんたろう》さんがよく知っているというので、藤井さんに電話をして世田谷区下馬の森茂生さんの御宅にいられるのが分ったが、ただ森さんの御宅には電話がないとのことであった。

(中略) 森さんの御宅を直接訪ねたところ、留守居の方が高橋先生は慶応の三田図書館に行くと言って出かけられたから、多分まだ図書館にいられるだろうと言われた。

早速、図書館に車を走らせた。図書館受付で高橋先生に会いに来たと告げたところ、今飯《かえ》られたばかりだ。でも、まだ車があるので、どこかに立ち寄られたのであろうと言うので、塾監局の方へ向った時、丁度その建物から、高橋さんは足の捻挫《ねんざ》のため運転手の肩に支えられて、車に戻られるところであった。

このあたりから、すっかり百閒の作品の世界そのままになっているではないか。事実をくわしく述べているだけなのだ。けれど、電話した相手は同名異人で、ようやく住所を突き止めたと思ったら留守で、寄宿先を見つけたのに図書館に出かけていて、図書館でも行き違いになる……。

百閒が借金をしに車で知人宅を訪ね歩くことを書いたいくつかの随筆を思わせるような、この経緯である。そしてまた、いつの間にか世界が迷宮、それも地べたに子供が棒の先で書いたような迷宮に成り変わってしまったような印象の、百閒の小説世界をも思わせる。多田氏は実際にあったことを（こころもち過分に詳しくではあるが）、書いた。それが、いつの間にか百閒の世界にぴったりと寄り添ってくるような。なんと不思議なことだろう。百閒がそのような不思議を呼び寄せる、ということもあろう。日常というものは実は存外迷宮めいたものであって、百閒はそこのところをたんたんと描写した作家だったのだ、ということも言えよう。

この後多田氏は「高橋さん」に、百閒のメモ通りの意向を伝える。そのメモがつまり「イヤダカラ、イヤダ」という言葉を流布《るふ》させる元となったものである。メモの内容も、引用する。

○格別ノ御計ラヒ誠ニ難有御座イマス
○皆サンノ投票ニ依《ヨ》ル御選定ノ由《ヨシ》ニテ特ニ忝《カタジケナ》ク存ジマス
サレドモ
○御辞退申シタイ
ナゼカ
○芸術院ト云《イ》フ会ニ這入《ハイ》ルノガイヤナノデス
ナゼイヤカ
○気ガ進マナイカラ
ナゼ気ガ進マナイカ
○イヤダカラ
右ノ範囲内ノ繰リ返シダケデオスマセ下サイ

「イヤダカラ、イヤダ」の単純な面白さに比べて、このメモの、ねじれて皮肉な味さえ湛《たた》えた面白さは、どうだろう。

やはりこれこそが百閒である。誰も追随できない。頑固、という簡単なものでもないのだ。筋は通っている。けれどその筋はたとえば幼児のものである。たとえば娑婆《しゃば》っ気のまるでなくなった老人のものである。それでいて、どこか意地悪なところもある。油じみた意地悪ではなく、乾燥してふっと吹けばどこかへ適当に飛んでいってしまいそうな、無目的なあかるい意地悪である。

辞退の後、川端康成が百閒に直接会って意向を確かめるために、麹町《こうじまち》の百閒宅を探したが、家が見つからなかったので帰ってきた。多田氏の文章は、そんなエピソードでしめくくられる。

どこからどこまで、百閒的な事件である。百閒の作品から私が思うのは、次のような言葉であるが——

死　寂寞《せきばく》　食いしん坊　子供っぽい　老成　苦み　可愛《かわい》がる　パン
クチュアリティー　笑う　怖い　真面目《まじめ》　我が儘《まま》　——

挙げてゆけばきりがない。どんな作品でも、相反するものや矛盾する性格を併せ持って内包しているものだが、百閒のそれはまた、はなはだしい。しかしそれが百閒特有の「この世をあやふやに踏み外す」感じの面白さと、どうつながってゆくのかが、さっぱりわからない。説明しようとしても、絶対にできない。ただ、いくつものエピソードからその人を語るやり方でしか、百閒は語れないのである。多田氏の文章は、中でも百閒に関するエピソードを過不足なく含んでいると思えたので、多く引用してみたわけだ。

本書は、百閒の随筆集としては、最初のものである。「創作集『冥途《めいど》』以後に書かれた小品・随筆的文章・小説を、なにもかもこの文集に入れてしまったらしい」と平山三郎氏の旺文社《おうぶんしゃ》文庫版の解説にはある。「なにもかも」とはこれもまた、百閒的である。つまり百閒にまつわるものは、その文章もお弟子たちも起こる出来事も、何もかもが百閒的なのである。

「イヤダカラ、イヤダ」の詳細にのっとって云《い》うならば、百閒は、どこまでいっても百閒であり、それはナゼカ、と問われれば、「百閒以外ニナルノガイヤナノデス」ということだろうし、「ナゼイヤカ」と次に問われれば、「気ガ進マナイカラ」だろうし、

「ナゼ気ガ進マナイカ」には「イヤダカラ」なのだろう。

百閒は百閒以外の誰でもない。誰にもなれない。誰にもなりたくなかったろう。自分が百閒であることに、ずいぶんと満足していたことだろう。同時に、自分が百閒であることが嫌でしかたないけれど決して百閒以外の者になれないことを知り尽くしていただろう。そこに寂寞があり、おかしみがあり、生と死をみはるかす目がうまれるのである。

（平成十四年三月、作家）

この作品は昭和八年十月三笠書房より刊行され、
平成六年五月福武文庫に収録された。

表記について

新潮文庫の文字表記については、原文を尊重するという見地に立ち、次のように方針を定めました。

一、旧仮名づかいで書かれた口語文の作品は、新仮名づかいに改める。
二、文語文の作品は旧仮名づかいのままとする。
三、旧字体で書かれているものは、原則として新字体に改める。
四、難読と思われる語には振仮名をつける。

なお本作品集中には、今日の観点からみると差別的表現ととられかねない箇所が散見しますが、著者自身に差別的意図はなく、作品自体のもつ文学性ならびに芸術性、また著者がすでに故人であるという事情に鑑み、原文どおりとしました。

（新潮文庫編集部）

百《ひやつ》鬼《き》園《えん》随《ずい》筆《ひつ》

新潮文庫 う-12-1

平成十四年五月一日 発行
平成十四年五月十五日 二刷

著者 内《うち》田《だ》百《ひやつ》閒《けん》

発行者 佐藤隆信

発行所 株式会社 新潮社

郵便番号 一六二—八七一一
東京都新宿区矢来町七一
電話 編集部(〇三)三二六六—五四四〇
読者係(〇三)三二六六—五一一一

価格はカバーに表示してあります。

乱丁・落丁本は、ご面倒ですが小社読者係宛ご送付ください。送料小社負担にてお取替えいたします。

印刷・三晃印刷株式会社 製本・株式会社大進堂

ISBN4-10-135631-9 C0195